सपनों के साइड इफेक्ट्स

vaniprakashan.com

सजिल्द पहला संस्करण : 2026

वाणी प्रकाशन

4695, 21-ए, दरियागंज, नयी दिल्ली-110 002

फ़ोन : + 91 11 23273167, 23275710

शाखाएँ

अशोक राजपथ, पटना-800 004, बिहार

कॉफ़ी हाउस कैम्पस, महात्मा गांधी मार्ग, प्रयागराज-211 001, उत्तर प्रदेश

महात्मा गांधी अन्तरराष्ट्रीय हिन्दी विश्वविद्यालय, वर्धा-442 001, महाराष्ट्र

sales@vaniprakashan.in
vaniprakashan@gmail.com

Sapanon ke Side Effects
by Sanjay Chhel

ISBN : 978-93-7348-852-3
Collection of Stories

सिटी प्रेस, दिल्ली-110 095 में मुद्रित

वाणी प्रकाशन का लोगो मक़बूल फ़िदा हुसैन की कूची से

सपनों के साइड इफेक्ट्स

संजय छेल

वाणी
प्रकाशन
प्रकाशन के उत्कृष्टतम 63 वर्ष

अर्पण

एक अनजान लेखक की उँगली थामनेवाले
लेखक-सम्पादक राजेन्द्र यादव जी को...

'जब आप किसी लेखन में 'नेचुरल स्टाइल' को देखते हो,
तब आनन्द और आश्चर्य दोनों एक साथ होते हैं,
क्योंकि आप वहाँ खोजने तो गये थे किसी लेखक को,
पर मिल जाता है : 'ज़िन्दा इन्सान।'

–ब्लेज़ पास्कल

कैफ़ियत या भूमिका जैसा कुछ

मेले में पाँच साल का एक बच्चा, माँ से बिछड़ गया और फिर भीड़ में तन्हा रोने लगा।

उस अकेले बेबस बच्चे को मेले में अचानक एक पुलिसवाला दिखा।

बच्चा पुलिसवाले के पास जाकर बोला : 'अंकल, क्या आपने किसी ऐसी औरत को देखा है, जिसके पास मेरे जैसा बच्चा न हो?'

...जी हाँ, वो खोया हुआ बच्चा 'मैं' हूँ, जो हिन्दी फिल्मों, टेलीविज़न और अख़बारी कॉलम के मेले के बीच कहीं खोया हुआ है और कहानी नाम की 'माँ' को ढूँढ़ रहा है।

यूँ तो यह गेब्रियल गार्शिया मारकेज की छोटी–सी कहानी है, पर मुझे यह बात मेरी अपनी लगती है।

वैसे तो 'किसी रोते हुए बच्चे को शांत करने के लिए कही गई दिलख़ुश दास्तान यानी कहानी'– ऐसी कहानी की आदिम परिभाषा अब तक सुनते आ रहे हैं, तो उस मायने से मेरी ये कहानियाँ भी मेरे हँसते–रोते जीवन को शान्त करने के लिए लिखी गयी हैं। शायद कहानी नाम की 'माँ' को ढूँढने के लिए?

और जैसा मेरा जीवन है, वैसी ही मेरी कहानियाँ।

इनमें अच्छा, बुरा, सच्चा, झूठा...ये सब मेरे जीवन एवं व्यक्तित्व का आईना हैं, इनमें अगर कुछ ख़ूबियाँ हैं, तो वह मेरी हैं, अगर कुछ कमियाँ हैं, तो वह मेरे जीवन की हैं।

'When my life is not perfect, how can my art be perfect?'- इसी फ़लसफ़े के सहारे अपुन तो मुश्ताक हैं, भैया।

कुछ भी कहो, इन कहानियों को लिखने में मुझे दिमाग़ी खुरचन कुरेदने जैसा मज़ा आया है। जैसे-जैसे ज़िन्दगी बदली, मेरे किरदारों के रंग-रूप, उतार-चढ़ाव, हाव-भाव, बोल भी बदलते गये। आप उन बदलाव को, चेहरे पर बदलती रेखाओं की तरह इन कहानियों में पढ़ पाओगे। ये कहानियाँ कभी अचानक ही मेरे पास मेरा कॉलर पकड़कर आ टपकीं या फिर कभी धीरे-धीरे हवा में तैरते पंख की तरह उतर आयीं। मेरे आसपास से, जीवन में मिले अनजान किरदारों से या अख़बारों के कोनों और द्वन्द्व की दरारों से, बस वो कहानी नाम की 'माँ' को ढूँढते हुए।

कई फ़िल्मों के लेखन-निर्देशन और टी.वी. लेखन की जानलेवा जद्दोज़हद के बीच, सन्तुलन बनाये रखते हुए रस्सी पर चलने जैसी कोशिश मैंने इनमें की है। कभी गिर गया हूँ, तो कभी घुटनों में मोच-खरोंच भी ख़ूब आयी...पर फिर भी बहुत मज़ा आया।

वजह?

कहानी लेखन मेरा पहला प्यार है। कहानी लेखन ने ही मुझे फिल्मों, टीवी और अख़बारी कॉलम लेखन में सँभाला-सँवारा है। घटना की कौंध, आँखों को झँकझोर देने वाले दृश्य या सन्तूर की तान जैसे रुमानी पल या हँसाते-गुदगुदाते संवाद-इन सब को मैंने दूसरों की कहानियाँ पढ़-पढ़कर या मेरी कहानियों के पन्ने फाड़-फाड़कर ही सीखा है। पर इन सब में कहानी नाम की 'माँ' को ढूँढते बच्चे की अब भी तलाश जारी है।

1986-87 से शुरू हुई इस यात्रा में कई कहानियाँ गुजराती, हिन्दी, मराठी, उर्दू और अंग्रेजी में अलग-अलग स्थानों पर प्रकाशित हुईं। ज्यादातर ये सारी कहानियाँ पहले गुजराती में लिखी गयी हैं और बाद में मैंने हिन्दी में लिखी हैं। भला हो हिन्दी के मूर्धन्य और महामहिम संपसदल–लेखक राजेन्द्र यादव जी का, जिन्होंने अधपकी-अनगढ़ हिन्दी में लिखी हुई मेरी पहली कहानी 'पोस्टर' 1986 में 'हंस' जैसी मैगज़ीन में प्रकट की और दूसरी कहानी 'हंस' के 100वें खास अंक में! यादवजी न होते तो हिन्दी में लिखने का साहस कभी न कर पाता। दरअसल, हिन्दी में लिखने की प्रेरणा, तो मुझे मराठी के विख्यात नाट्यकार और अनेक हिन्दी फ़िल्मों में पटकथा लेखक विजय तेंडुलकर जी ने दी थी, जब उन्होंने मेरा एक गुजराती टी.वी. सीरियल का एपिसोड पढ़ा

था... और इन दो शख़्सियतों की वजह से आज तक हिन्दी में लेखन और जीवनयापन कर रहा हूँ। बाद में कई छोटी-मोटी हिन्दी पत्रिकाओं में मेरी हिन्दी कहानियाँ छपीं, पर आज 'हंस' के अलावा कोई प्रमुख नाम याद नहीं, कोई रिकॉर्ड्स भी नहीं। ख़ैर, फिर तो धीरे-धीरे फ़िल्मों में आकर कहानियाँ पीछे छूटती गयीं और सिर्फ़ रोटी हाथ में रह गयी। आज फिर से इस किताब के बहाने कहानियों के नगर में धीरे से क़दम रख रहा हूँ।

...और आज इस किताब के ही बहाने, बीते जीवन की कई 'मूविंग इमेजिस' आँखों के सामने तैरती हैं, इन कहानियों में मेरे जीवन की रस-समाधि के रंगीन पल हैं या ज़िन्दगी की जर्जरता है या खिलखिलाते लम्हों की डिज़ाइन और कहानी नाम की 'माँ' को ढूँढने की तड़प...

...और यारों, इन सब में जो भी है, पर 100 फ़ीसदी एक आवाज़ है।

जैसी भी है, वैसी पर 'अपुन की आवाज़!'

–संजय छेल (दिसम्बर 2025)

(विशेष आभार : उदय प्रकाश जी)

दुःस्वप्नों के दिलचस्प और मानीखेज़ क़िस्से

संजय छेल की सबसे अलग और विशिष्ट नज़र आने वाली ख़ासियत है भाषा में उनकी दशकों से सतत, निर्बाध, सृजनशील सक्रियता। फिर भाषा की यह चेतना और संवेदना कहीं भी, किसी भी विधा में हो...सिनेमा, टीवी, रंगमंच, अख़बार, साहित्यिक पत्रिका। धूमिल के शब्दों में–'आदमी की चौबीस घण्टे की खुराक' या बालज़ाक़ के शब्दों में–'भाषा में आजीविका'। लैंग्वेज ऐज़ ऑक्यूपेशन। भाषा में रहना, जीना, साँस लेना, देखना, सोचना और सपने देखना। उत्तर-आधुनिक शब्दावली में 'काग़ज़ का वजूद'। और काग़ज़ेतर काल के साइबर स्पेस में 'भाषिक अस्तित्व'। यानी सिर्फ़ और सिर्फ़ भाषा में 'होना'।

अनोखा और अपनी तरह का एक है यह शख़्स, जिसका नाम है -संजय छेल।

संजय छेल को लिखते हुए और उनके लिखे को स्क्रीन पर देखते मैं पिछले दो-ढाई दशकों से गहरी उत्सुकता और कुछ-कुछ आश्चर्य मिश्रित स्पृहा के साथ उसके जीवन के बारे में सोचता रहा हूँ। वे सिर्फ़ प्रिंट, पुस्तक, पत्रिकाओं तक सिमट जाने वाले लेखक नहीं। विधाएँ उन्हें कहीं किसी एक ख़ास जगह स्थिर नहीं कर पातीं। फ़िल्म, वृत्तचित्र, टेलीविज़न शो, सीरियल्स, अख़बार। उनका दायरा बड़ा, विविध और अनिर्धारित है लेकिन सबसे महत्त्वपूर्ण है उनके भीतर अपने लिखे और रचे को लेकर एक गहरा संशय। एक तरह की आत्मविश्वासहीनता। और यही वह बिन्दु है जो उन्हें लगातार कुछ और लिखने-रचने को उकसाता रहता है और अपने समय के लेखकों मे बतौर उन्हें विश्वसनीय भी बनाता है। मेले की भगदड़ में खोया

हुआ एक ऐसा बच्चा जो न सिर्फ़ अपनी माँ को खोजता है, बल्कि उस कोख या गर्भ की तलाश में बेचैन है, जहाँ से कथाएँ जन्म लेती हैं, वे कथाएँ, जो स्वयं कथाकार के जन्म का स्थल हैं।

प्रचलित कहानियों का कोई अभ्यस्त पाठक अगर संजय छेल की कहानियों की ऊपरी सतह पर ठहर जाये तो उसे वहाँ एक निडर, बेपरवाह, बेलौस और वाचाल कथाकार मिलेगा। हर कुछ पर टिप्पणी...मनोरंजन-सा कुछ करता हुआ। आस-पड़ोस का एक कोई आत्मीय क़िस्सागो। इर्द-गिर्द घटित हो रहीं आमफ़हम ज़िन्दगी की रोज़मर्रा की ऐसी घटनाएँ, जो इसलिए अनदेखा छूट जाती हैं क्योंकि वे बहुतायत में हैं, क्योंकि समय और स्थान में उनकी उपस्थिति आम है, संजय उन्हीं का औचक बयान करने लगते हैं। ब्यौरे या तफ़सील के साथ, अपने में बाँध लेने वाला वृत्तान्त। कथाकार के आत्मसंशय के बावजूद कोई आत्मश्लाघा या आत्ममुग्धता नहीं, जो मुख्यधारा हिन्दी के अधिकतर लेखकों का स्वभाव है, बल्कि उसकी जगह एक बिन्दास खुलापन, एक पारदर्शी उत्साह, सब कुछ कह डालने की बेताबी से भरी हुई ऊर्जा। समय के हाल और अहवाल का नैरेशन। लेकिन कुछ ही देर में वही कहानी अचानक स्तब्ध कर देती है। बतकही के भीतर एक ऐसा सच, जो कभी मंटो, बार्टोल्ड ब्रेख़्त, फ्रेंज़ फेनन, जेम्स बाल्डविन, असग़र वजाहत और राजेन्द्र सिंह बेदी की कहानियों-उपन्यासों में दिखता है। 'सफेद हाशिए', 'बॉडी काउंट' और 'मैनिक्विन' जैसी कहानियाँ विभाजन के बाद भी आज तक निरन्तर जारी सामाजिक सामुदायिक-साम्प्रदायिक विभाजन और उनकी हिंसक टकराहट के भयावने, मार्मिक और चिन्ताजनक अमानवीय चौतरफ़ा व्याप्त सच को एक कौंध के साथ सामने उघाड़कर रख देती हैं।

'मैनिक्विन' कहानी जिस विद्रूप दहशत का विवरण देती है, वह एंथनी डोयर के उस चर्चित उपन्यास की याद दिलाती है, जिसमें एक अँधी फ्रांसीसी लड़की और एक अनाथ किशोर जर्मन के सम्बन्धों की कहानी है। हांस फलादा के उपन्यास 'एवरीवन डाईज़ अलोन' के बारे में तो मैं पहले भी कई बार लिख चुका हूँ। सामाजिक मानवीय सम्बन्धों के विनाश के इस डरावने सच तक पहुँचने के लिए संजय कोई एक नहीं, कई शिल्पों और विन्यासों को अपना माध्यम बनाते हैं। कभी सपाट, एक रैखिक, दो-टूक, तो कभी

अतिरंजित, अति-यथार्थवादी और कभी किसी स्वैर-कहन की फैंटेसी वाली बनावट। ये कहानियाँ पढ़े जाने के बाद आसानी से पीछा नहीं छोड़तीं। अपने समय के दहशत को आसान भाषा में अर्जित करने का यह हुनर या कथा -कौशल संजय छेल को साधारण आमजन का अपना कथाकार बनाता है। उनकी आवाज़ 'अपुन की आवाज़' बन जाती है। यह यूँ ही नहीं है कि संजय एक तरफ़ मराठी के विख्यात नाटककार और पटकथाकार विजय तेंडुलकर को अपनी प्रेरणा का स्रोत बताते हैं और अपना यह संग्रह-'सपनों के साइड इफेक्ट्स' हिन्दी कथा साहित्य के इतिहास में महत्त्वपूर्ण हस्तक्षेप करने वाले विख्यात कथाकार और 'हंस' के सम्पादक स्व. राजेन्द्र यादव को समर्पित करते हैं। 'हंस' में ही पहली बार उनकी कहानी 'पोस्टर' 1986 में राजेन्द्र यादव जी ने प्रकाशित की थी। जहाँ तक मुझे स्मरण आता है, सम्भवतः 1986 में ही राजेन्द्र जी ने मेरी कहानी 'तिरिछ', 'हंस' में प्रकाशित की थी। 'पोस्टर' मैंने 'हंस' में ही पढ़ी थी और इसकी सिनेमा में सम्भावना के बारे में अरसे तक सोचता रहा था। यह उम्मीद भी कहीं थी कि शायद संजय छेल स्वयं इस पर कोई स्मरणीय फ़िल्म बनायें।

मुझे यह भी याद आता है कि जब स्व. संजय चौहान 'इंडिया टुडे' छोड़कर मुम्बई जा रहे थे, तब मैंने कहा था कि मुम्बई जाना तो अपने हमनाम से ज़रूर मिलना। सोप ओपेरा और फ़िल्म के पात्रों की भाषा क्या होती है, संवाद की व्यंजनाएँ और सम्भावनाएँ क्या हो सकती हैं, यह गुजराती मूल के हिन्दी-मराठी लेखक-कथाकार संजय छेल से सीखी जा सकती है। संजय की यह 'हिन्दी' गढ़ाकोला, उन्नाव, मथुरा, बनारस, प्रयाग जैसे किसी जनपदीय क्षेत्र की सामुदायिक, क्षेत्रीय या परम्परित प्रतिष्ठित 'हिन्दी' नहीं, बल्कि यह हिन्दी नगरों-महानगरों के आम जीवन के संघर्षों, पीड़ाओं, सुख और दुख की ज़मीनी इन्सानी 'हिन्दी' है। ऐसी, जो उतनी ही सब-आल्टर्न और सामाजिक वैभव-लोक के गटर की भाषा है, जैसी करोड़ों बहुजनों के जीवन की सब-आल्टर्न 'हिन्दी'। 'अपुन की हिन्दी'। वही हिन्दी, जिसका एस्थेटिक्स बिल्कुल भिन्न है और मुख्यधारा की सम्मानित-सम्पोषित एलीट हिन्दी के सामने एक अन्य बृहत्तर विराट बहुसंख्यक विपरीत ध्रुव को खड़ा करता है। अधिक लोकतान्त्रिक, अधिक व्यापक, अधिक समकालीन और बहुव्यापी हिन्दी की

वह कलात्मकता, जो अपने समय, समाज और किसी भयावह इलाके में धकेल दिये गय नागरिक-अनागरिकों की भाषा का भारतीय एस्थेटिक्स है। मुक्तिबोध के ही शब्दों का सहारा लें तो– 'जो तुम्हारे लिए विष है, हमारे लिए अन्न है'। कभी प्रख्यात चित्रकार जगदीश स्वामीनाथन ने कहा था–मैं जो कुछ अब तक 'सुन्दर' मान लिया गया है, उसे 'असुन्दर' बनाता हूँ'। राजधानी दिल्ली के जीवन और कलादीर्घाओं से निकलकर जब वे मध्यप्रदेश के लोक-जीवन और आदिवासी समाज के सम्पर्क में आये, तो उन्हें अपने कैनवास पर मिट्टी के रंगों के साथ एक नयी शुरुआत की। मेरे प्रिय नाटककार, कनाडा के आदीवासी लेखक, टॉमसन हाईवे की जैसी भाषा–'थ्री रेज़ सिस्टर्स' और 'आटा मूव तो कैपसकेसिंग' जैसे स्लम और पटरियों की नागरिकता की भाषा की कलात्मकता।

यह तो पता नहीं, मैंने कभी पूछा भी नहीं कि संजय चौहान, जिन्होंने 'मैंने गांधी को नहीं मारा', 'आई एम कलाम' जैसी फ़िल्मों की पटकथा लिखने के लिए राष्ट्रीय सम्मान और 'पान सिंह तोमर' के लिए 'फ़िल्मफ़ेयर' अवार्ड हासिल किया, ने कभी अपने इस अप्रतिम हमनाम संजय छेल से भेंट की या नहीं, लेकिन संजय छेल अभी भी पहले जैसे ही सक्रिय हैं। उन्ही के शब्दों को उद्धृत करें तो : 'ऐसी कहानी की आदिम परिभाषा अब तक सुनते आ रहे हैं तो उस मायने से मेरी ये कहानियाँ भी मेरे हँसते-रोते जीवन को शान्त करने के लिए लिखी गयी हैं। शायद कहानी नाम की माँ को ढूँढने के लिए?...और जैसा मेरा जीवन है, वैसी ही मेरी कहानियाँ। इनमें अच्छा-बुरा, सच्चा झूठा... ये सब मेरे जीवन एवं व्यक्तित्व का आईना हैं।

यही संजय छेल के कथा-संसार में दाख़िल होने का दरवाज़ा है। उनकी कला के रहस्यलोक को डिकोड करने या कहानियों के उस अबूझमाड़ के बन्द टेल को खिलने वाली कुंजी।

मैं इस संग्रह के पाठकों से उनकी अद्वितीय या बेजोड़ कहानी–'पोस्टर' पढ़ने की गुज़ारिश अवश्य करता हूँ। इस कहानी में एक गुज़रे हुए समय, समाज और सिनेमा की कभी न भुलाई जा सकने वाली एक क्लासिक अनुगूँज है। जैसे कोई अमर शोकगीत। बहुत मन्द्र स्वर में पार्श्व में सुनाई पड़ता कोई मर्सिया।

अगर आप किसी बड़े शहर या महानगर से गुज़र रहे हों और मुख्य चौराहे पर सामने टँगे किसी विशाल होर्डिंग में कोई चमकदार, ग्लैमरस लुभावना ब्रांड एंबेसडर स्टार की मारक मुस्कान दिखाई पड़े, तो 'पोस्टर' पढ़ने के बाद आपको वहाँ या तो अपना चेहरा दिखाई देने लगेगा या फिर इस कहानी के बदहाल पेंटर 'मंगल' का चेहरा।

नये साल 2026 में संजय छेल के इस कहानी-संग्रह के लिए ढेरों शुभकामनाएँ।

–उदय प्रकाश

अनुक्रम

पोस्टर

'मेहनत के फ़रिश्ते' फ़िल्म का यह चौथा सप्ताह चल रहा था। धरमपुर में कोई भी फ़िल्म तीन हफ़्ते से ज़्यादा चले, तो उसे सुपरहिट ही कहना चाहिए। तब मैनेजर के घर खाने-पीने का कार्यक्रम रखा जाता था और थिएटर में ख़ास रोशनी की जाती थी, 20-25 हज़ार लोगों वाले क़स्बे में एकाध फ़िल्म आती और सब लोग मुग्ध होकर पहले ही दिन देख लेते। रेवड़ी, मूँगफली, कोला और तम्बाकू की पुड़िया के साथ, थिएटर की छत पर हिलते-डुलते पंखों के नीचे पसीने से लथपथ, शर्ट के ऊपरी बटन खोल कर मर्द हेलन या बिन्दु का तड़कता-भड़कता बदन या मधुबाला के नख़रों पर सीटी मार देते। पान की वजह से लाल-पीले दाँत वाले उनके मुँह खुले रह जाते और उनकी आँखों में ऐसा भाव छा जाता, मानो कोई अजीब सी चीज़ देख ली हो।

जैसे ही म्यूज़िक शुरू होता और डांसर की देह में बिजली चमकती, सारे मर्द अपने आस-पास देखते, ताली मारते और कहते, 'मैं कहता था ना, मज़ा आयेगा।' पसीने से लथपथ मर्दों के शरीर में अजब सी हलचल पैदा हो जाती। ऊपरवाले जनाना वर्ग यानी बालकनी में घूँघट में ढंकी, बुर्केवाली या फिर स्कर्ट-ब्लाउज़ पहने हुई महिलाएँ भी फ़िल्म देखने आतीं। मुँह पर पाउडर और आइब्रो पर पेंसिल लगाकर 'चलो, चलो, लेट हो जायेगा और लेट होगा, तो समझ में नहीं आयेगा', कहते हुए सब दौड़ी चली आतीं। धर्मेंद्र की फाइटिंग पर पास बैठी महिला का हाथ पकड़ लेती और राजेन्द्र कुमार के चेहरे को देखकर 'बेचारा कितने दिनों से दुखी है', कह कर आँसू छलकाती।

इस क़स्बे में सिनेमा देखने आने वाले लोग थिएटर में प्रवेश करते ही दूसरी दुनिया में पहुँच जाते, मैनेजर प्राणजीवन के तेवर पूरे गाँव में सबसे

अलग, वह चालू शो में छड़ी लेकर थिएटर में घूमता। लोग विलेन से भी ज़्यादा प्राणजीवन से डरते। मैनेजर को फ़िल्म में कोई दिलचस्पी नहीं थी। फ़िल्म देखना वह धर्म के ख़िलाफ़ मानता था, मगर यह तो धन्धा है। किसी फ़िल्म के सुपरहिट गाने में पैसे फेंके जाते, तो प्राणजीवन का लड़का भोपा उसे आगे जाकर इकट्ठा कर लाता। प्राणजीवन वो पैसे थिएटर में ही रहने वाले मंगल पेंटर को दे देता। यूँ कहो कि क़स्बे की कद्रदानी! मंगल, अपने रंगों से सने दाग़ वाले हाथ से सलाम करता और कहता 'साब, माताजी आपका सदा भला करें।' तब तक शो पूरा होने का टाइम हो जाता। प्राणजीवन ट्रैफ़िक कंट्रोल करने निकल पड़ता।

अँधेरे हॉल में तरह-तरह के आकार-चेहरे देखकर, निकलते हुए लोग आपस में अचरज से तरह-तरह की बातें करते। आसमान की ओर देखकर जोरों से गाने गाते, और फिर पान की पिचकारी मारते, लड़ते-झगड़ते, गाँव की गलियों में खो जाते। सब के चले जाने के बाद थिएटर का कुत्ता पोस्टर के सामने भोंकता रहता।

....और फिर आख़िरी शो के बाद श्मशान सी ख़ामोशी।

देर रात मंगल बिना दूधवाली काली चाय पीता रहता। दाढ़ी खुजला कर पेंसिल उठाता और काम में लग जाता।

पूरे क़स्बे में जगह-जगह पर 'मंगल पेंटर' के बनाये पोस्टर लग जाते, गुरुवार सुबह को परीक्षा के रिज़ल्ट की तरह लोग उन पोस्टरों को देखते, मंगल के पोस्टरों में हीरो, हीरोइन, विलेन, बन्दूक़, घोड़ा, तोप, मोटर, कश्मीर, पहाड़, नदियाँ, पूरी दुनिया का तिलस्मी असबाब बना हुआ दिखता था। जैसे ही पोस्टर लगता। धीरे-धीरे आस-पास लोगों की भीड़ चींटियों जैसे जमा हो जाती। लोग तरह-तरह की फ़िकरे कसते, 'उसकी माँ की...इस बार तो दिलीप कुमार की फ़िल्म है, हाई क्लास।' और कोई 'वहाँ देखा? पर्वत पर सुरंग फूट रही है, बहुत ख़र्चा किया होगा शूटिंग में।' इत्यादि कहते हुए फ़िल्म के अर्थशास्त्र के बारे में सोचने लगते।

रामजी दर्ज़ी का ब्याह नहीं हुआ था। उसका गुनाह इतना था कि वह दिनभर पोस्टर को घूर-घूर कर देखता रहता था। तब कोई नटखट तंज कस देता, 'क्या रामजी, ऐसा घूर के क्या देख रहे हो? वह तो मुमताज़ है, मुमताज़।

वह तुम्हारे पास चोली सिलवाने नहीं आयेगी। उसे देखना है, तो थिएटर में पहुँच जाना। यहाँ घूर-घूर के क्या देखते हो?' रामजी लजाकर चला जाता। मंगल, दूर खड़े-खड़े ये सब बातें, ये प्रतिभाव सुनता, मुस्कुराता, ख़ुद के पोस्टर पर ख़ुश होता रहता और ख़ुद से ही कहता : देखा हमरे ब्रश का जादू?

क़स्बे में मंगल पेंटर का एकतरफ़ा राज था। 45 साल के, चेचक के दाग़ वाले, बदसूरत और अविवाहित मंगल के आगे-पीछे कोई न था। वह थिएटर में ही रहता था। उसके साज़-असबाब थे रंग के डिब्बे। वह कुर्ता-पज़ामा पहनता था। थोड़े मैले और रंग के दाग़ वाले कपड़ों में साइकिल पर घूमता रहता था। सारा गाँव उसे पहचानता था। किसी की दुकान पर, किसी मन्दिर या फिर किसी पाठशाला को वह सूचनाएँ या बोर्ड बनाकर देता। कई साल से गाँव की दीवारों पर उसके सुन्दर अक्षरों से स्लोगन, इश्तेहार इत्यादि लिखे हुए थे।

सारा गाँव उसके रंग-बिरंगे अक्षरों का सम्मान करता आया था।

मंगल रातभर सफ़ेद कपड़े पर फ़िल्मी सितारों के चित्र बनाता रहता। सुबह जब वह पोस्टर पूरा करके बीड़ी जलाता था, तब मस्जिद की अज़ान सुनाई देती थी। सुबह के हलके उजाले में उसका पोस्टर ऐसा चमकता, जैसे किसी फ़ोटो स्टूडियो के केमिकल से उभर कर नया फ़ोटोग्राफ़ बनकर आया हो। उसके पोस्टरों में हीरोइन के चमकीले बदन के नशीले कटाव में और खलनायक के डरावने चेहरे की रेखाओं में वह असर था, जिससे लोग थिएटर में खिंचे चले आते थे। मंगल की रातभर की मेहनत और लोगों का विस्मय भाव...लोग पोस्टर देखकर फ़िल्म देखने का निर्णय करते थे।

पोस्टर पहला अंक था और फ़िल्म दूसरा अंक।

बड़े घरों की स्त्रियाँ सिनेमा देखने नहीं जाती थीं। कभी रात को उनके पति उन्हें स्टोरी सुनाते, तो वे भोलेपन से कहतीं, 'उसमें क्या देखना? तुम भी उसका मोह क्यों रखते हो? वो सब सच नहीं होता, है ना?' पति भी उसे 'हाँ' कह कर बात टाल देता। मगर कुछ घरों में औरतों को फ़िल्म देखने की इज़ाज़त मिल जाती, इसलिए औरतें भी जब घड़े उठाकर पानी भरने जातीं, तब निगाहें उठा कर पोस्टर देख लेतीं। राजेन्द्र कुमार को, राजेश खन्ना को, जितेन्द्र को और भीगी साड़ी में ज़ीनत अमान को...और फिर शर्माते हुए मुस्कुराकर

अगली गली में मुड़ जातीं। जनाना विभाग में मंगल पेंटर ने दीवार पर लिखा था, 'चालू शो में बातें करना मना है।' फ़िल्म देखना, पोस्टर देखना, मंगल पेंटर के साथ चाय पीना या प्राणजीवन के साथ हाथ मिलाना, ये सब भी गाँववालों के लिए एक मनोरंजन जैसा ही था।

जैसे आधी रजवाड़ी चाय पीने का मज़ा, खैनी खाने का मज़ा, इसकी माँ का...

उस थिएटर के जनाना विभाग में हफ़्ते में कम से कम चार दिन राबिया फ़िल्में देखने आती थी। मंगल पेंटर बहुत दिनों से उसे ग़ौर से देख रहा था। शो शुरू होने से पहले वह गेट के पास से रेवड़ी ख़रीदती और मंगल के पास आकर खड़ी हो जाती।

मंगल उसे देखकर हँसता, मगर उसकी हँसी में कोई रंग नहीं होता था।

राबिया पूछती, 'इसके बाद कौन सी फ़िल्म लगने वाली है?'

मंगल कहता, 'पता नहीं'

राबिया मुँह बना कर कहती, 'तुम फ़िल्म वालों के नख़रे बहुत हैं।'

मंगल उसकी इस बात पर हँस देता, तीसरी घण्टी की आवाज़ आती। राबिया दौड़कर चली जाती। झूठ-मूठ का ग़ुस्सा करने वाली राबिया मंगल को अच्छी लगती थी और राबिया को फ़िल्में अच्छी लगती थीं।

अब मंगल रोज़ राबिया का इन्तज़ार करने लगा। पोस्टर पर आधा चेहरा बनाकर वह अचानक रुक जाता, उसे राबिया याद आती। कश्मीर के बरसों पुराने फ़िल्मी सीन को पोस्टर में उतारते वक़्त उसे अचानक उन कश्मीर की वादियों में दौड़ती हुई राबिया दिखाई देने लगती थी।

मंगल को बहुत कम बोलने की आदत थी, इसलिए वह किसी से यह बात कह नहीं पाता था। उसे जब राबिया के ज़्यादा ख़याल सताने लगते, तो वह दीवारों पर रंग से टेढ़ी-मेढ़ी रेखाएँ खींचने लगता। एक बार उसने राबिया के बारे में भोपा से पूछा। भोपा ने इतनी हिन्दी फ़िल्में देख रखी थीं कि उसका दिमाग़ किसी कांइये विलेन की तरह तेज़ चलता था। मंगल की मजबूरी वह समझ गया। भोपा ने मौक़े को देखते ही कहा, 'मंगल भाई, आज आख़िरी शो में 'झुमका गिरा रे' गाने में लोग पैसे उछालेंगे। मैनेजर तो वो सब तुम्हें ही देगा. उसमें से आधा पैसा मेरा। बताओ, मंज़ूर है?'

मंगल ने आँखों से हाँ कह दिया।

भोपा ने विलेन की तरह दो मिनट सोचा और फिर कहा, 'ठीक है, शो ख़त्म होने के बाद तुम इसी जगह पर मिलना, तुमको माल मिल जायेगा।'

भोपा हँसता हुआ चला गया और थिएटर की स्ट्रीट लाइट के पास मंगल यह सोचता हुआ बैठा रहा कि कब 'झुमका गिरा रे' गाना ख़त्म हो और कब मुझे उस राबिया के बारे में कुछ पता चले। स्ट्रीट लाइट के पास राह देखते हुए मंगल 'झुमका गिरा रे' गाने की लाइन के भरोसे सो गया. कुछ देर बाद उसके कानों में किसी ने ज़ोर से आवाज़ दी, 'ढेनटेनेन...'

मंगल चौंककर खड़ा हो गया, भोपा उसके सामने विलेन जीवन की बांकी अदा में खड़ा था।

मंगल ने बोला, 'क्या?'

भोपा ने कहा, 'रेवड़ी खानेवाली उस लड़की का नाम राबिया है। मोचीवाड़ा में रहती है। उसकी माँ विधवा है। राबिया ने स्कूल छोड़ दिया है।' इतना कह कर वह देवानन्द की तरह हिलता-डुलता निकल गया।

मंगल ने अपने पोस्टर की तरफ़ देखा, पोस्टर के केसरी रंग में साँझ झलकती थी और दो प्रेमी एक-दूसरे के आलिंगन में थे।

मंगल पोस्टर को देखकर बोला, 'वाह, क्या रंग है!'

दूसरे दिन मंगल साइकिल पर मोचीवाड़ा घूमने निकला। उसे राबिया का घर नहीं मिला। शाम को पहला शो हाउसफुल हो गया। फ़िल्म थी, 'दोरंगी दुनिया'। राबिया दौड़ती हुई आयी, मंगल के पास आकर खड़ी हो गयी।

'मंगल, तुम ये सब चेहरे अपने मन से ही बना देते हो?'

मंगल को आश्चर्य हुआ कि आज यह क्यों मेरे काम में दिलचस्पी दिखा रही है? उसने कहा, 'नहीं, हमेशा मन से नहीं। कई बार फ़ोटो देखकर भी...'

'मुझे वह फ़ोटो दिखाओ ना!'

'फिर कभी।'

'क्यों? मैं लेकर भाग नहीं जाऊँगी।'

'ऐसा नहीं, मगर अभी वो फ़ोटो झट से मिलने चाहिए ना?'

'कितने हैं?'

'बहुत।'

'बहुत सारे?'

'हाँ' मंगल ख़ामोश रहा।

'अं..वो क्या है मंगल...कि मुझे ना एक टिकट चाहिए। आज मुझे यहाँ आकर पता चला कि हाउसफुल है! ससूरी, एक भी नहीं मिल रही।'

मंगल उसे एकटक देखता रहा, राबिया शरमा गई, पोस्टर की शर्मिला टैगोर की तरह। मंगल उठ खड़ा हुआ।

'आज लाकर देता हूँ, लेकिन रोज़ मत माँगना।'

'क्यों? मैं तो रोज़ माँगूँगी! बोलो, क्या कर लोगे?'

'क्यों, मेरे बाप का थिएटर है?'

'अरे, तुम्हें कौन मना करेगा? तुम पोस्टर नहीं बनाओगे, तो फ़िल्म देखने कौन आयेगा?'

'तुम।'

'क्यों? मैं ही क्यों आऊँगी?'

'मुझे देखने।'

राबिया ख़ामोश हो गयी।

मंगल ने जेब से एक टिकट निकाल कर दे दिया। राबिया हमेशा की तरह दौड़कर चली गयी। फ़िल्म फ्लॉप थी। एक शो के बाद उतार ली गयी। शो ख़त्म होने के बाद राबिया कह कर गयी। 'इस फ़िल्म से अच्छा तो तुम्हारा पोस्टर था।'

मंगल उसकी ओर देखता रहा, एक कपड़ा, रंगभरा उसके हाथ में दे दिया। राबिया कुछ समझ नहीं पायी, मंगल ने राबिया को छूकर देखा, जैसे जीता-जागता पोस्टर। बारिश चल पड़ी।

अब धरमपुर में राज कपूर की फ़िल्मों की सीरीज़ शुरू होनेवाली थी, हर रोज़ एक नयी फ़िल्म। प्राणजीवन मैनेजर ने छोटे से क़स्बे में एक पब्लिसिटी स्टंट शुरू किया, हर सुबह नया पोस्टर लगता था और रात को शो होता था। किसी को पता नहीं होता कि कल कौन सी फ़िल्म लगेगी। क़स्बेवालों को भी इस तरह अँधेरे में रहना, रहस्य को झेलना अच्छा लगता था। मंगल को रातभर जागकर पोस्टर बनाने पड़ते। 'आवारा', 'बरसात' और

'संगम' से लेकर पतले पारदर्शक दुपट्टेवाली ज़ीनत अमान की फ़िल्म तक के रंग बरसाते पोस्टर।

राबिया को ख़ुश करने के लिए मंगल सुबह-सुबह साइकिल पर पोस्टर लेकर सब से पहले मोचीवाड़ा से गुज़रता। कौन-सी फ़िल्म लगने वाली है, यह ख़बर सबसे पहले राबिया को मिल जाती। खिड़की में से चेहरा निकाल कर राबिया देख लेती और वो ख़ुश होकर तालियाँ बजाती। मंगल, हँसता देख हँसकर ज़ोर से पैडल घुमाता। हलके से उजाले में साइकिल पर सवार मंगल, शैलेंद्र का कोई रोमेंटिक गीत गुनगुनाता हुआ गली-गली भटकता रहता। उसके पीछे शरारती बच्चे भागते रहते, कुत्ते भौंकते रहते...पर मंगल अपनी मस्ती में घुमता रहता। मंगल पेंटर को राज कपूर की दर्दभरी प्रेमी की निग़ाहें अच्छी लगतीं थीं। पोस्टर पर राज कपूर की आँखें बनाते हुए मंगल उसी का गाना गुनगुनाता रहता।

'राबिया, तू मुझे अच्छी लगती है।'

'चल, चल। टिकट दे आज का। इतना लिपट मत।'

'देख, तू मुझसे रोज़ मिलती है। बहुत सारी बातें पूछती रहती है...ओर फिर तू मुझे और भी अच्छी लगने लगती है।'

'तुम फ़िल्मवाले ना, बहुत हरामी होते हो।'

'मैं कहाँ फ़िल्मवाला हूँ? मैं तो सिर्फ़ पोस्टर बनाता हूँ। फ़िल्म बन जाने के बाद...'

'रहने दे...रहेने दे...वो सब एक ही बात है। मैंने कल ही फ़िल्मी पर्चे में पढ़ा था कि एक हीरो ने अपनी बीवी को छोड़ दिया।'

'पागल है तू, उन फ़िल्मवालों की बात अलग है और मेरी बात अलग। मैं तो सिर्फ़ पेंटर हूँ, चल मुझे ये बता, मैं तुझे पसन्द हूँ क्या?'

'अं...तुम्हारा स्वभाव बहुत अच्छा है, पर तुम अपने पोस्टर जितने अच्छे नहीं दिखते।'

मंगल की नज़रें झुक गयीं। उसने मिट्टी में उँगली से अपने हस्ताक्षर कर दिये।

'तुम्हारे चेहरे को देखकर भी मुझे बहुत डर लगता है, सच कहती हूँ, तुम टिकट देते हो, तब भी मुझे डर लगता है।'

'लेकिन...'

'लेकिन तुम्हारे पोस्टर मुझे बहुत अच्छे लगते हैं। तुमने उस दिन देव आनन्द का बढ़िया पोस्टर बनाया था, गाईड फ़िल्म का। उसके बाल की क्या स्टाइल बनायी थी! ए पेंटर, एक बात पूछूँ? मेरा भी एक पोस्टर बना कर दोगे?'

'क्या?' मंगल को समझ में नहीं आया।

'हाँ, बहुत सारे रंगों वाला पोस्टर। मेरी फ़ोटो देख के। जैसे मैं पानी के फव्वारे में नहा रही हूँ, वैसा...या फिर झुक के....बस बस, अब ज़्यादा नहीं बताऊँगी। मुझे शर्म आती है।'

राबिया दौड़ कर चली गयी, हमेशा की तरह।

आख़िरी शो के लिए आने वाले दर्शकों की भीड़ जमने लगी। नम आँखें लेकर मंगल को भी उस भीड़ में खो जाना पड़ा। उस रात मंगल ने अपना चेहरा आईने में देखा, उसे लगा कि राबिया की बात बिल्कुल सच है। हसीन चेहरे बनाते वक़्त उसे हमेशा आश्चर्य होता था कि इतने हसीन लोग मेकअप क्यों करवाते होंगे? अब समझ में आता है। कलाकार लोग मेकअप करवा के हसीन बन कर घूमते हैं। मगर असल में...मंगल ने मन ही मन कुछ सोचा और बीड़ी जलाई। काली चाय पी ली। राबिया ने जो कहा था, उस पर सोचता रहा और दो–तीन रंगों को प्लेट में मिलाता रहा।

राज कपूर के फ़िल्म फेस्टिवल के डेली चेंज में कल 'संगम' का पोस्टर लगने वाला था। मंगल ने शुरुआत की, एक जुनून से। एक जोश के साथ दो घण्टे में उसने चार–चार पोस्टर एक साथ बना डाले, बिना किसी रुकावट के। जैसे रंग के छींटे पड़े हों और उसका कैलिडोस्कोप रच गया हो, वैसे उसने इन्सानों के, लोकेशन के, दृश्यों के टुकड़े त्वरा से बना डाले। भीगी-भीगी वैजयंती माला, रोता हुआ–माथे पर शिकन वाला राज कपूर, हेलिकॉप्टर के घूमते हुए पंखे, राजेन्द्र कुमार का आटे जैसा फ़ीका चेहरा–सब उसने एक साथ बना डाले। हीरो के चेहरे पर इश्क़बाज़ अदा, हीरोइन के सीने पर चिपकी हुई साड़ी, विलेन के होंठों के बीच सिगरेट। सब कुछ, फिर फांसी का अन्तिम फ़ैसला सुनाते हुए जज की तरह पोस्टर बनाकर उसने ब्रश तोड़ डाला।

पोस्टर की नक़ली दुनिया में उसने असली इन्सानों के सुख-दुख भर दिये।

अगली सुबह, ये सारे पोस्टर धरमपुर क़स्बे की गली-गली में लग गये। लोग इकट्ठा होकर देखने लगे। फ़िल्म का नाम तो 'संगम' रखा है, मगर पोस्टर पर यह कौन है? और वह हीरोइन? इसकी माँ...यह तो ग़ज़ब हो गया। कुछ पढ़ने में ही नहीं आ रहा! लोगों को पोस्टर देखकर बड़ी हैरानी हुई. ससुरा यह पोस्टर है या मज़ाक़?

क्योंकि पोस्टर में हीरो की जगह बदसूरत मंगल के अलग-अलग चेहरे बिखरे हुए थे!

सुबह उन सारे पोस्टरों को देखकर खुद मंगल को भी पसीना आ गया। वह मैनेजर प्राणजीवन के कमरे में धीरे से गया।

'ये क्या कर डाला, मंगल? पोस्टर में राज कपूर कहाँ है? उसके बदले तुम्हारा चेहरा? तू...तू पागल हो गया है क्या? रात को ज़्यादा पी ली थी?'

मंगल ने कहा, 'नहीं, नहीं। साहब, वो...वो...'

प्राणजीवन ने पान थूक दिया, 'अरे क्या वो...वो...? राज कपूर की जगह तेरा थोबड़ा बना कर मेरी बदनामी करना चाहता है? होश में तो है ना?'

मंगल कुछ कहे बिना चला गया। उसके ही बनाये पोस्टर्स, गली-गली दीवर–दर–दीवार उसी का मज़ाक़ उड़ा रहे थे। अलग-अलग हाव-भाव वाले, डरावने चित्र, रंगवाले, बिना रंगवाले, एक-एक मुखोटे जैसे चित्र। मंगल अपने कमरे में जाकर आईने के सामने रोने लगा। वो ख़ुद को थप्पड़ मारने लगा।

बाहर पोस्टर को देखकर राबिया जोर-जोर से हँस रही थी। मंगल स्तब्ध होकर उस पोस्टर को देखता रहा। अपना ही हँसता हुआ चेहरा।

राबिया उसे देख, हँसते हुए भाग गयी, आख़िरी शो में भीड़ कम थी और भीड़ में से किसी ने कहा :

'पोस्टर को छोड़ो, फ़िल्म बहुत अच्छी है!'

सफ़ेद हाशिए

1. बॉडी

महेश पंचाल, पक्का वेजिटेरियन था, फिर भी उसके हाथ हमेशा ख़ून से रंगे रहते थे। कोई कसाई जैसे बकरे-मुर्गे को काटता है, उसी तरह महेश इन्सानों के शरीर की चीर-फाड़ करता। सरकारी अस्पताल के पोस्टमॉर्टम डिपार्टमेंट में काम करते हुए उसके हाथों को, आँखों को, मन को–अनजान शरीरों की चीर-फाड़ करने की आदत-सी हो गयी थी।

पिछले कुछ दिनों से उसे ओवरटाइम करना पड़ रहा था, क्योंकि शहर में भयानक दंगे चल रहे थे। एक के बाद एक शव उसके पास आते रहते थे। उन मुर्दों पर नाम नहीं होते थे। वे सिर्फ़ चेहरे ही थे। चिल्लाते-चिल्लाते सुन्न हो गये चेहरे। डर कर जमे हुए चेहरे। चित्कार करते वक़्त गले में जैसे प्राण अटक गये हों, वैसे चेहरे। शान्ति का लेप लगा कर सोये हुए चेहरे। और फिर कुछ चेहरों पर तो चेहरे ही नहीं थे। वे जलकर कोयला बन गये थे। अस्पताल के मुर्दाघर में लाशों का ढेर लगा हुआ था। एक-दूसरे पर मिल-जुल कर पड़े मुर्दे 'एकता और सामंजस्य' के ढेर नज़र आ रहे थे।

कुछ दिनों से महेश पंचाल बहुत थक कर घर पर आता था। उसकी पत्नी या बेटा उसके पास आने से डरते थे, क्योंकि वह आजकल बात-बात में नाराज़ हो जाता था। खाना खाते वक़्त बिना वजह थाली पटक कर खड़ा हो जाता। 'क्या हाल है?' जैसे सीधे-सादे प्रश्न पर वह 'क्यों, मेरा पोस्टमॉर्टम करवाना है? अभी तो मैं ज़िन्दा हूँ!' जैसी टेढ़ी प्रतिक्रिया देकर बेडरूम का दरवाज़ा पटक देता।

अस्पताल में रात-दिन पत्रकारों की भीड़ से महेश का दम घुटता था। नेताओं के गमछाधारी चमचे बार-बार वक़्त–बेवक़्त टपक कर उससे पूछते, 'सच बता, उन लोगों के कितने शव आये?' एनजीओ वाले भी उससे पूछते, 'अल्पसंख्यकों के कितने लोग मारे गये? कितने बहुसंख्यक मरे? कुल कितनी बॉडी जमा हुईं?' नेता लोग उसके पास आकर सही आँकड़े छुपाने के लिए धीरे से धमकी देते थे। पूरा अस्पताल जैसे मुर्दे गिनने की काउंटिंग मशीन बन गया था।

महेश, यूँ तो सालों से पोस्टमॉर्टम करता था। मुर्दों की चीर-फाड़ करते हुए उसके हाथ कभी नहीं काँपते थे। मगर इस बार उसे लग रहा था कि हर मुर्दा जैसे उसे घूर रहा है। अस्पताल में मुर्दों का सैलाब रुकने का नाम नहीं ले रहा था। महेश और उसके साथी दिन-रात शवों को चीरकर रिपोर्ट बना रहे थे। मीडिया और मन्त्रियों का दबाव बढ़ता जा रहा था। सब के सब सही आँकड़े जानने या छिपाने के लिए पीछे पड़ गये थे।

'**बॉडी काउंट**'– यह शब्द उसने पहली बार सुना था।

सड़े हुए मुर्दों की गन्ध, इथर की ख़ुशबू, सायरन की आवाज़ें...लगातार 18 घण्टे तक मुर्दों की चीर-फाड़ करने से महेश को आज बार-बार उल्टियाँ हो रही थीं। आज पहली बार उसने वॉर्ड बॉय मेघजी से एक बीड़ी माँगकर जलाई। उसे बहुत खाँसी आयी। उसका सिर चकराने लगा और वह बैठ गया। कुछ देर के लिए उसे सामने लॉबी में खड़े हुए लोग चलते-फिरते मुर्दे जैसे लगने लगे।

उस रात महेश अपने दोस्त दलपत के घर गया। शहर में कर्फ़्यू था और वैसे भी शराब के लिए तो उस के शहर में हमेशा कर्फ़्यू ही होता है, क्योंकि वहाँ शराबबन्दी है। इसलिए, दोनों ने दलपत के मकान की टेरेस पर अँधेरे कोने में बैठ कर चोरी-छुपे स्टील के गिलास में व्हिस्की पी। शराब के साथ तीखे पापड़ की वजह से उसे गले में थोड़ी जलन होने लगी। थकान, ग़ुस्सा, बोरियत, शराब-इन सब के कॉकटेल से महेश रुआँसा हो गया : 'इसकी माँ का...पता ही नहीं चलता कि मैं मुर्दे का पोस्टमॉर्टम करता हूँ या यह पूरा का पूरा शहर मेरा पोस्टमॉर्टम कर रहा है। फटे हुए पेट वाली नंगी औरतें, घुटने

तक पेंट उतार कर मर चुके मर्द, झूले में अँगूठा चूसते-चूसते जल गये बच्चे- साला ये सब याद कर करके उबकाई आने लगती है।'

दलपत ने उसके कन्धे पर हाथ रखा और कहा, 'रिलैक्स यार, चल, कहीं बाहर चलते हैं।'

महेश ने पूछा, 'कर्फ्यू में कहाँ जायेंगे?'

दलपत ने आँख मारते हुए कहा–'हरामज़दगी के कामों में कभी कोई कर्फ्यू बीच में नहीं आता। चल तो सही राजा...'

दलपत महेश को एक अँधेरी गली में ले गया। वहाँ एक मकान, जो ऐसा भद्दा दिखता था, जैसे उसने सस्ता मेकअप किया हो। रंग-बिरंगी खिड़कियाँ शराबी की आँखों की तरह चमक रही थीं। लकड़ी की सीढ़ी पर दो-तीन लड़कियाँ खड़ी थीं। उनके चेहरे पर लिपस्टिक के सिवा कुछ भी नहीं दिखाई दे रहा था। महेश ने उनमें से एक लड़की को पसन्द किया और पासवाले एक छोटे से कमरे में ले गया। कमरे में एक तरफ़ छोटा सा बल्ब अपनी आख़िरी सांसें गिन रहा था। महेश अपनी साँस रोककर उस लड़की की साँस लेती हुई छाती को देखने लगा। महेश का सिर चकराने लगा। उसे सब कुछ गोल-गोल घूमता हुआ नज़र आया।

लड़की ने कपड़े निकाले। महेश ने भी शर्ट निकाला और कोने में फेंक दिया। सफ़ेद चद्दरवाले पलंग पर लड़की कपड़े उतार कर लेटी हुई थी। महेश कुछ देर तक टुकुर-टुकुर उसे देखता रहा। उसने लड़की के बदन पर हाथ फेरना शुरू किया। चेहरा, गला, हाथ-पाँव, पेट, सीना...उफ्फ एक पूरी की पूरी जुड़ी हुई, 'वन-पीस बॉडी!', जो महेश ने बहुत लम्बे अरसे बाद देखी, जिस पर कहीं भी ख़ून का एक क़तरा तक नहीं था, कहीं कोई घाव या ज़ख़्म का कोई निशान नहीं था। वह उस गुदाज़ बदन पर हाथ फेरता रहा। उसने चेहरे पर हाथ फेरते हुए लड़की को नज़दीक खींचा, फिर उसे चूमने लगा। फिर अचानक उसे चूमते-चूमते, महेश की आँखें लाल हो गयीं और उस का हाथ उस लड़की के गले पर जा पहुँचा...

अगले दिन महेश देर से अस्पताल पहुँचा। कल रात का हैंगओवर उसके सिर पर सवार था। अब मुर्दे आने कम हुए थे, क्योंकि अब मिनिस्टर ने

पुलिस को हिंसा का दौर रोकने का आदेश दे दिया था। महेश, रिपोर्ट बना रहा था। मेघजी चाय रख कर चला गया। पास में स्थानीय अख़बार पड़ा हुआ था। महेश का ध्यान उस पर नहीं गया था। उस अख़बार में ख़बर छपी थी : 'दिवानपुरा में एक नाबालिग वेश्या की हत्या।' थोड़ी देर में पुलिस इंस्पेक्टर आया। उसने महेश से पूछा कि कल रात वह कहाँ था? वह कुछ भी कहे उससे पहले, उसे दलपत दिखाई दिया, बाद में महेश फूट-फूट कर रोने लगा।

कोर्ट में जज ने उससे बार-बार पूछा कि उसने वेश्या की हत्या की है या नहीं? सारे सबूत महेश के ख़िलाफ़ थे। वकील और जज उसे बार-बार समझा रहे थे कि सच बता दो, मगर महेश एक मुर्दे की तरह ख़ामोश था। आख़िर, बहुत सारे सवालों की मार से वह ऊब गया और ज़्यादा सह नहीं पाया। उसने चिल्लाकर कहा, 'मेरा यह पहला मर्डर नहीं है, यह मेरा 250वां मर्डर है। 249 बॉडी अस्पताल में पड़ी हैं और यह 250वीं बॉडी है। मुझसे कहा गया था कि बॉडी काउंट बढ़ा दो। तो लो, ये है बॉडी काउंट! अगर मुझे सज़ा देनी ही है, तो 250 मर्डर के लिए सज़ा दो, सिर्फ़ एक मर्डर के लिए नहीं।'

2. धुआँ

ट्रेन दौड़ रही थी। दूर कहीं गोधरा में साबरमती एक्सप्रेस के एस-6 कोच को जलाया गया। उस घटना को एक महीना बीत चुका था। ट्रेन में ख़ामोशी थी। अब्दुल, बबलू, मुन्ना और साहिल दरवाज़े के पास खड़े थे। चारों के भड़कीले कपड़े और धूप में झुलसाए चेहरे देखकर लोगों की नज़रें बार-बार उन पर पड़ती थीं। उनकी नज़रों में कुछ तो बात थी। 4-5 पुश्तों के पहले उलट दी गयी रियासत के आवारा वंशजों जैसी अकड़ थी उन लडकों में– जिसे लोग 'एटिट्यूड' कहते हैं।

तभी साहिल ने सिगरेट निकाली। उसे देख बबलू, अब्दुल और साहिल ने भी सिगरेट जलाई। पास में बैठी हुई फैमिली में से एक ने विरोध किया : 'ट्रेन में स्मोकिंग करना मना है।'

मगर वे लड़के नहीं माने। धीरे-धीरे डिब्बे में सब खड़े हो गये और उनके ख़िलाफ़ बोलने लगे। सबने मिल कर चारों को सिगरेट पीने से रोक दिया। 4 के ख़िलाफ़ 40 की स्थिति बन गयी। मुन्ना की गैंग अल्पसंख्यक में आ गयी।

पर अब साहिल ख़ुद को रोक न सका, तो उसने दोस्तों से कहा, 'सुलगाओ रे, मैं देखता हूँ, इसकी माँ का...कौन रोकता है?' मगर अब्दुल ने उसे समझाया कि यह वक़्त पब्लिक के साथ पंगा लेने का नहीं है।

कुछ देर बाद ट्रेन एक छोटे से स्टेशन पर पहुँची। ट्रेन जैसे ही धीमी हुई साहिल चिल्लाया : 'ए गोधरा आया, गोधरा आया। बाहर बहुत बड़ी टोली खड़ी है रे, दरवाज़े खिड़कियाँ बन्द कर लो फटाफट।'

यह सुनते ही सब लोगों ने खिड़की-दरवाज़े बन्द कर दिये।

डिब्बे में दिन में ही रात सा अँधेरा छा गया। सब डर के मारे ख़ामोश हो गये। फिर उस अँधेरे में साहिल ने स्टाइल से सिगरेट जलाई और कश लेते हुए बोला–'अब निकाल कर दिखाओ हमें डिब्बे से बाहर। है किसी में दम? इसकी माँ की...'

इस बार डिब्बे में किसी ने कुछ नहीं कहा।

साहिल ने दोस्तों से कहा, 'देखा...महीनों पहले आग लगी थी, आज भी सिर्फ़ धुआँ देखते ही फटती है सबकी...' वो लोग हँसने लगे। पर डिब्बे में सब लोग अब ख़ामोश रहे। साहिल ने आराम से सिगरेट ख़त्म की। अब्दुल, मुन्ना, बबलू अब चुप थे। कुछ देर बाद ट्रेन आगे बढ़ी। साहिल और उसके दोस्तों ने डिब्बे के दरवाज़े खिड़कियाँ खोल दीं। अभी भी डिब्बे में डर और धुआँ छाया हुआ था।

पर सब के सब अब भी ख़ामोश थे।

अब ट्रेन अगले स्टेशन पर रुकी। तब डिब्बे में से लोगों ने देखा कि वास्तव में गोधरा स्टेशन तो अब आया है! इससे पहले कोई और ही स्टेशन था।

'कैसे उल्लू बनाया रे सब को?' कहते हुए स्टेशन पर चारों लड़के ठहाके मारते उतर गये।

ट्रेन के डिब्बे में सिगरेट का धुआँ, डर में घुल कर धीरे-धीरे शान्ति से तैर रहा था और आज गोधरा स्टेशन पर भी अलग ही क़िस्म की शान्ति थी।

3. मैनक्विन

बाबू साड़ियों की दुकान में काम करता था। रोज़ सुबह वह मैनक्विन को यानी मर्द–औरतों के नंगे डमी या पुतलों को सजाता था। ब्लाउज़ पहनाता, घाघरा

पहनाता, फिर उसके ऊपर अच्छी तरह से सजा कर साड़ी पहनाता...यह काम करने में उसे बहुत ख़ुशी मिलती थी। कभी-कभी अगर कोई देख न रहा हो, तब वह मैनक्विन को गले लगाकर दो-चार किस भी दे देता था।

इस बीच, बाबू की अम्मी ने गाँव से हिना नाम की लड़की खोज निकाली और उसके साथ बाबू की शादी करवा दी। दामूनगर की चॉल में बाबू का संसार शुरू हुआ। छोटी सी खोली में छोटे भाई-बहन और अम्मी के बीच पर्दा डालकर बाबू रात को हिना के साथ सोता, उसे छू लेता, पास खींचता, चूमता...मगर बेचारा बाबू इससे ज़्यादा कुछ नहीं कर पाता था। कपड़े निकालने की, साँस के उतार-चढ़ाव की या हिना के कंगन की आवाज़ें छोटे से कमरे में गूँज उठेंगी, इस बात के डर से बाबू का पौरुष काँप उठता था। बाबू जब हिना को अपनी बाहों में लेता, तब आँखें मूँदकर मैनक्विन के नग्न और चिकने जिस्म को याद करता। मगर कपड़ों से ढंके हुए हिना के शरीर से उसे पुतले जैसा आनन्द न मिल पाता। हिना भी ख़ामोशी से हाँफती हुई, सहमी-सी चुपचाप सो जाती।

बहुत दिनों तक ऐसा चला। बाबू के दिल में डर बैठ गया कि कहीं वह नामर्द तो नहीं? उसने तरह-तरह के वैद्य–हकीमों की दवाइयाँ लीं। नग्न, अर्धनग्न फ़ोटोवाली मैगज़ीन ले आया। मगर 10 बाय 12 की उस खोली में बाबू की मर्दानगी पालथी मारकर ऐसे बैठ जाती थी, जैसे कुंडली मारकर बैठा साँप।

उन्हीं दिनों में शहर में दंगे शुरू हो गये। अम्मी और भाई-बहन गाँव जाने के लिए निकल गये। बाबू ने हिना को भी गाँव जाने के लिए कहा, मगर हिना नहीं मानी। उसने रोते-रोते कहा, 'नहीं जाऊँगी कहीं, मुझे पता है, मैं एक बार चली गयी, तो तुम मुझे वापस कभी नहीं बुलाओगे।' बाबू ने बहुत समझाया कि ऐसा कुछ नहीं होगा। वह उसे कैसे छोड़ सकता है? हिना तो उसकी बीवी है। तब हिना ने पूछा, 'मैं बीवी हूँ, तो मुझसे प्यार क्यों नहीं करते? मैं तुमको पसन्द नहीं हूँ ना? बोलो?' बाबू के पास इसका कोई जवाब नहीं था। हिना गाँव ना जाकर बाबू के पास ही रही।

उसी शाम दंगाइयों का झुंड दामूनगर में घुसा। जलते हुए टायर सामने वालों के गले में डालकर उन्हें जलाने का जुनून झुंड के सिर पर सवार था। वे

लोग बाबू की खोली तक पहुँचे, लेकिन उनके पहुँचने से पहले हिना को लेकर बाबू पीछे के रास्ते से भागा। चारों ओर लोग भाग रहे थे। बाबू को पता नहीं चल रहा था कि वह कहाँ जाये? पहले वह अपनी दुकान पर पहुँचा। उसका मालिक दूसरे धर्म का था। उसने बाबू को साफ़-साफ़ मना किया और कहा कि लोग उसकी दुकान जला देंगे। मालिक ने दुकान का शटर तपाक से बन्द कर दिया और चल पड़ा।

बाबू, हिना का हाथ थामे हुए दूसरी ओर दौड़ा। एक झुंड उसके पीछे दौड़ा। बाबू एक के बाद एक गलियाँ पार करके भाग रहा था। हिना दौड़ते हुए हाँफ़ रही थी। बाबू ने उसके बाल खींचते हुए कहा, 'भाग तेरी माँ की... साली। बोला था ना कि गाँव चली जा? साली समझती ही नहीं कुछ. अब मर मेरे साथ!'

भागते हुए बाबू एक सुनसान गली में पुराने गोडाउन के पास जा पहुँचा. गोडाउन का मालिक बाबू का दोस्त था। इस वक़्त गोडाउन बन्द था पर बाबू उस गोडाउन के कोने-कोने से वाक़िफ़ था। बाबू ने लात मारकर उसका एक पतरा तोड़ दिया, हिना को अपने साथ अन्दर खींच लिया, पतरा फिर से वहाँ सटा दिया।

यहाँ नये-पुराने मैनक्विन्स बनाने का, रिपेयर करने का या किराये पर देने का काम होता था। उस गोडाउन में मर्द और औरत के सुडौल मैनक्विन्स चारों ओर रखे हुए थे।

सब के सब नग्न, अनावृत।

ऐसा लगता था, जैसे 100-150 अलग–अलग गोरे पुतलों के सुरेख हाथ–पाँव, मुस्कुराता हुआ चेहरा, सुडौल स्तन और लचीले कूल्हों का जंगल उग आया हो, एक छोटे बल्ब की हल्की रोशनी में बहुत सारे सुन्दर, मुस्कुराते हुए मैनक्विन्स चमक रहे थे।

बाबू और हिना उन नग्न पुतलों के बीच छिप गये। उनकी साँसें शान्त हुईं। तब तक वह झुंड गोडाउन के पास आ पहुँचा।

'इधर ही कहीं होंगे, ढूँढो, सालों को।'

और फिर गन्दी गालियाँ सुनाई दीं। अब हिना और बाबू ने अपनी साँसें रोक लीं, जिससे उनके हाँफते अस्तित्व का एहसास किसी को पता न चले। झुंड भीतर आने का दरवाज़ा ढूँढ रहा था।

अचानक बाबू को एक ख़याल आया। उसने हिना से कहा, 'कपड़े निकाल'। हिना डर गयी। बाबू ने उसे थप्पड़ लगाकर कहा, 'निकाल साली, बोला ना...मरना है क्या? ज़िन्दा रहना है, तो नंगी हो जा, साली सोच मत उतार कपड़े तेरी तो...'

दोनों ने फ़ौरन कपड़े उतार कर एक बोरी में छिपा दिये। माथे पर रंग-बिरंगे कपड़े पगड़ी की तरह बाँध लिए। अनेक नंगे मैनक्विन्स के बीच वे दोनों साँस रोक कर स्टैच्यू बनकर खड़े हो गये, मानो जैसे ज़िन्दा मैनक्विन्स।

झुंड भीतर आया। चारों ओर टॉर्च–लाइट से देखा, भीतर का माहौल देख एक ने कहा, 'इधर तो ख़ाली पुतले ही पुतले हैं। साला एक भी ज़िन्दा इन्सान नहीं। अब जलायेंगे किसको? खाली-पीली फ़ालतू में टाइम ख़राब हुआ।'

झुंड में से एक ने एक नग्न पुतले को खींच कर चुम्मा दिया। झुंड में सब हँसने लगे और फिर दो-चार पुतलों को लात मारते हुए.. स्तनों को चूमते हुए, बाबू और हिना के सामने से गुज़र गये।

बाबू और हिना बहुत देर तक नंगे मैनक्विन्स के बीच ख़ामोश खड़े रहे। कुछ देर बाद शोर ख़त्म होने पर दोनों थककर एक कोने में बैठे और एक-दूसरे से रोते-रोते लिपट गये।

गोडाउन के उस बोझिल अँधेरे में बाबू को हिना आज अपनी दुकान की सुन्दर मैनक्विन जैसी आकर्षक लगने लगी। उसने हिना को अपनी बाहों में लिया और उस के नग्न शरीर को बेतहाशा चूमने लगा। सारी रात बाबू ने हिना को उन नंगे पुतलों के बीच जी भर के प्यार किया, जब तक थक ना गये। उस रात बाबू ने अँधेरे में हिना के धड़कते सीने से पसीना पोंछा और बोला–'भला हो इन दंगों का और भला हो उन दंगाइयों का...साला...मज़ा आ गया आज तो...इसकी ज़ात का...'

4. धरम का काम

गोधरा की घटना पर मोहनीश शर्मा ने फ़िल्म बनायी। उसमें सरकार और समाज दोनों पर बेबाक़ कमेंट किया, वह फ़िल्म राज्य में बैन हो गयी। ऊपर से आये सिर्फ़ एक फ़ोन के बाद कोई भी अपने थिएटर में उस फ़िल्म को रिलीज़ करने को तैयार न हुआ। मोहनीश ने बहुत कोशिश की, मगर सब जगह

से एक ही जवाब मिला, 'भई, लोग हमारा थिएटर जला देंगे, तो नुक़सान कौन देगा?'

न हिन्दू थिएटर वालों ने हामी भरी, ना मुस्लिम थिएटर वालों ने हिम्मत दिखायी। शहर में प्रॉपर्टी के भाव तो बढ़े थे, मगर लोग छोटे होते जा रहे थे। आख़िर में, एक पारसी सज्जन ने हिम्मत दिखायी। उसके थिएटर में सिर्फ़ एक शो लगा। मगर शो के दिन कहीं से एक टोली आ धमकी। 4-5 मारुति कार में शरीफ़ दिखने वाले कुछ लोग आकर गाली-गलौज़ करने लगे। थिएटर की सीटें तोड़ने लगे। दर्शकों को पीटने लगे। थिएटर के शीशे तोड़ दिये। मालिक ने पुलिस बुलाने की कोशिश की, पर पुलिस ने ठीक से जवाब भी नहीं दिया।

थिएटरवाले ने हार मान कर फ़िल्म उतार ली और कोई चारा न था। फ़िल्म कम्पनी का आदमी फ़िल्म का प्रिंट लेकर वहाँ से भागने लगा। उस आदमी को टोली ने रोक दिया। उसे दो थप्पड़ लगाये और प्रिंट जलाने की तैयारी की। उसने हाथ जोड़कर कहा, 'साहब, प्रिंट मत जलाइए। 45,000 हज़ार का प्रिंट है। मेरे सेठ को नुक़सान होगा और मेरी नौक़री चली जायेगी।' उस आदमी ने सबके पाँव पकड़े और टोली के सामने बहुत गिड़गिड़ाया।

आख़िरकार, उस भीड़ में से किसी को दया आयी। उसने जेब से नोटों की गड्डी निकाली और दूसरों से भी पैसे लेकर 40,000 रुपये इकट्ठे किये और फिर फ़िल्म कम्पनी के आदमी को रुपये देते हुए कहा, 'यह ले, तेरे प्रिंट की क़ीमत। अब भाग मादरभगत...अगर दूसरी बार यह फ़िल्म लगाई, तो तुझे भी इस प्रिंट के साथ जला देंगे। साले ग़द्दार।'

फ़िल्म कम्पनी वाले आदमी ने कान पकड़े पैसे लेकर भाग निकला। जिसने पैसे इकट्ठे किये थे, उसने झुंड से कहा-'चलो, अब तुम लोग आराम से जलाओ साली फ़िल्लम को।'

झुंड में से किसी ने कहा, 'तुम भी कमाल हो यार! अगर फ़िल्म जलानी ही थी, तो पैसे दिये बिना भी जला सकते थे। उस आदमी को फोकट में क्यों पैसे दिये?'

तब उसने हँसकर सामने वाले को समझाया, 'नहीं रे, बेचारे ग़रीब का नुक़सान हो जाता. क्या है, हम धन्धेवाले लोग हैं। किसी का धन्धे में नुक़सान नहीं करना चाहिए...और फिर पैसे दिये भी तो धरम के काम में ही दिये ना?'

5. चमत्कार

रणमल वैसे तो सीधा और डरपोक था, मगर क़ौमी दंगों के दौरान उसके भीतर भी ग़ुस्सा पनप रहा था। उसके पास वाली खोली में रहनेवाला मन्सूर उसे अभी अचानक खलने लगा था। रणमल सोचता था, 'वो लोग हैं ही गन्दे। मेरी बीवी कपड़े सुखाने आँगन में जाती है, तब उसे टुकुर-टुकुर देखता रहता है। इन लोगों को इस बार तो सीधा कर ही देना चाहिए। आज़ादी से लेकर अब तक इन की गुंडागर्दी बहुत झेल ली है हमने।'

उन्हीं दिनों वहाँ के नगरसेवक ने पान की दुकान के पास एक गुप्त मीटिंग बुलायी। रणमल भी उसमें शामिल था। सबके हाथों में एक–एक लिस्ट थमाई गयी। दूसरे धर्म के लोग कहाँ-कहाँ, कौन से मुहल्ले या मकान में रहते हैं, उसकी लम्बी लिस्ट। रणमल ने उस लिस्ट में देखा, उसमें मन्सूर की खोली का नाम-नम्बर नहीं था, इसलिए उसने डरते हुए मन्सूर का नाम उस लिस्ट में जुड़वा दिया।

उस तरफ़ दरगाह के पीछे भी एक और लिस्ट बँट रही थी–काफ़िरों की लिस्ट। सारा शहर दो लिस्ट में बँट गया था–'अपने वाले' और 'दूसरे वाले'– हर इन्सान, इन्सान नहीं बल्कि किसी न किसी लिस्ट का नम्बर बन कर रह गया था।

दूसरे ही दिन एक बदहवास झुंड, शिकार करने के लिए निकला, मगर रणमल उन लोगों के साथ न था। वह घर में छिप गया, पर उस टोली ने एक के बाद एक दूसरे धर्म के लोगों को खोज-खोज कर मारना शुरू किया। कुछ लोगों को ख़ंजर भोंक दिये। कुछ लोगों को ज़िन्दा जला दिया गया। कुछ लोग, जो डर गये थे, उन्हें धमकी देकर हमेशा के लिए उस इलाक़े से भगा दिया गया। अभी वह झुंड रणमल के घर की ओर आया और मन्सूर की खोली के पास पहुँचा। रणमल ने यह देखा, उसे न जाने क्यों अचानक थोड़ा डर लगने लगा कि उसने कुछ ग़लत कर दिया है। उसने तुरन्त भीड़ को समझाया, 'सुनो, मन्सूर को छोड़ दो, बेचारा ग़रीब इन्सान है और ऐसे भी सीधा आदमी है जाने दो।'

मगर भीड़ ने उसकी एक न सुनी, रणमल को धक्का देकर 'चल हट बे...' कहकर सब चिल्लाए। सब के सब चीखने लगे।

मन्सूर भागते हुए रणमल के पास आया। अपनी जान बचाने के लिए उसके पाँव पकड़ लिये। रणमल निःशब्द हो गया। इससे पहले कि रणमल कुछ कह पाता, झुंड ने उसे ही धक्के मारकर दूर फेंक दिया। फिर सब ने मन्सूर को पीट-पीट कर अधमरा कर दिया। झुंड में से एक ने मन्सूर के बाल पकड़कर उसका सिर रणमल के कम्पाउंड की दीवार पर ज़ोर से दे मारा। मन्सूर गिर गया। वह बेहोश हो गया था या मर गया था? मन्सूर के शव जैसे अचेत शरीर को देखकर रणमल रोने लगा। टोली के लोगों ने मन्सूर के शरीर को उठाया और पासवाले बड़े नाले में फेंक दिया।

दंगे ख़त्म हुए।

मन्सूर ज़िन्दा था या मर गया था, किसी को पता न था। मगर उस दिन के बाद वह फिर कभी उस मुहल्ले में दोबारा दिखाई नहीं दिया। रणमल ने उस कम्पाउंड की दीवार घिस-घिस कर साफ़ कर दी, मगर मन्सूर के खून के दाग़ मिट ही नहीं रहे थे। रणमल कहीं से चूना लेकर आया और उसमें पीला रंग डाला और दीवार को पीला रंग लगा दिया, अब दाग़ छिप गये।

उस बात को अब कई महीने बीत गये।

अब रणमल की नन्हीं सी बेटी बड़ी होने लगी थी। अब वो उस दीवार पर बिल्ली, चिड़िया, तोता के चित्र बनाने लगी थी। एक दिन रणमल फ़ैक्ट्री से घर आ रहा था, तब उसने दूर से देखा कि उसके घर के पास बड़ी भीड़ इकट्ठा हुई थी। औरतें, मर्द और बच्चे झुक-झुक कर उसके कम्पाउंड की दीवार को देख रहे थे।

भीड़ में एक पुलिसवाला भी खड़ा था।

इस दृश्य को देखकर रणमल को पसीना आ गया। उसे लगा कि ज़रूर मन्सूर के खून के दाग़ सब को दिख गये होंगे। रणमल अपनी साइकिल को मोड़ कर वहाँ से भागने ही वाला था। तभी उसके एक पड़ोसी ने रणमल को देख लिया और चिल्लाया, 'ए रणमल, कहाँ जा रहे हो? यह देखो तुम्हारी दीवार पर क्या है?'

पुलिस ने भी इशारे से उसे पास बुलाया। रणमल ने भगवान को याद करते हुए मन ही मन कहा, 'हे प्रभु, इस बार मुझे बचा लो।'

रणमल धीरे-धीरे घर की ओर बढ़ा। पुलिसवाला रणमल की ओर विस्मय से देख रहा था। रणमल ने धीरे से आगे बढ़ कर डरते हुए दीवार की ओर देखा, इससे पहले कि वह कुछ भी समझ पाये, उसकी पत्नी ने कहा, 'हमारी ये बिटिया रानी, दीवार पर से चूना उखाड़ रही थी और नीचे से यह देखो कोई छवि उभर आयी!'

पीले रंग के चूने के कारण मन्सूर के लहू के धब्बे हल्के लाल रंग के दिखाई दे रहे थे। धब्बों का आकार किसी प्राचीन दैवीय छवि जैसा लग रहा था। पास-पड़ोसवाले अगरबत्ती, नारियल से उन धुँधले धब्बों की पूजा करने लगे थे। रणमल ने भी तुरन्त हाथ जोड़ लिए और चिल्लाकर बोला–'चमत्कार हो गया, चमत्कार। भगवान ने मेरी सुन ली।' इतना बोल कर रणमल ज़रा–सा रास्ते की ओर मुड़ा।

सामने एक नया ही झुंड आ पहुँचा था, पुरानी लिस्ट के साथ.......

('सफ़ेद हाशिए' : शीर्षक मंटो की 'सियाह हाशिए' कथा–श्रृंखला से प्रेरित)

जय श्री कृष्ण

वह गोरी औरत अपने घर के छोटे से स्विमिंग पूल में जब नहाती है, तब मैं छुप-छुप कर उसे देख लेता हूँ। 16 साल की उम्र में जब पहली बार किसी लड़की को कपड़े बदलते हुए देखकर जो रोमाँच हुआ था, वैसा ही रोमांच मुझे हर बार 'मेगी' को स्विमिंग करते हुए देखकर होता है।

वैसे तो हम लोगों को इंडिया से अमेरिका आये हुए 25 साल हो गये, मगर अब भी मुझे सपने गुजराती में ही आते हैं और वह भी अमेरिका की गुजराती में। यहाँ आया, तब सोचा था कि पाँच-सात साल डॉलर कमाकर इंडिया वापस चला जाऊँगा, मगर अमेरिका का नशा ही कुछ ऐसा है कि उतरने के बाद भी कभी पूरा का पूरा नहीं उतरता। इंडिया की याद आती है, तो आँखें नम हो जाती हैं, लेकिन जब मैं आँखें मलकर हमारा बड़ा घर, घर के बाहर की हरी-भरी घास, साफ़-सुथरे रास्ते और ट्रैफ़िक या फेरीवालों बेसुरी आवाज़ों के बग़ैर की ख़ूबसूरत दुनिया देखता हूँ, तब मेरा इंडिया का देशप्रेम छू हो जाता है। यहाँ तो इंडिया जैसी धूल भी नहीं होती, इसलिए मैं ऐसा भी नहीं कह सकता कि चलो, इंडिया की यादों पर धूल झटक दें।

मैं रोज़ सुबह जल्दी कार लेकर घर से निकलता हूँ और दो घण्टे बाद न्यूयॉर्क पहुँचता हूँ। रात को जब देर से लौटता हूँ, तो मीना ने खाना रेडी रखा होता है। हम ऑलमोस्ट इंडियन खाना ही खाते हैं। बच्चों को वैसा खाना ज़्यादा अच्छा नहीं लगता, मगर काम चला लेते हैं। ठीक उसी तरह, जिस तरह हम चला लेते हैं, जब वे हमारे हिन्दी प्रश्नों के उत्तर इंग्लिश में देते हैं! पर शुक्र है कि कम से कम मेरे बच्चे दिन में एकबार तो शुद्ध गुजराती में "जय श्री कृष्ण" बोलकर ही सोने जाते हैं।

ऐसा इस्त्री-टाइट कपड़ों जैसा है, हमारा अमरीकन जीवन।

सारे दिन एक समान ही होते हैं। वीकेंड्स भी एक जैसे ही। हाँ, कभी-कभी बीच–बीच में इंडियन त्योहार आते हैं, तो हम पासवाले टाउन में गुजरातियों के साथ मिलकर एंजॉय करते हैं। गुजराती खाना, गुजराती गाना और गुजराती बातें। वो भी मानो इस्त्री-टाइट, एक ही साँचे में ढला हुआ सुख। एक ही जैसा, कई सालों से वही लोग, वही बातें और वही गाने।

हालाँकि, इस रूटीन अमरीकन लाइफ में मेरे पास दो रोमांच अब भी बचे हैं। एक, अहमदाबाद का मीठा मुखवास और दूसरा उस मुखवास से भी ज़्यादा स्वीट मेरी पड़ोसन मेगी। मैंने कहा न कि अपने घर के छोटे से स्विमिंग पूल में वह जब नहाती है, तब मैं चुपके से उसे देख लेता हूँ–चुराये हुए चुम्बन की तरह! एकदम अकेले-अकेले। हालाँकि, मेगी भी मुझे हमेशा स्माइल देती है और "हाई स्टीश" कहती है। मेरा नाम सतीश है। पर उसके मुँह से "स्टीश" सुनना बहुत मीठा लगता है। दीपावली और होली में मेगी, उसका हसबैंड विली और नन्हा–सा बच्चा एरोन हमारे यहाँ आना कभी नहीं भूलते। हमारा खट्टा-मीठा इंडियन खाना उन्हें बहुत अच्छा लगता है।

एक बार दिवाली की रात मेगी ने मेरी वाइफ की साड़ी पहनी थी और मैंने साड़ी की प्लेट्स बनाते हुए उसे आँख मारी थी। वैसे तो वे लोग मितभाषी हैं, मगर भले हैं। कभी-कभी हम वीकेंड में रात को उनके गार्डन में जाते हैं और बारबेक्यू पार्टी करते हैं। वहाँ सलाखों में पिरोये कबाब जैसे टुकड़ों को तन्दूर में भूनकर खाते वक़्त तन्दूर की सिन्दूरी आग में मेगी का चेहरा बहुत सुन्दर लगता है। विली बैठे-बैठे बीयर पीता रहता है और नन्हा एरोन कोने में बैठा रहता है, सेल–फ़ोन से खेलता हुआ। गुड्डे जैसा एरोन वैसे तो मुश्किल से कुछ बोलता है, मगर एक बार मेरे बच्चों ने उसे "जय श्री कृष्ण" बोलना सिखाया, तो वह तुरन्त ही सीख गया था। उसके शुद्ध उच्चारण में "जय श्री कृष्ण" सुनकर ऐसा लगा था, जैसे वह अभी-अभी अहमदाबाद से अमेरिका आया है!

धीरे-धीरे मेगी का मेरे घर में आना-जाना बढ़ा, उसने मेरी बीवी मीना से कुछ इंडियन व्यंजन सीख लिए और मेरे पास वीकेंड में योगा भी सीखने लगी। एक बार मैं उसे कोई आसन सिखा रहा था। मीना ग्रोसरी लेने गयी थी। घर में कोई नहीं था और मैंने मेगी को आहिस्ता से नज़दीक लाकर किस कर दिया,

मेगी ने भी इनकार नहीं किया। मेगी की सिर्फ़ एक लम्बी किस की वजह से मेरा इंडिया से अमेरिका आना मानो पल में वसूल हो गया हो, ऐसा लगा।

मगर फिर अचानक मेगी ने उस दिन के बाद न जाने क्यों मुझसे मिलना बिल्कुल बन्द कर दिया, उन लोगों ने हमारे त्योहार में आना भी बन्द कर दिया। विली भी दूर से ही मुझे स्माइल देकर चला जाता था। एक बार मीना ने मुझसे पूछा, "मेगी और विली ऑल ऑफ सडनली हमारे यहाँ क्यों नहीं आते?"

मैंने बहाना बनाया, "वे लोग ऐसे ही नकचढ़े हैं। जाने दो।"

फिर कभी देर रात, मीना के सो जाने के बाद मेगी की याद आती, तो मैं मोबाइल पर उसके पुराने फ़ोटो में उसे देख-देखकर मज़े लेता रहता। ऐसी ही एक रात को मैं सोने की कोशिश कर रहा था। नींद नहीं आ रही थी। मोबाइल में फेसबुक पर अमेरिका के दोस्तों के पोस्ट्स पढ़ रहा था। बीच-बीच में मेगी के साथ एकबार जो स्विमिंग किया था, उसकी फ़ोटो–वीडियो भी देख लेता था...और यह भी चेक कर लेता था कि पास में सोई मीना कहीं जाग तो नहीं गई? स्विमिंग कॉस्ट्यूम में मेगी बहुत सेक्सी लग रही थी। मैं बस मेगी के भीगे-भीगे ख़यालों में डूबने ही वाला ही था कि मुझे किसी औरत के चिल्लाने की भयानक आवाज़ सुनाई दी। वह आवाज़ मेगी की थी।

मैं तुरन्त खड़ा हुआ और खिड़की से देखा। मेगी और विली, एरोन को कन्धे से पकड़ कर कुछ पूछ रहे थे। एरोन चुपचाप मूर्ति की तरह हमारे मकान की ओर ताक रहा था। उसकी 6 साल की आँखें जैसे 76 साल के इन्सान की हों, वैसी फटी हुई थीं। मेगी और विली उसे शान्त करने लगे। कुछ देर बाद एरोन शान्त हुआ और उनकी लाइट बन्द हो गयी। वहाँ अँधेरा हुआ, मगर मेरे घर के अँधेरे में लेटे हुए मुझे तरह-तरह के ख़याल आने लगे। एरोन आज ऐसा अजीब-सा क्यों लग रहा था? मेगी क्यों चीखी थी? इन्हीं ख़यालों में डूबा हुआ मैं कब सो गया, मुझे ही पता न चला।

दूसरे दिन रविवार था। एरोन गार्डन में खेल रहा था। मेगी घास ट्रिम कर रही थी। मैंने वहाँ जाकर पूछा, "एवरीथिंग इज ओके?"

मेगी ने फॉर्मेलिटी वाला स्माइल दिया और "हाँ" कहा। शायद वह ज़्यादा बात करने के मूड में नहीं थी। मैं वहाँ से जाने के लिए मुड़ा कि पीछे से एरोन

की आवाज़ आयी, "जय श्री कृष्ण" ! मैं पीछे मुड़ कर उसे कुछ कहूँ, इससे पहले मेगी ने तुरन्त एरोन से कहा, "नो एरोन, इनफ इज इनफ।" मुझे समझ में नहीं आया कि मेगी ने एरोन पर ग़ुस्सा क्यों किया।

मेगी एरोन का हाथ पकड़कर खींचते हुए उसे भीतर ले गयी। मैं अपने घर की ओर, हारे हुए इन्सान की तरह वापस आया। मेरे मन में एक ही प्रश्न घूम रहा था कि मेगी ने उसे क्यों डाँटा? न्यूजर्सी से न्यूयॉर्क तक कार चलाते हुए भी वही सवाल बार-बार मेरा पीछा कर रहा था। मगर उस एक 'किस' की वजह से मेरे मिडल क्लास मन में ऐसा डर बैठ गया था कि मेगी से अकेले में मिलकर पूछने की हिम्मत ही नहीं हुई।

एक बार दीपावली की रात को हम लोगों ने दीप जलाये। सामने खिड़की में देखा तो एरोन अपने हाथ में छोटी जलती हुई कैन्डल लेकर मुझे दिखा रहा था। मैंने हाथ हिला कर उसे "हाई" कहा। दूर से उसके होंठ देखकर मुझे लगा कि वह शायद "जय श्री कृष्ण" फुसफुसा रहा था। उसी रात को फिर मेगी की चिल्लाने की आवाज़ आयी। विली का चिल्लाना भी सुनाई दिया, एरोन खिड़की के पास बुत बना खड़ा था। काँप रहा था और लगातार कुछ बोले जा रहा था। मगर क्या बोल रहा था वह सुनाई नहीं दे रहा था, लेकिन इतना तय था कि विली और मेगी उसे बार-बार कुछ पूछ रहे थे। एरोन क्या कह रहा था, यह उन्हें समझ नहीं आ रहा था।

ऐसी अजब घटनाएँ अब हफ़्ते में दो-तीन बार लगातार होने लगी थीं। हर रात उस घर में वही हँगामा होता था। मेरी वाइफ़ और बच्चे ऊब गये थे। अगर इंडिया में होते, तो पड़ोसी के वहाँ आधी रात को भी बेल बजाकर पूछ सकते थे। लेकिन, यहाँ हमें हिचकिचाहट हो रही थी और फिर मेरा वो "किस" वाला डर इतना था कि पूछो मत।

फिर एरोन बीमार रहने लगा, एक बार विली हमें सुपर मार्केट में मिल गया, तब विली ने कहा : 'एरोन किसी अनजान बीमारी से पीड़ित है। मानसिक टाइप की। हम लोगों ने चाइल्ड स्पेशलिस्ट से लेकर साइकैयट्रिस्ट तक सबको दिखाया, मगर किसी को कुछ समझ में नहीं आया कि एरोन क्या कहना चाहता है। क्यों वह अनजान भाषा में, अस्पष्ट रूप से कुछ बोलता रहता है? क्यों वह हमेशा रात होते ही खिड़की के पास आकर तुम्हारे घर

की ओर देखता रहता है? क्यों वह स्कूल में ख़ामोश रहता है? क्यों वह कुछ लिख नहीं पाता और अपनी कॉपी में किसी अनजान लिपि में कुछ लिखता रहता है?'

कुछ दिन सब शान्त रहा। धीरे-धीरे मेगी ने मुझे स्माइल देना शुरू किया। कभी-कभी विली भी हाथ हिला कर मुझे "हाय ब्रो" कहने लगा। एरोन भी अब शान्त था। एक बार मीना ने किसी स्पेशल अमावस का उपवास रखा था और मैं भी आधा भूखा सो गया था। उस रात फिर वहाँ से चिल्लाने की आवाज़ें आयीं। इस बार मेगी के घर पर पर्दे बन्द थे, इसलिए खिड़की के उस पार क्या हो रहा है, उसका पता नहीं चल रहा था। कुछ देर बाद 911 की इमरजेंसी एम्बुलेंस आयी।

मैं दौड़कर नीचे गया, वे लोग एरोन को स्ट्रेचर पर लेटाकर अस्पताल ले जा रहे थे। मैं अपने आप को रोक न पाया, दौड़ता हुआ वहाँ पहुँचा। स्ट्रेचर में लेटे-लेटे एरोन कुछ बड़बड़ा रहा था। उसका शरीर जोरों से काँप रहा था। मैं जैसे ही स्ट्रेचर के पास पहुँचा कि एरोन स्ट्रेचर से आधा उठ खड़ा हुआ और भारी आवाज में बोला, "जय श्री कृष्ण"। मैंने भी उसे "जय श्री कृष्ण" कहा और वह फिर शान्त होकर सो गया।

ये सब मेगी देख रही थी। उसने कहा, "स्टीश प्लीज़, गो...प्लीज़, फोर गोड्स सेक!" विली मुझे देख रहा था या कुछ पूछ रहा था? मुझे कुछ समझ में नहीं आ रहा था। मैं अपने घर की और वापस चला गया। पीछे से जाती हुई एम्बुलेंस की आवाज़ गूँजती रही। उसके बाद कुछ दिन तक कोई घटना नहीं हुई। एक दिन एरोन गार्डन में लकड़ी के सहारे चल रहा था। मैंने मेगी से पूछा, तो उसने कहा, "पता नहीं क्यों, एरोन अपने आप लकड़ी लेकर चलने लगा है। मना करते हैं, तो रोने लगता है्"

मैंने ध्यान से देखा, एरोन बदला हुआ लग रहा था। वह छह साल का लड़का अचानक ही परिपक्व बन गया हो– ऐसा मुझे लगा।

मेगी ने मुझसे कहा, "एरोन पागल जैसी हालत में कुछ भी बड़बड़ाता रहता है। किसी को कुछ समझ नहीं आता। अकेला-अकेला कोरे पन्नों पर उँगलियों से रेखाएँ खींचता रहता है। पेन देने पर अजीबो-ग़रीब आकार बनाता रहता है।"

इतने में विली आया। उसने मुझे बीयर पीने के लिए अन्दर बुलाया।

"पिछले छह महीने से एरोन को अचानक रात को अटैक आते हैं और वह अनजान लैंग्वेज में गाने गाता है। अकेला-अकेला हँसता रहता है और कुछ भी बोलता रहता है।" ऐसा विली ने कहा। मेगी की बातों से लगा कि उन लोगों ने अब एरोन की ट्रीटमेंट करवाना बन्द कर दिया है, क्योंकि वे थक गये हैं। मैंने उन्हें आश्वस्त करने का प्रयास किया। मैंने कथा-कीर्तन में सुना हुआ फ़लसफ़ा सुनाया, मगर विली की समझ में कुछ नहीं आया और मेगी को तो वो सारी बातें ही ऊलजलूल लगीं।

अन्त में मैंने शब्दों का सहारा लेना छोड़ दिया और वहाँ से जाने के लिए खड़ा हुआ, तब अचानक मुझे एक ख़याल आया। मैंने उन्हें एक रास्ता दिखाया : "इफ यू डोन्ट माइंड, आप एरोन को, मेरे साथ एक बार हमारे इंडियन टेंपल–मन्दिर में भेजोगे? वहाँ एक बाबाजी हैं। एक सन्त। शायद उनके आशीर्वाद से कुछ...ट्राई करने में क्या जाता है? मन्दिर में इंडियन फूड भी मिलता है। कुछ नहीं तो शायद उसे शायद वहाँ घूमना ही अच्छा लगे।"

दो दिन बाद मैं एरोन को मन्दिर ले गया। उसने मेरे कहने पर बाबाजी के पाँव छुए। एरोन बिल्कुल ख़ामोश था। प्रसाद भी उसने बिना कुछ बोले खा लिया, एक शब्द भी नहीं बोला। हम मन्दिर के बाहर आकर बेंच पर बैठे. एरोन के हाथ में लकड़ी थी। 6 साल के एरोन ने लकड़ी ऐसे पकड़ रखी थी कि जैसे वह 76 साल का बूढ़ा हो।

मैंने एरोन से पूछा, "आर यू ऑल राइट?"

एरोन कुछ देर मुझे देखता रहा। निष्पलक, फिर उसने किसी बूढ़े आदमी की भारी आवाज़ में कहा, "हाँ सतीश, अच्छा हुआ, तू मुझे यहाँ लेकर आया। बहुत दिनों बाद मुझे घर जैसा लगा।"

यह सुन कर मैं काँप उठा, एरोन के मुँह से शुद्ध गुजराती में पूरा वाक्य निकला!

एरोन अपनी थकी हुई आँखों से मुझे देख कहने लगा : "मैं मगनलाल पटेल हूँ। बड़ौदा से। डरो मत। मैं तुम्हें या किसी के साथ कुछ नहीं करूँगा। बस मैं तो किसी के साथ इस तरह सिर्फ़ एक बार गुजराती में बात करने के लिए बरसों से तरस रहा था। इंडिया से आकर 25 साल बाद यहाँ मेरी मौत

हुई। इसी घर में। फिर इस मकान में मैगी–विली की फैमिली रहने आयी।

मेरी पत्नी जया तो बेचारी कई साल पहले गुज़र गयी थी। उसके जाने के बाद घर में मेरे बच्चे और पोते सब अंग्रेज़ी में बात करने लगे। मैं जीवन के आख़िरी 20 साल तक गुजराती का एक भी शब्द बोले बिना दीवारों पर सिर पटकता रहता था। मर गया, तब तक मेरी गुजराती में बात करने की इच्छा कभी पूरी ही ना हो पायी। मैं मेगी के घर के कोने में तड़प रहा था, लेकिन उस दिन तुमने जब "जय श्री कृष्ण" कहा, तब मुझे ऐसा लगा कि जैसे किसी ने मेरी बरसों की प्यास मिटाने के लिए मुझे मटके का ठण्डा पानी पिलाया हो। तुम लोगों की गुजराती बातों में मुझे मेरी मुक्ति सामने दिखाई देने लगी। तुम लोग जब-जब उस घर में आते जाते थे, मैं ख़ुश होता था कि चलो अच्छा है, कम से कम मेरी मातृभाषा कभी-कभी तो मुझे सुनने को मिल जाती है!

इस तरह बेवजह का आनन्द मिला करता था, लेकिन फिर अचानक तुम लोगों का घर आना बन्द हो गया और मैं फिर टूट गया, उसके बाद एक रात इस एरोन ने खेलते-खेलते ऊँची आवाज़ में "जय श्री कृष्ण" कहा और बस...मैं उसे अपना पोता मानकर उससे लिपट गया। लिपटा तो ऐसा लिपटा कि अब न उसे छोड़ पाता हूँ, न अपनी भाषा के मोह को। मुझे अच्छा नहीं लगता, फिर भी अब यह एरोन के शरीर का सहारा मैं छोड़ नहीं सकता।"

इतना कहते हुए एरोन के मुँह से निकलती वृद्ध की आवाज़ अब सिसकियों में दब गयी। वह गुजराती में कुछ बड़बड़ाते हुए थक के मेरी गोद में सो गया। मैंने उसके सिर पर धीरे से हाथ फेरते हुए, थोड़ा-सा झुक कर, उसके कानों में कहा : "जय श्री कृष्ण"। उसने बूढ़ी आवाज में दोहराया। उस पल मेरे शरीर में एक सिहरन–सी उठ गयी।

एक पल ऐसा लगा कि जैसे मेरी गोद में समूची मुर्दा भाषा का कोई प्रेत लेटा हुआ है!

एंड द अवॉर्ड गोज़ टू...

सागर ने आईने में ख़ुद का चेहरा देखा, फिर भी उसे अच्छा नहीं लगा। ब्रश करते हुए बाल गीले किये और जीभी ढूँढने लगा। हमेशा की तरह उसे जीभी नहीं मिली, इसलिए रेज़र हाथ में लिया और फिर अपनी ज़ुबान बाहर निकालकर उसने धीरे-से रेज़र से उसे साफ़ किया। ऐसा उसने एक हॉलीवुड की किसी फ़िल्म में देखा था, तब से ऐसी स्टाइल करने की उसे आदत-सी हो गयी है। उसने अपने रूम पार्टनर की बनायी हुई कड़क चाय पी और फिर वो फ़ौरन फ़ोन करने लगा।

किसी फ़िल्म का स्क्रीन टेस्ट, किसी सीरियल का ऑडिशन। एक ऑफ़िस से दूसरे ऑफ़िस। शोल्डर बेग से एक के बाद एक टी-शर्ट निकालकर, रास्ते में किसी ट्रक के पीछे चेंज करके, बग़ल में परफ्यूम स्प्रे मार के, एक के बाद एक जगह जाकर रोल मागने का वही रोज़ का रूटीन प्रोसेस। रास्ते में पार्क कार के शीशे में अपना चेहरा देखकर, गॉगल्स लगाकर एक नयी अदा में, ख़ुद के कॉन्फिडेंस को पम्प-अप करके नये-नये रोल में एक्टिंग करना, आधे-अधूरे सीन पढ़कर तुरन्त कैमरे के सामने अपना सारा टैलेंट डाल देने की कोशिश। शायद कभी अच्छा रोल मिल जाये। एकाध क़िरदार क्लिक हो जाये और फिर स्टार बनने का एक मौक़ा मिल जाये। ग्लैमर के गहरे कीचड़ में वह फँसता ही जा रहा था।

न वह बाहर आ सकता था, न अन्दर घुस पा रहा था।

सागर के रूम पार्टनर ने उसकी ओर चमचमाते हुए जूते फेंके और कहा- 'ये ले बडी...तेरे लिए।'

सागर ने जूते अच्छी तरह से चेक करके पूछा, 'इतने महँगे? तू कहाँ से लाया?'

'अरे, पीछे गली में कोई दंगा या राड़ा हुआ, फिर लोगों ने जूते की दुकान तोड़ी। पब्लिक अन्दर घुस के माल लूटने लगी, अपन भी वहाँ था। एक जोड़ी तेरे लिए, दो जोड़ी ख़ुद के लिए उठा लिया और भागा। एकदम फ्रेश स्टॉक था। ज़्यादा टाइम मिलता तो बेल्ट भी उठा लेता।'

सागर ने शूज़ पहनकर चेक किये, फिर दो सेकंड सोचकर रूम पार्टनर की ओर फेंक कर लौटा दिये।

'क्या हुआ? पसन्द नहीं आया या ठीक से फिट नहीं हो रहे?', उसने पूछा।

'पैरों में फिट हो रहे हैं पर मेरी आत्मा में फिट नहीं हो रहे– चोरी के जूते।'

'अबे तू जूते पैर में पहनता है कि आत्मा में?' रूम पार्टनर ने हँसकर पूछा और दो अण्डे तोड़ कर मुँह में डाले।

सागर है ही ऐसा, थोड़ा ज़िद्दी। मुम्बई के शो-बिज़ में मिसफिट भी और वैसे चालू भी। सागर के भीतर मानो डबल रोल वाले दो–दो किरदार ज़िन्दा थे और वैसे तो उसे एक भी रोल नहीं मिलता था। स्लम एरिया को डेवलप करने के लिए बनाये हुए कच्चे मकान में बैठे-बैठे वह सच्चे सपने देख रहा था। एक दिन वह स्टार बनेगा...उसे अवॉड्र्स मिलेंगे...

और इतने में उसका फ़ोन बजा, सागर को आज शाम को 'स्टार शाइन नाइट अवॉड्र्स' में बुलाया गया था। नहीं, नहीं अवॉर्ड लेने नहीं, पर जब दूसरों को अवॉर्ड मिल रहे होंगे, तब स्टेज पर पूरे इवेंट का संचालन करने के लिए। स्मार्ट शब्दों में कहें तो, ताली वाले जोक्स और सात-आठ अदाओं का सलाद बना कर उसे आज शाम अवॉर्ड-शो में 'ऐंकरिंग' करना है। चलो, ये भी ठीक है, 40-50 हज़ार रुपये मिल जायेंगे और कड़की के दिनों में कुछ देर के लिए ऑक्सीजन...

'ऑक्सीजन' स्टोर से सागर ने ब्लू जैकेट ख़रीदा, चेहरे पर फेशियल करवा कर सागर तैयार हो गया। इंटरनेट से कुछ जोक्स ढूँढ निकाले, जिसे शाम को वह अपनी स्क्रिप्ट में यहाँ-वहाँ फिट करेगा, क्योंकि इवेंट मैनेजमेंट वालों की स्क्रिप्ट पढ़ते ही उसे समझ में आ गया था कि स्क्रिप्ट में दम नहीं है, आज भी उसे अपने चार्म की चाशनी को स्क्रिप्ट में डालकर काम चलाना है।

'चार्म?' कितने दिनों से किसी ने उसे कहा नहीं है कि वह 'चार्मिंग है!' हालाँकि, लड़की पटाने का आज-कल उसे मूड नहीं है और लड़की को सँभालने के लिए पैसे भी नहीं हैं...सागर को लगा कि उसकी लाइफ भी किसी रुकी हुई फ़िल्म की तरह बोरिंग हो चुकी है, फिर भी उसे आज शाम को कुछ भी करके लोगों को हँसाना है, ऑडियंस के साथ खेलना है और अगर वहाँ आये हुए सेलिब्रिटी में से किसी की ग़र नज़र उस पर पड़ गयी, तो बस... उसकी रुकी हुई फ़िल्म जैसी ज़िन्दगी फिर से शुरू हो जायेगी और 'एक्शन, कट, वेरीगुड!'

फिर से शुरू...

'वेरी-गुड'-इवेंट मैनेजमेंट कम्पनी की लड़की ने सागर से कहा। थोड़ा नज़दीक आकर उसने सागर के चेहरे पर हाथ फिराया और क्लीन शेव है कि नहीं, चेक किया। सागर का रिहर्सल परफॉर्मेंस उसे अच्छा लगा, 'यू आर रॉकिंग, सागर। ये अवॉर्ड और डांस आइटम्स की लिस्ट देख लो और सब मैनेज कर लेना। और हाँ, तुम्हें पता है न, जो स्टार्स हमारे शो में आयेंगे, उन्हें ही हम अवॉर्ड देंगे, इसलिए आख़िरी वक़्त में नामों की लिस्ट लगातार बदलती रहेगी। लफड़ा मत करना, गॉट इट?'

सागर ने हँसकर पूछा–'अगर कोई स्टार नहीं आया, पर वह अवॉर्ड डिज़र्व करता हो तो?'

'हु केयर्स? जो नहीं आया, उसे मैं नहीं पहचानती। मुझे ये अवॉर्ड-शो टीवी पर बेचना है। खाली कुर्सी को अवॉर्ड देने से हम सब का घर नहीं चलेगा। और फिर घर पर मैंने छोटे-छोटे बॉयफ्रेंड पाल रखे हैं, बीयर पीने वाले! उनको भी तो पाल-पोस कर बड़ा करना है।' सागर और वह लड़की दोनों इस भद्दे मज़ाक़ पर हँसे और एक-दूसरे से गले मिले।

'भपाक्' साउंड से स्टेज की लाइट्स ऑन हुईं।

धीरे-धीरे ऑडियंस आने लगी। 'स्टार शाइन अवॉर्ड्स' के आयोजक कम्पनी के मालिक सिद्धार्थ गोयल की एंट्री हुई। फ्रेंच कट दाढ़ी होने पर भी उसका चेहरा चिल्ला-चिल्ला कर कह रहा था कि वह गाज़ियाबाद का ठेठ देशी आदमी है। उसके साथ उसकी पत्नी, नूपुर राव ऑलमोस्ट पारदर्शी गाउन

में चल रही थी। नूपुर के रंगीन चरित्र की इतनी कहानियाँ मार्केट में घूम रही थीं, जितनी अरेबियन नाइट्स में हैं। नूपुर राव अगर ठान ले, तो किसी को भी 2-3 टीवी शो दिला सकती है। किसी भी अनजान लड़का-लड़की को रातों-रात टीवी स्टार बना सकती है. नूपुर टीवी इंडस्ट्री में घुसने का 'बोर्डिंग-पास' कहलाती है। जिसका पति, सिद्धार्थ गोयल बड़ी कम्पनी में सी.ई.ओ. हो और जिसकी लाइफ और लाइफ–स्टाइल सितारों से भरी हो, वो तो शोबिज़ में कुछ भी कर सकती है, करवा भी सकती है, बना भी सकती है और बिगाड़ भी सकती है!

'कुछ भी हो, आज नूपुर से मिलना ही है', सागर ने सोच ही लिया। स्टेज पर लाइट्स जगमगाने लगीं और सागर के दिमाग़ में ख़यालात। नूपुर ने भी उसे एक शार्प लुक दिया। नूपुर की आँखें स्ट्रगलिंग लड़कों को परखने की सेंसर मशीन थीं। सागर ने शरमा कर मुस्कुराते हुए सामने देखा। नूपुर और नज़दीक आयी। लगभग बेहोश कर देने वाली ख़ुशबू उसके जिस्म से आ रही थी। सागर सम्मोहित हो गया, उसे देखता ही रह गया। दोनों के बीच नॉर्मल-फॉर्मल बातें हुईं। फ़ोन नम्बर की अदला-बदली हुई। सत्यनारायण की पूजा में जैसे बारी-बारी से जल अर्पण किया जाता है, वैसे ही दोनों ने विधिवत एक-दूजे को हवा में किस दिये।

उस शाम, सागर 'स्टार शाइन अवॉर्ड्स 'शो में छा गया।

नूपुर से मिलने की ख़ुशी उसकी रग-रग में मानो स्टेरोइड्स का असर पैदा कर गयी। स्टेज पर जाने से पहले उसने जेब से वोडका की छोटी बोतल निकाल कर दो घूँट लगाये थे। दो घूँट में सागर की ग़रीबी, शर्म, संकोच और झिझक पिघल गये। दो हाथ फैलाकर, सिर उठाकर किसी रॉकस्टार की अदा में सागर ने कहा– 'हे हे, यू गायज़ एन्ड गर्ल्स...आज की सेन्सेशनल शाम को ले के आया हूँ...झन्नाटेदार, धमाकेदार वन एंड ओन्ली 'स्टारनाइट अवॉर्ड्स' के नाम...व्हु हु...'

एक के बाद एक आइटम्स पेश होने लगे। गीत बजते रहे...रंग-बिरंगे कपड़ों में जिस्म थिरकते रहे, तालियाँ, सीटियाँ, 'थैंक्यू'...'यह अवॉर्ड मेरा नहीं, मेरी मम्मी का है'...'दीज़ बिलॉन्ग्स टु माय डायरेक्टर'...वग़ैर-वग़ैरह,

हर बार की तरह तमाशा होता रहा। चाबीवाले खिलौने की तरह सूट-बूट में आये हुए मर्दों और गाउन या साड़ियों में लिपटी लड़कियाँ स्टेज पर कॉमिडी बिखेर कर बैकस्टेज के अँधेरे में गुम हो रही थीं।

सागर को उस रूटीन रंगीनियत में आज दिलचस्पी नहीं थी। नूपुर पहली रो में बैठकर उसे देख रही थी। नाप-तोल कर, परख-परखकर। सागर फिर से स्टेज पर पोडियम के पास आया। आज वो मस्त मूड में था। सागर ने लोगों से आँख मिला कर, मुस्कुरा कर कहा 'इस शहर की लड़कियाँ भी कमाल की होती हैं। पहले पास आती हैं, फिर बैंक अकाउंट का पासवर्ड पूछती हैं। अच्छे-भले आदमी को एटीएम की तरह खाली करके चली जाती हैं, फिर भी अच्छा लगता है। इस शो के बाद मैं अपना पासवर्ड देने को तैयार हूँ।' ऑडियंस में से कुछ लड़कियों ने हो-हल्ला किया।

सागर ने अवॉर्ड की लिस्ट देखी। अगला अवॉर्ड 'स्पेशल वुमन ऑफ़ द नाइट' का था।

'लेकिन कुछ लड़कियाँ सिर्फ़ लड़कियाँ ही नहीं होतीं। उनमें एक इनबिल्ट औरत होती है। वो औरत जो हमारी ज़िन्दगी में आकर एक निशान छोड़ जाती है। हमारे ज़ेहन में जगह बना लेती है। आज का 'स्पेशल वुमन ऑफ़ द नाइट' का अवॉर्ड गोज़ टु-नूपुर-वन एन्ड ओनली मिसेस नुपुर गोयल।' सागर ने जोर-शोर से अनाउंस किया। ऑडियंस ने फ़ौरन तालियाँ बजाईं...पर नूपुर ख़ुद चौक गयी। फ़ोटोग्राफ़र उसकी ओर दौड़े। हवा में झूलता कैमरा उसकी ओर उड़ते साँप की तरह आगे बढ़ा। नूपुर का पति, सिद्धार्थ भी यह अनाउन्समेंट सुनकर चौंक गया था, 'सागर ने यह क्या किया? किसका नाम बोला? अवॉर्ड नूपुर का नहीं था!'

कोई कुछ सोचे, कुछ समझे उससे पहले-नूपुर स्टेज पर आयी। सागर ने उसके पति को भी स्टेज पर बुलाया। नूपुर को अवॉर्ड दिया गया। लोगों ने फिर से तालियाँ बजायीं। इस बार नूपुर के सम्मान में सब आज्ञाकारी पुतले की तरह खड़े भी हुए। नूपुर ने 'व्हॉट अ सरप्राइज' कह कर एक छोटी-सी स्पिच दी। आसमान से प्रकट होती अप्सरा की तरह वह अपने गाउन को सँभालती हुई स्टेज से उतर गयी।

जाते-जाते उसने सागर को एक स्पेशल लुक भी दिया।

स्टेज पर 'चिकनी चमेली' जैसे किसी गीत पर किसी नयी हीरोइन ने डांस शुरू किया। डांसर्स उसके इर्द-गिर्द ऑक्टोपस की तरह लिपटकर हांफने लगे। सागर बैकस्टेज गया, तो इवेंट मैनेजमेंट वाले आंद्रे ने सागर को कॉलर से पकड़ा, 'अबे इडियट, यह क्या लोचा मारा? यह अवॉर्ड तो सुमित्रा खानविलकर का था। इतनी सीनियर एक्ट्रेस को ख़ास इसीलिए यहाँ बुलाया था और ये तूने क्या किया? तू होश में तो है? सुमित्रा जी ने 150 फ़िल्मों में काम किया है। उनके लिए यह लाइफ का लास्ट अवॉर्ड था! देख लिस्ट में क्या लिखा है?'

सागर को सुनकर मानो चक्कर आने लगे। उसने लिस्ट चेक की। हाँ, सच में उसे 'सुमित्रा खानविलकर' का नाम बोलना था, मगर उसने बोल दिया–'नूपुर!'

नूपुर का पति सिद्धार्थ गोयल भी वहाँ दौड़कर आया और सागर को धमकाने लगा, 'स्टुपिड! तुम्हे एंकर किसने बनाया? मेरी ही कम्पनी के इवेंट में मेरी ही वाइफ को अवॉर्ड कैसे दे सकते हैं? पूरी मीडिया हँसेगी मुझ पर! लोगों को लगेगा कि मैंने जान-बूझकर वाइफ को अवॉर्ड दिलवाया...मेरी इज्ज़त की धज्जियाँ उड़ गयीं।'

सागर के पास कोई जवाब नहीं था। एयरकंडीशन थिएटर में उसके पसीने छूट गये। सागर ने तुरन्त कहा, 'सर, डोन्ट वरी, नेक्स्ट आइटम में मैं...अब... आप कहो तो...'

'शट अप! इडियट!' आंद्रे ने कहा। इतने में एक लड़की आकर सागर को स्टेज की ओर खींचकर ले गयीं।

सागर नेक्स्ट आइटम पेश करने के लिए स्टेज पर आया, मगर उसे कुछ भी याद नहीं आ रहा था, उसकी ज़ुबान सूख रही थी। उसने देखा कि ऑडियंस में से लकड़ी के सहारे धीरे-धीरे खड़ी होकर सुमित्रा जी बाहर की ओर जा रही थीं। 80 साल का वह शरीर, भीड़ को चीरकर दरवाज़े की ओर जैसे रेंगते हुए जा रहा था। सागर के सामने सब घूम रहा था। अब क्या करूँ? उसकी आँख में आँसू आ गये। आवाज़ गले में अटक गयी थी।

एक लम्बी ख़ामोशी। ऑडियंस परेशान सी थी।

सागर ने माइक हाथ में लिया। 'फ्रेंड्स, मुझे आपके सामने एक ख़ुलासा करना है। मैं एंकर नहीं हूँ। असल में, मैं एक छोटा–सा एक्टर हूँ। एक ऐसा एक्टर, जो कभी अच्छा एक्टर नहीं बन पाया और एक एक्टर जब स्क्रिप्ट के बाहर कुछ बोलने जाता है, तब या तो वह बहुत अच्छा बोल देता है या बहुत बुरा। मगर आज मैंने एक ग़लती की है, इसलिए उस ग़लती के बदले मुझे आपको एक सरप्राइज देना है, आप सबको। वहाँ कोने में देखिए, पीछे मेन गेट के आस-पास!

सब पीछे देखने लगे।

सागर ने लाइट वाले से कहा-'लाइट्स प्लीज़– स्पॉट ऑन द गेट। देयर यू आर।'

'वहाँ देखो, असली 'वुमन ऑफ़ टुनाइट। वुमन ऑफ़ डिकेड्स'– सुमित्रा खानविलकर। यस, यह अवॉर्ड उन्हीं का था। वही हैं सच्ची हक़दार... मुझे नूपुर जी को बुलाकर उन्हीं के हाथों से अवॉर्ड दिलवाना था, मगर ज़रा गड़बड़ हो गयी। सुमित्रा जी, प्लीज़ मुझे माफ़ कीजिए और स्टेज पर आइए और नूपुर जी के हाथों से अवॉर्ड स्वीकार कीजिए। 'लेडीज़ एंड जेंटलमैन... ये हैं 150 फ़िल्मों की सितारा, लिविंग लीजेंड, सुमित्रा खानविलकर! प्लीज़ वेलकम हर।' सब ने फिर से खड़े होकर तालियाँ बजायीं। सुमित्रा धीरे-धीरे चलकर स्टेज पर आयीं।

म्यूज़िक वालों ने सुमित्रा का कोई पुराना मशहूर गाना बजाया। सारी ऑडियंस तालियाँ बजाती रही। सुमित्रा ने सिर्फ़ 'थैंक यू' कहा। नूपुर ने अवॉर्ड दिया और बिना मन के चरण स्पर्श किये। वॉलिंटियर्स सुमित्रा को स्टेज से नीचे ले गये। जाते-जाते सुमित्रा ने सागर की ओर कृतज्ञता से देखा।

और हाँ, सुमित्रा के साथ-साथ उसी वक़्त नूपुर ने भी सागर को सामने देखा, एक हज़ार ख़ंजर घोंप दिये जायें, ऐसी तेज़ नज़रों से, ग़ुस्से में। सागर अवाक था। डर के मारे या साहस के कारण? उसे भी समझ में नहीं आ रहा था। ज़ुबान पर रेज़र फेरते हुए जो फील होता है, ऐसा ही कुछ...

अवॉर्ड शो समाप्त हुआ। सागर बैकस्टेज से दौड़ा...मगर इवेंट के मैनेजर आंद्रे ने उसे थप्पड़ मार कर कहा–'नेवर कम अगेन, इडियट!' सागर बिना कुछ जवाब दिये बिना वहाँ से निकल गया। दूसरी ओर सुमित्रा खानविलकर

अवॉर्ड लेकर भीड़ में से निकल रही थीं। सागर भीड़ को चीरते हुए पार्किंग ग्राउंड की ओर गया। सागर ने सुमित्रा के पास जाकर चरण स्पर्श किये।

सागर ने हकलाते हुए कहा, 'सस..सस..सॉरी, जो कुछ हुआ वह मेरी ग़लती थी, मगर वह ग़लती जो मैंने आज न सुधारी होती, तो मुझे आज नींद नहीं आती। शायद, कभी नहीं आती...'आई मीन, आप मुझे माफ़ नहीं करेंगी?'

सुमित्रा ने 80 वर्ष की थकी हुई नज़रों से सागर को देखकर हँस दिया।

'मैं आपको घर तक ड्रॉप कर दूँ, प्लीज़? अगर आपको कोई एतराज़ न हो तो।' सागर ने पूछा।

सागर ने उसके रूम पार्टनर की पुरानी सेकंड हैंड कार में सुमित्रा को बिठाया। कार चलाते वक़्त सागर सोच रहा था कि आज के बाद नूपुर और उसका पति उसे फ़िल्म इंड्रस्ट्री में जीने नहीं देंगे। सागर के करियर पर हमेशा हमेशा के लिए 'पैकअप' का ठप्पा लग गया है। नूपुर की क़ातिल निगाहें उसे याद आ गयीं। वोडका के तीन पैग का नशा उतर गया था और अब सामने ज़िन्दगी नीट के रूप में दुखद दिखाई दे रही थी।

सब कुछ ख़त्म...

'घर के भीतर नहीं आओगे? ' सुमित्रा ने पूछा, सागर ने चलकर गेट से आगे आँगन तक जाकर सुमित्रा को विदाई दी। आँगन में रातरानी ख़ूब महक रही थी। पर उसी आँगन में एक उदास, थकी हुई ज़िन्दगी की ख़ामोशी भी वहाँ गूँज रही थी। सुमित्रा ने उसके सिर पर हाथ फेरकर आशीर्वाद देते हुए कहा, 'एक्चुअली, एन अवॉर्ड गॉज़ टु यू।'

सागर धीमे पाँव वहाँ से निकला। अब पता नहीं क्यों पर, 'लाइफ में आगे क्या होगा?'–उसकी उसे फ़िक्र नहीं हो रही थी।...अब उसे नूपुर की मादक परफ्यूम से ज़्यादा वहाँ महकती हुई रातरानी की ख़ुशबू बहुत सुन्दर लग रही थी।

ख़ुशबू कभी सुन्दर दिखती है?

हाँ, शायद...

सुकरात का सॉलिड सीक्रेट!

किसी ज़माने में ग्रीस में फ़लसफ़े की इतनी डिमांड नहीं थी और वहाँ कोई सुकरात नाम का एक उभरता हुआ फिलॉसफर उर्फ़ दार्शनिक रहता था। वह कुछ सेठों और शिक्षकों के लिए भाषण लिख देता था और थोड़ा-बहुत कमा भी लेता था, लेकिन उसका गुज़ारा बड़ी मुश्किल से होता था। वह इतना ग़रीब था कि उसके पास दाढ़ी बनवाने के पैसे भी नहीं थे, इसलिए उसने लम्बी दाढ़ी बढ़ा कर रखी थी। सुकरात बेचारा जिस मकान में रहता था, उसका किराया तक नहीं दे पाता था। जब भी मकान मालिक किराया माँगने आता था, तब सुकरात उससे प्रश्न करता कि "ईश्वर की बनाई इस धरती में किसी एक जगह पर किसी एक इन्सान का हक़ कैसे हो सकता है? कोई ईश्वर के सृजन पर कैसे अपना अधिकार जमा सकता है?"

मकान मालिक को समझ में नहीं आता था कि यह साला सुकरात कहना क्या चाहता है, इसलिए वह उसे 'किराया देते हो कि घर ख़ाली करवाऊँ?' जैसे सीधे-सादे सवाल करता था। तब सुकरात किराये के बजाये फ़लसफ़े से भरे सवाल पूछता कि 'क्या पंछी आसमान में उड़ने के लिए ईश्वर को किराया देता है? क्या पेड़-पौधे धरती पर उगने के लिए किराया देते हैं? क्या मछली समन्दर में तैरने के लिए पानी का टैक्स देती है?' और फिर उसकी ऐसी ऊटपटाँग बातें सुनकर मकान मालिक सुकरात का सामान बाहर रास्ते पर फेंक देता था।

सुकरात को रहने और खाने की विकट समस्या होने लगी थी, इसलिए वह न चाहते हुए भी एथेन्स की किसी होटल में वेटर की नौकरी करने लगा। 'जगत का इतना बड़ा दार्शनिक, उसके होटल में वेटर का काम करता है', इस

बात का इल्म होटल के मालिक को न था, इसलिए वह ठीक से टेबल–बर्तन की सफ़ाई ना कर पाने पर सुकरात को गालियाँ देता रहता।

यह सुन कर सुकरात हँस कर सिर्फ़ इतना ही कहता, "मेरी घरवाली मुझे इतनी गन्दी-गन्दी गालियाँ देती है कि उससे तंग आकर मैं दार्शनिक बन गया हूँ, तो तुम्हारी यह मामूली गालियों का मुझ पर कोई असर नहीं होगा। तुम्हारी गालियाँ मुझसे टकराकर हवा में घुल जाती हैं, सेठ।" होटल का मालिक ऐसी बातें सुनकर आगबबूला हो जाता था। उसने सुकरात को चेतावनी दी थी : "तू जितनी ऊटपटाँग बातें करेगा, उतनी तेरी तनख़्वाह काट लूँगा।"

सुकरात ने एक भावुक दार्शनिक की तरह इस शर्त को स्वीकार कर लिया था। इसी वजह से उसकी तनख़्वाह महीने के अन्त में आधी से ज़्यादा कट जाती थी। दार्शनिक ही नहीं, बल्कि एक वेटर के तौर पर भी सुकरात बड़ा फ्लॉप था। होटल में अगर कोई ग्राहक उसे ऑर्डर देते हुए पूछता कि 'खाने में क्या है?' तो सुकरात उससे गहन प्रश्न पूछता था। "तुम्हें अपने शरीर के लिए खाना है या आत्मा के लिए? शरीर की भूख कभी मिट नहीं सकती। आत्मा की भूख अगर मिटानी है, तो सत्य को समझो।"

यह सुनकर ग्राहक ग़ुस्से से कहते, "ये सब तेरी माँ को बोलना!" और वे वहाँ से उठ कर बगल वाले होटल में चले जाते, होटल मालिक को लगने लगा था कि सुकरात जानबूझकर पास वाले होटल में ग्राहक भेजने के लिए ऐसा अजीब बर्ताव कर रहा है।

आख़िर में, सुकरात को उस होटल से निकाल दिया गया। मगर पास वाले होटल के मालिक ने उसे बड़े प्यार से नौकरी दे दी, क्योंकि सुकरात की बकवास की वजह से ही उसका धन्धा लगभग दुगना हो गया था! सुकरात ने वहाँ भी अपना जादू दिखाया। एक बार एक ग्राहक की कॉफ़ी में सुकरात को सफ़ेद बाल गिरा हुआ दिखा। ग्राहक ने होटल मालिक से शिकायत की। सुकरात ने ग्राहक से पूछा कि "क्या यह दुनिया का पहला बाल है, जो टूटा है? क्या आपके बाल नहीं टूटते? बाल का झड़ना और पेड़ से पत्तों का झड़ना एक ही घटना के दो नाम हैं! यूँ समझ लीजिए कि यह टूटा हुआ बाल वृद्धत्व से बुद्धत्व की यात्रा का प्रतीक है।"

सुकरात की दलील सुनकर होटल वाले ने उसे पागल मान लिया और पुलिस को सौंप दिया, पुलिसवाले ने उसे जेल में डाल दिया। सुकरात ने दरोगा पर भी फ़लसफ़े के बम डाले। "क्या इन्सान की आत्मा अपने शरीर में क़ैद नहीं है? मुझे इस जेल में रख कर क्या करोगे? एक दिन मेरी आत्मा इस शरीर को छोड़ कर चली जायेगी, तब क्या करोगे?" सरकारी नौकरी से थका हुआ पुलिसवाला लगातार ऐसी बातें सुनकर इतना उदास और विक्षिप्त हो गया कि उसने अपनी सर्विस रिवॉल्वर से ख़ुद को ही गोली मार दी और मर गया।

ये सारे अजीब क़िस्से एथेन्स के अख़बारों में छपने लगे और धीरे-धीरे सुकरात के बारे में चारों ओर चर्चा होने लगी कि यह कोई महान दार्शनिक लगता है, जिसने ख़ूँखार गुनहगारों को एन्काउन्टर से मारने वाले बेरहम पुलिसवाले तक को आत्महत्या करने पर मजबूर कर दिया? और फिर सुकरात का नाम बड़ा होने लगा। अब अख़बारों और मैगज़ीन वालों ने उसकी बढ़ी हुई दाढ़ी, बढ़ती हुई ख्याति और बढ़ते हुए बालों वाली तस्वीर छाप दी। अब सुकरात के बार-बार इंटरव्यू भी छपने लगे।

जब किसी इंटरव्यू में पत्रकार सुकरात से पूछते कि "तुम्हें ऐसे फ़लसफ़े की प्रेरणा कहाँ से मिलती है?" तो सुकरात सिर पर उँगली रख के आँखें बन्द करके लम्बा सोच कर कहता, "कहाँ से का क्या मतलब है? कहाँ-ये कोई पता नहीं है। तितली जब उड़ती है, तब वह नहीं सोचती कि उसे कहाँ उड़ना है? कल ग्रीस में क्या घटेगा और तुम कौन–सी हेडलाइंस छापोगे, उसका आज तुम्हें पता है? और फिर मेरे विचार क्या डाकिये हैं, जो मेरे घर आकर मेरे मन में ख़याल डाल कर चले जायेंगे?"

ऐसे ऊटपटाँग फ़लसफ़े से भरे इंटरव्यू की वजह से एथेन्स के लोग उसे पढ़ते-पढ़ते उलझ जाते थे। उन्हें कुछ समझ में नहीं आता था। पर समझ में न आने के कारण ही सुकरात का मान-सम्मान दिन-रात बुद्धिजीविओं में बढ़ने लगा। अब कुछ प्रतिष्ठित सामाजिक संस्थाएँ सुकरात को प्रवचन देने आमन्त्रित करने लगीं।

'जीवन क्या है?' से लेकर 'बदहज़मी दूर करने के लिए क्या करना चाहिए' या फिर 'एथेन्स में ट्यूशन टीचर का बढ़ता हुआ दुष्प्रभाव...' जैसे तरह-तरह के विषयों पर भाषण देने के लिए उसे बुलाया जाने लगा, कोई

संस्था कुछ पैसे दे देती, तो कभी कुछ बन्द लिफ़ाफ़े में 'क्या जीवन में पैसे आवश्यक हैं? आत्मा को पैसे की क्या ज़रूरत है?' ऐसी चिट्ठियाँ भी निकलती थीं और सुकरात को खाली हाथ लौटना पड़ता था।

इस तरह सुकरात का अपने देश में थोड़ा-बहुत नाम तो हुआ, मगर ज़्यादातर उसकी ज़िन्दगी अभावों में गुज़री। उसकी पत्नी उससे बोर होकर, उसे गालियाँ देकर, उस पर कूड़ा-कचरा डाल देती और रूठ कर बार-बार अपने मायके चली जाती। सुकरात के ससुर भी उससे बोर होकर उसे ताने मारते हुए कहते कि "क्या यह दिन देखने के लिए मैंने अपनी बेटी की शादी तुम्हारे साथ करवायी थी?" उस पर सुकरात, उल्टा ससुर से ही सवाल पूछता कि "क्या यह सोच कर आपने बेटी पैदा की थी कि मुझ से शादी करवाओगे? क्या बकरी, मछली, मेंढक शादी करते हैं?"

ये सब सुनकर सुकरात के बूढ़े ससुर ने ज़हर पीकर आत्महत्या कर ली और मरने से पहले अन्तिम पत्र में लिखा, "सुकरात के फ़लसफ़े सुन-सुनकर मैं यह दुनिया छोड़ रहा हूँ। उसके सवालों के उत्तर मेरे पास नहीं हैं...और ऐसे सवाल सुनकर घुट-घुटकर जीने से बेहतर है कि मैं फौरन मर जाऊँ।"

इस हादसे पर समाज में काफ़ी चर्चा हुई। ससुर को आत्महत्या के लिए उकसाने के इल्ज़ाम में सुकरात पर कोर्ट में मुक़दमा चलाया गया। मगर वहाँ भी सुकरात ने अपने फ़लसफ़े की ऐसी बरसात की कि जज साहब ने तंग आकर अपने पद से इस्तीफ़ा दे दिया। उस दिन तो सुकरात सबूत न होने के कारण बाइज़्ज़त बरी हो गया। मगर कोर्ट में सुकरात को हेलन नाम की एक ख़ूबसूरत पत्रकार मिल गयी।

हेलन, एक फ्री-लांस पत्रकार थी, मगर पार्ट-टाइम प्रचारक (पी. आर.ओ.) का काम भी करती थी। उसने सुकरात को समझाया कि "तुम्हारा फ़लसफ़ा अद्‌भुत है। मगर उसकी मार्केटिंग की आवश्यकता है। चलिए, इस बात पर हम पास वाले होटल में लंच सेलिब्रेट करते हैं।"

सुकरात ने इस बात पर भी एक प्रश्न किया, "असल में यहाँ प्रश्न यह है कि 'लंच खाना' यह सही है या 'लंच लेना' यह सही है या 'लंच सेलिब्रेट करना' यह सही है?"

यह सुनकर हेलन ने कहा, "देखो, वो सब छोड़ो। मैं पब्लिसिटी के बिजनेस में हूँ। उसमें बात को जितना बढ़ा-चढ़ा कर, नमक-मिर्च लगा कर

कहो, उतना ज़्यादा असर होता है।" हेलन ने सुकरात को अहिस्ता-आहिस्ता अपनी बातों में उलझाते हुए बताया कि वह सुकरात की पब्लिसिटी या प्रचार करके वह सुकरात को एक 'ब्रांड' बनायेगी।

सुकरात ने जीवन्त मनुष्य को निर्जीव ब्रांड बनाने के बारे में कुछ सवाल किये पर अन्त में 'हाँ' कर दी।

हेलन ने कहा, "मगर मि. सुकरात आपकी पब्लिसिटी के लिए ख़र्चा होगा।"

सुकरात ने कहा, "क्या किसी फिलॉसफर के पास पैसे हो सकते हैं?"

"वाह, क्या बात कही है?" हेलन ने कहा।

"इसमें बात क्या? मेरी ग़रीबी में भी तुम्हें फ़लसफ़ा दिखाई देता है?"

हेलन ने कहा, "तुम्हारा यह सवाल करने का अन्दाज़ ही तुम्हारी पहचान बन जायेगा। यही तुम्हारा ब्रांड बनेगा। तुम दार्शनिक बन कर रहोगे, तो कुछ नहीं होगा। मगर मैं तुम्हें एक प्रोडक्ट, एक इंडस्ट्री बना कर बाज़ार में बेचूँगी।"

सुकरात को लगा कि घर बैठ कर पत्नी की किटकिट सुनने से बेहतर है कि यूँ ही ऊटपटाँग फिलोसॉफिकल बातें करते रहो। होटल में झाड़ू-पोछा करने से तो बहेतर है कि ख़ुद की पॉपुलारिटी बढ़ाओ! फिर हेलन सुकरात को अपने साथ अमीरों की पार्टियों में ले जाने लगी। वहाँ बड़े-बड़े अमीर लोग सुकरात की वाणी से प्रभावित होने लगे, क्योंकि सुकरात की बातें किसी को भी बिल्कुल समझ में नहीं आती थीं। और 'कुछ समझ में नहीं आता' यह बात का स्वीकार करना किसी बड़े आदमी को अच्छा नहीं लगता, इसलिए बेवजह 'वाहवाही' करके सब सुकरात को पैसे, सोने की मोहरें, गहने आदि के उपहार देने लगे।

हेलन ने फिर सुकरात की इमेज बदलने के लिए एक ड्रेस-डिज़ाइनर को नियुक्त किया। एक हेयर एक्सपर्ट से सुकरात की दाढ़ी को ठीक से स्टाइल में कटवाया। अब सुकरात पूरे ग्रीस में घूम कर तरह-तरह के विषयों पर प्रवचन देने लगा। उसके भाषण, विद्वानों से शास्त्रार्थ सुनने के लिए भीड़ जमा होने लगी। हेलन ने सुकरात को सुनने के लिए टिकट रखे। अब सुकरात एक शहर से दूसरे शहर जाकर बड़े-बड़े ज्ञानियों को भी समझ में ना आये, ऐसे फ़लसफ़े

भरे प्रवचन देने लगा था। पैसेवालों की चर्बी से लथपथ पत्नियों को उसकी वाणी सुनते-सुनते नींद आ जाती थी। यही वजह से उनके पतियों को कम से कम कुछ देर की शान्ति मिल जाती थी।

तो अब सुकरात बस निरन्तर प्रवास, प्रवचन और प्रमोशन में बिज़ी रहता था।

सुकरात को अब 'सत्य क्या है?' इन सबके बारे में गहन सोच–विचार के लिए वक़्त नहीं मिलता था। कभी-कभी ऐसी झूठी, नकली बनावटी लाइफस्टाइल से ऊब कर, सुख से थक कर सुकरात हेलन से कहता, "बस हेलन, अब बहुत हुआ ये खेल। मैं हर रोज़ कितने सवाल करता रहूँ? और सच कहूँ, तो इन सवालों से अब मुझे ख़ुद ही घिन आने लगी है!"

हेलन उसे प्यार से समझाती, "दुनिया में सब के पास प्रश्न है, मगर किसी के पास उत्तर नहीं है, इसलिए तुम्हारे सवाल सुपरहिट हो गये हैं। ज़्यादा सोचो मत।"

सुकरात को तब इस बात का एहसास भी होता कि आजकल उसकी पत्नी भी ज़्यादा झगड़े नहीं करती, क्योंकि घर में पैसे आने लगे हैं। वह अब पार्टियों में नये-नये गहने पहन कर जाती है। घर पर रहकर पत्नी के ऑर्डर सुनने से या होटल में वेटर बन कर ऑर्डर लेने से तो अच्छा है कि प्रश्न पूछ कर ही पैसे कमाये जायें।

सुकरात अभी तीन-तीन शिफ्टों में फ़लसफ़े से लगे भारी सवालात पूछने लगा। अरस्तु, प्लेटो जैसे नये दार्शनिक भी सुकरात से प्रभावित होकर उसकी नक़ल करने लगे। अब सुकरात ने प्लेटो को असिस्टेंट बना लिया और उससे रोज़ दस-बारह नये सवाल लिखवाने लगा। उन सवालों में बड़ा अटपटा फ़लसफ़ा छिपा हुआ रहता था, जैसे कि 'क्या बैलगाड़ी का बैल कहीं पहुँचता है? क्या कोयल की आवाज़ में कोई मसीहानुमा मैसेज होता है?'

अब सुकरात सुख के झूले में झूल रहा था, मगर उसका सुख ज़्यादा दिन टिका नहीं। उस समय ग्रीस का घमण्डी राजा बहुत ज़ुल्मी था। वह कभी भी जनता पर टैक्स बढ़ा देता था। कभी भी वहाँ के करेंसी नोट बदल देता था। उसके ख़िलाफ़ जो भी बोलता, उसे देश से बाहर निकाल देने की सज़ा सुनाता था। मन में आया तो कभी-कभी किसी विरोधी को मरवा भी देता था। सुकरात

ने अब उस राजा के ख़िलाफ़ प्रश्न पूछने शुरू किये। सयाने राजा ने दरबार में बुलाकर सुकरात को 'राज्यश्री' का ख़िताब दिया और उसका भव्य सम्मान किया। उसके बाद सुकरात राजा को मक्खन मार-मार के सवाल करने लगा। मगर राज्य में नये विद्रोही दार्शनिकों ने सुकरात की नकल करनी शुरू कर दी और सुकरात की स्टाइल में ही सत्ता और राजा के ख़िलाफ सवाल उठाने शुरू कर दिये। वो नये दार्शनिकों की टोली, हर रोज़ राजा के ख़िलाफ़ नये-नये सवाल समाज के सामने रखने लगे।

राजा को लगा, 'यह सुकरात का ही काम है, जो अपने गुप्त शिष्यों के नाम से प्रजा को सवाल पूछ कर राज्यसत्ता के ख़िलाफ़ भड़काता है।'

...और राजा ने एक दिन सुकरात पर देशद्रोह का आरोप लगाया। उसे राज दरबार में बुलाकर माफ़ी माँगने को कहा, अब सुकरात का पेट और जेब दोनों भरे हुए थे। सुकरात ने फौरन कहा, "माफ़ी माँगने में बुरा क्या है? माफ़ी तो आत्मा का जुलाब है।" ऐसा कह कर राजा को सन्देश भेजा। मगर यह बात सुनते ही सुकरात की पी.आर.ओ. कम मैनेजर हेलन, तुरन्त घोड़े पर बैठकर आयी और कहा, "कम ओन मि. सुकरात, ऐसे तुरन्त माफ़ी नहीं माँगनी चाहिए। तुम सेलेब्रिटी हो। तुम अपना 'राज्यश्री ' वाला अवॉर्ड वापस कर दो. बदले में राजा जो भी सज़ा देता है, उसको स्वीकार कर लो। इसी से तुम्हें ज़्यादा पब्लिसिटी मिलेगी...समझो सुकरात...यही मौक़ा है ब्रांड बढ़ाने का!"

सुकरात ने कहा, "मगर माफ़ी न माँगने पर राजा मुझे ज़हर देकर मरवा देगा।"

हेलन ने कहा, "मेरी राज दरबार में बहुत जान-पहचान है। मैं राजा तक बात ले जाऊँगी और माफ़ी दिलवाऊँगी। उसी से तुम्हारा ब्रांड सॉलिड बन जायेगा। ग्रीस के बाहर यूरोप से लेकर इंडिया तक तुम्हारा डंका बजेगा। समझो, यही वर्ल्ड पब्लिसिटी का मौक़ा है।"

सुकरात ने डरते-डरते हेलन की बात मान ली। दरबार में राजा के सामने माफ़ी माँगने से साफ़-साफ़ इनकार कर दिया और कहा, "मैं क्यों किसी को बहकाने लगा? क्या किसी के सवाल पूछने से सरकार हिलने लगती है?"

यह सुनकर राजा स्वयं हिल गया और सुकरात को अगले हफ़्ते ज़हर देकर मार देने का हुक्म दे दिया। जेल से सुकरात ने हेलन को ढेर सारे सन्देश

भेजे कि "मुझे बचा लो। मुझे ज़हर नहीं पीना।" लेकिन हेलन का कोई जवाब नहीं आया। क्योंकि, सुकरात ने पिछले कुछ महीनों से हेलन को पैसे नहीं दिये थे, इसलिए वह नाराज़ थी।

...और फिर अब हेलन अरस्तु और प्लेटो जैसे दूसरे नये फिलोसॉफर्स की मार्केटिंग में व्यस्त तो थी ही!

मृत्युदण्ड का दिन नज़दीक आ गया। सुकरात ने राजा को माफ़ी-नामा का ख़त लिखा। राजा, विदेश के दौरे पर था। आख़िरकार, थककर सुकरात ने ज़हर का प्याला पीने का फ़ैसला ले लिया।

जेल के पहरेदार ने पूछा, "तुम्हारी मैनेजर हेलन, तुम्हें बचाने नहीं आयेगी?"

सुकरात ने ग़ुस्से में कहा, "इडियट, आख़िरी घड़ी में भी सवाल करने ज़रूरी हैं क्या? सवाल..सवाल...सवाल...इन्हीं सवालों ने तो मुझे जीने नहीं दिया। अब चैन से मरने तो दो!"

और इस तरह, ग्रीस के महान फिलॉसफर सुकरात ने जीवन-मृत्यु के अनन्त सवालों से तंग आकर ज़हर पी लिया और इच्छा ना होते हुए भी उसे मरना पड़ा।

आख़िरी टिप्पणी :

यूँ ज़हर पीने से सुकरात का नाम एक दार्शनिक के रूप में सारे विश्व में फैल गया, लेकिन उसका उसे कुछ लाभ न हुआ। हेलन ने अब और दस-बारह दार्शनिकों का प्रचार शुरू कर दिया था। राजा ने स्मार्ट और सुन्दर हेलन को पत्नी बनाकर महल में रख लिया!

मगर हाँ, हेलन के आगे एक शर्त रखी : "सवाल करना मना है।"

शायर का बेटा

आईने में देखते हुए मुन्ना सज रहा था। नयी जीन्स, नयी टी-शर्ट। नये कपड़ों में वह स्मार्ट लग रहा था। उसके बाल बढ़े हुए थे, इसलिए स्कूल में टीचर कब से किचकिच कर रहे थे, लेकिन मैंने इस बात को सीरियसली नहीं लिया था। बचपन में स्कूल में मेरे बाल ज़बरदस्ती छोटे किये जाते थे, तब मेरा रोता हुआ चेहरा देखकर मेरे पापा ज़ोर-ज़ोर से हँसने लगते, हँसते ही रहते, उन्हें हँसते हुए देख मैं और ज़ोर से रोने लगता। पापा हमेशा दो-चार दिन की बढ़ी हुई दाढ़ी रखते और हर रोज़ कुर्ता पहनते। बचपन में मैं भी उनके कुर्ते को छोटा कटवाकर ठाठ से पहनता।

अपने 'शायर' पापा की तरह।

और आज मैंने अपने इकलौते बेटे समीर यानी मुन्ना के लिए एक कुर्ता ख़रीदा है, कुर्ते में मेरा मुन्ना भी बहुत क्यूट लगता है।

मेरे बेटे के दो नाम हैं-समीर और मुन्ना। वैसे मेरे पापा के भी दो नाम थे। शेखर– सच्चा नाम और 'रक़ीब' उनका तख़ल्लुस। आज ना जाने क्यों मुन्ना की बातें करते-करते मुझे अपने पापा की बातें याद आ रही हैं।

मैं जब छोटा था, तब शायद मुन्ने जैसा ही दिखता था। मैं बहुत ज़िद्दी था और पापा बेचारे मेरी कोई भी ज़िद पूरी नहीं कर पाते थे। मगर आज मैं मुन्ने की हर माँग हर ज़िद पूरी करने के लिए काबिल हूँ, क्योंकि मैं एक मल्टीनेशनल कम्पनी में बड़ी–सी पोस्ट पर हूँ और मेरे पापा सिर्फ़ एक शायर थे!

फुल टाइम शायर। ग़रीब मगर ख़ुद्दार...

और लोग मुझे प्यार से 'शायर का बेटा' कहते थे। स्कूल के टीचर्स मुझे अलग अन्दाज़ से देखते थे और मुझसे अच्छे अन्दाज़-ए-बयाँ या शैली की उम्मीद रखते थे। मैं पढ़ने में तो तेज़ था, मगर मेरी भाषा बहुत साधारण थी। आई मीन, मेरे पापा जैसी शायराना ज़रा भी नहीं थी। हाँ, व्याकरण में मैं बहुत अव्वल था। जबकि मेरे पापा का ग्रामर और गणित आख़िरी साँस तक नहीं सुधरे। आज मैं अपनी तुलना मेरे शायर पापा के साथ नहीं कर रहा हूँ, मगर मेरे मुन्ने को देखकर सबकुछ बेतरतीब बस याद आ रहा है।

'याद आती हो जैसे कोई भूली हुई ग़ज़ल....'

हालाँकि, मेरे पाठ्यक्रम में मेरे पापा की एक भी ग़ज़ल या कविता नहीं थी, क्योंकि स्कूल के बच्चों के लिए वे ज़्यादा मुश्किल थीं और कॉलेज में मैंने साइंस में एडमिशन लिया था। किसी यूनिवर्सिटी के किसी पाठ्यक्रम में उनका ग़ज़ल-संग्रह शामिल तो ज़रूर था, मगर मैंने उसे एकाध बार ही पढ़ा होगा। सच कहुँ तो तब मुझे ग़ज़ल-नज़्म वग़ैरह ज़्यादा कुछ समझ नहीं आता था। अब भी कहाँ समझ आता है? लोग मुझे अक्सर पूछते थे कि एक 'शायर के बेटे' होकर तुम साइंस पढ़कर क्या कर लोगे?

मैं मन ही मन कहता : रोटी कमाऊँगा, पैसे बनाऊँगा और चैन की ज़िन्दगी जिऊँगा। शायर कभी नहीं बनूँगा।

"पापा, चलो ना देर हो रही है।" मुन्ना तैयार हो गया था। पत्नी गाँव गयी हुई थी, इसलिए आज मुझे मुन्ना को घुमाने ले जाना था और लंच भी बाहर करवाना था। मैंने वॉलेट में पैसे रखे और दरवाज़े को ध्यान से लॉक किया। मुन्ना दौड़कर मेरी महँगी कार के पास खड़ा हो गया।

मैंने कार स्टार्ट की और झुम्म करके भगाई। मुन्ना ख़ुश हो गया। मैं 8 साल का था, तब मैं मेरे बेटे जितना मैच्योर नहीं था। मैं बहुत ग़मगीन, उदास बच्चा था। मगर मेरा बेटा ख़ुश रहता है। रविवार की वजह से खाली सड़कों पर मेरी कार बेतहाशा भाग रही थी। बीच-बीच में मुन्ना मुझे एकाध सवाल पूछ लेता था। मैंने उसे सिग्नल के कलर्स के बारे में समझाया। वह सुनता रहा और फिर चुप, एक भी सवाल नहीं पूछा।

मुझे यह नयी जनरेशन अजीब लगती है। वह कम सवालों में सब समझ जाती है। मैं बचपन में बहुत सवालों की वजह से बेचैन रहता। बात बात में अपसेट हो जाता। मैं बारिश के मौसम में मायूस रहा करता। तब मेरे पापा हमारे छोटे से फ्लैट में बैठकर बस ख़ामोशी से लिखते रहते। अविरत।

मैं पापा से पूछता, "क्या लिखते रहते हो?"

वह मुझे कहते कुछ नहीं।

और फिर...कुछ सोचना शुरू कर देते।

मैं सोचता कि पापा हमेशा लिखते हैं और फिर हमेशा कहते हैं, "कुछ नहीं।" लगता है, यह "कुछ नहीं"–कुछ बहुत लम्बा–सा होगा। कभी ख़त्म ही नहीं होता।

अचानक मैंने कार रोकी। एक साइकिल वाला क्रॉस करके निकल गया। मुन्ना ने सिर उठाकर रास्ते पर देखा और पूछा, "क्या हुआ, डेडी?"

तब मैंने भी कहा, "कुछ नहीं।" फिर मेरे जवाब पर मुझे ही हँसी आयी। मेरे बेटे को मेरे पापा की तरह मैंने भी वही शब्द कह दिये :

"कुछ नहीं।"

फिर मुन्ना मुझे चिड़ियाघर खींचकर ले गया। उसे वहाँ बहुत मज़ा आया। हाथी, हिरण, बाघ को देखकर बहुत ख़ुश हो गया। उसने एक पंछी को चने खिलाये और एक अंग्रेज़ी कविता गुनगुनाई। वह पंछी भी मेरी तरह मुन्ने की कविता को समझ नहीं पाया। जैसे मुझे शायर पापा की कवितायें कभी समझ में नहीं आती थीं। उस पंछी ने आसमान की ओर देखा। थोड़ी ही देर में बारिश शुरू हुई।

ठीक उसी तरह, मेरे साथ भी कई साल पहले बारिश में ऐसा ही होता था। पापा, स्टील के गिलास में व्हिस्की का पेग बनाते और साथ में काली मिर्च वाले तीखे चने चबाते। खिड़की में से बारिश की बूँदें भीतर आती रहतीं। मैं अपनी पढ़ाई करते हुए डिश में से थोड़े चने चुरा लेता और स्टील के गिलास को देखता रहता। शराब का वह रंग देखकर मेरे दिल में अजीब–सी घुटन होती। उस बोझिल शाम के भीगे हुए माहौल में पापा बहुत ख़ुशमिज़ाज लगते थे। खिड़की से बाहर देखते हुए वह सुरीली आवाज़ में कुछ तरन्नुम में गुनगुनाते रहते। कोई नयी ग़ज़ल...या फिर कभी कोई पुरानी किताब पढ़ते।

न जाने क्यों, लेकिन उनकी ग़ज़लों में बारिश का ज़िक्र कई बार आता था। बारिश तब से मुझे परेशान करती है। मेरे पापा की शायरी में 'प्रियतमा' या 'महबूबा' के तौर पर किसी अनजान व्यक्ति का ज़िक्र होता, तब भी ऐसा ही अजीब एहसास होता था। तीखे चने और शराब की गन्ध जैसा एहसास।

आज मुन्ना बारिश में भीगना चाहता था। मैंने उसे ज़्यादा रोका–टोका नहीं। वह बहुत देर तक भीगता रहा। फिर हम कार में बैठे। मैंने मुन्ना का सिर नैपकिन से पोंछ लिया। कार जैसे-जैसे नरीमन पॉइंट की ओर बढ़ने लगी, मुन्ना को ज़्यादा मज़ा आने लगा। "समन्दर का रंग ब्लू क्यों होता है? लाल क्यों नहीं? फुटपाथ रास्ते के दोनों ओर क्यों होता है, बीच में क्यों नहीं? पंछी उड़ान के वक़्त सीट बेल्ट क्यों नहीं पहनते? मछली को कभी सर्दी-ज़ुकाम होता है?" ऐसे बहुत मासूम सवाल मुन्ना करता गया।

उसके सवाल थम गये, बारिश भी थम गयी।

हम एक आर्ट गैलरी पहुँचे, वहाँ मेरे एक दोस्त की पेंटिंग्स का एग्जिबिशन था। आर्ट गैलरी के भीतर बहुत ठंड थी। हम एक के बाद एक चित्र देखने लगे। भीगे बदन में एयरकंडीशन की ठंड ज़्यादा लग रही थी। पता नहीं क्यों पर एयरकंडीशन से मुझे याद आया कि मैं जब 7 साल का था, तब एक बड़े हॉल में एक मुशायरा हुआ था। आगे की कतार में पापा और मैं बैठे थे। तब भी ऐसी ही ठंड थी। उस दिन वह हॉल श्रोताओं से भरा हुआ था।

एक के बाद एक शायर मंच पर आये। किसी ने बेसुरी आवाज़ में कविता पढ़ी, तो किसी ने याद करते हुए काव्य पाठ किया। 'सुराही', 'साक़ी', 'सनम', 'शबनम' जैसे शब्दों का सैलाब आ गया। दो-ढाई घण्टे मुशायरा चलता रहा। मुझे अन्त तक आशा थी कि पापा का नाम लिया जायेगा और पापा को भी तालियाँ मिलेंगी, लेकिन मुशायरा ख़त्म हो गया। पापा को किसी ने स्टेज पर नहीं बुलाया। भीड़ के साथ बाहर जाते हुए मैंने पापा से पूछा, "पापा, आपने ग़ज़ल क्यों नहीं सुनाई?" मुझे पापा का वो ख़ामोश, स्थिर, स्थितप्रज्ञ सा उदास चेहरा आज भी याद है। उस भीड़ में किसी ने उनसे पूछा, "आप रक़ीब साहब हैं ना? आप भी कविता, शायरी लिखते हैं न?" पापा का चेहरा ऐसा हो गया, जैसे किसी ने उनके चेहरे पर थप्पड़ जमा दिया हो। उस

दिन के बाद मैंने कभी भी पापा से कविता, शायरी के बारे में कोई सवाल नहीं किया। बस उस दिन से मुझे एसी में अजीब–सी फीलिंग होती है। और हाँ, यह 'अजीब' शब्द भी पापा ने ही मुझे विरासत में दिया है।

मेरे पापा रक़ब और मैं अजीब!

आर्ट गैलरी में चित्र-विचित्र आय मीन अजीब-सी रंगीन पेंटिंग्स मेरी नज़र के सामने छा गयीं–जैसे पापा के ग़ज़ल संग्रह के कवर पेज। उन्होंने अपना अन्तिम ग़ज़ल संग्रह *'साक़ीनामा'* मेरे नाम के साथ शुरू किया था। पहले ही पेज पर लिखा था, 'मेरे बेटे को।' वह पेज देखकर मैं बहुत रोया था। उस वर्ष मेरी स्कूल की फीस बहुत देरी से दी गयी थी। ग़रीबी और कड़की के दिन थे। उस वक़्त पूरे देश में इमरजेंसी थी और मेरे पापा का अख़बारी कॉलम बन्द करवा दिया गया था क्योंकि पापा ने कॉलम में सरकार के ख़िलाफ़ कटु शब्दों में एक इंक़िलाबी ग़ज़ल लिखी थी।

तब पापा की वह मामूली–सी आमदनी भी बन्द हो गयी, मगर मेरी मम्मी ने हिम्मत से काम लिया। जिस दिन मुझे टीचर ने फीस देने के लिए आख़िरी बार याद दिलाया, तब मैंने घर जाकर मम्मी से कहा। मम्मी ने इशारे से मुझे चुप रहने को कहा, दूसरे दिन मम्मी स्कूल में प्रिंसिपल से मिलने आयीं।

मैं प्रिंसिपल के ऑफ़िस में एक कोने में गुनाहगार की तरह खड़ा था। मेरे आसपास जैसे एक अद्रश्य-सा कठघरा था। प्रिंसिपल के सामने वाली कुर्सी पर मम्मी ख़ामोश बैठी थीं। उन दोनों के बीच 15 मिनट बात हुई। मुझे कुछ समझ में नहीं आया, मगर इतना याद है कि मम्मी ने टूटी-फूटी हिन्दी में कहा था, "सर, आख़िरकार यह एक शायर का बेटा है।" फिर प्रिंसिपल ने मेरे सिर पर हाथ रखा। डर की वजह से मैं काँपने लगा था। उस रात देर तक 'शायर का बेटा' शब्द मेरे कान में घूम रहा था। पापा खिड़की से बाहर देखते हुए कुछ सोच रहे थे और मैं 'गैलीलियो की सज़ा' की कहानी पढ़ते हुए सो गया।

"ये आपका बेटा है?" मेरे चित्रकार मित्र ने पूछा।

मैंने उससे मुन्ना की पहचान करवाई। उसने हमें आधी-आधी कॉफ़ी पिलाई। उसकी पेंटिंग्स की मैंने तारीफ़ की और कुछ देर बाद हम वहाँ से निकल गये। अब आसमान साफ़ था। मैंने कार को होटल की ओर मोड़ा। दोपहर की वजह से भीड़ कम थी। कुछ कपल्स और एक-दो लोग खा–पी

रहे थे। मुन्ना ने लंच के बाद आइसक्रीम मँगवाई। तब तक सामने बैठे हुए आदमी की बीयर पूरी नहीं हुई थी।

बीयर से मुझे याद आया कि ज़िन्दगी के अन्तिम दिनों में पापा भी खँडहरनुमा बीयर बार में बैठे-बैठे इसी तरह तमाम शाम गुज़ार देते। वहाँ बैठकर कविताएँ लिखते रहते। कुछ विचित्र अक्षर में सिगरेट के सिल्वर काग़ज़ पर चुपचाप लिखते रहते। मैं एकाध बार उनके साथ बीयर बार गया था। आधे घण्टे तक कुछ लिखने के बाद, उस दिन पापा मुझे पहली बार मुंबई के किसी पुराने मोहल्ले में ले गये। उस मोहल्ले की याद आते ही मेरे मन में कई सवाल किसी अधूरी कहानी की तरह उग आते हैं। वह गली, वह घर, वह सब क्या था? आज फिर मेरे मन में वहाँ जाने का ख़याल चमक उठा।

खाना खाकर हम बाहर निकले, मैंने कार की स्पीड बढ़ा दी। मरीन ड्राइव का दरिया साथ-साथ दौड़ रहा था। समन्दरी ठंडी–नमकीन हवा से मुन्ना सो गया। मैं शहर से दूर उपनगरों की ओर कार दौड़ा रहा था। यूँ तो मेरी ज़िन्दगी उपनगरों में ही बीती थी, मगर इस नयी नौकरी की वजह से मुझे साउथ मुंबई के एक पॉश-एरिया में फ्लैट मिला था। पापा की शायरी के एक पुराने चाहने वाले ने मुझे ग्रेजुएट होने के बाद तुरन्त ही नौकरी दिलवाई थी। मेरे बॉस से मेरी पहचान करवाते हुए उसने कहा था, "बड़ा होनहार लड़का है, और फिर 'शायर का बेटा' है।" मुझे जॉब मिलते ही पापा बहुत ख़ुश हो गये थे।

वैसे भी अन्तिम दिनों में उन्होंने लिखना बन्द कर दिया था और फिर ख़ुश ही रहते थे।

एक शाम को मायूस होकर उन्होंने ग़ुस्से में अपनी सब कविताएँ फाड़कर जला दीं। ऐसा उन्होंने क्यों किया, उसका हमें कभी भी पता ना चला। एक दिन मुझसे पूछने लगे, "यह शायर का मतलब क्या होता है?"

मैंने कहा, "तुम...मेरे पापा।" और वह मुझे गले लगाकर रोने लगे थे।

"पापा, हम कहाँ जा रहे हैं?" मुन्ना ने अचानक नींद से उठकर पूछा।

मैंने कहा, "बांद्रा के पास।" वह फिर सो गया। मैंने कार को बांद्रा और माहिम के बीच एक पुराने मोहल्ले की ओर मोड़ दिया। एक जर्जर मकान के पास कार को पार्क किया और नीचे उतरे। लकड़ी की सीढ़ियों से पहली मंज़िल पर पहुँचे। कोने के अन्तिम कमरे का दरवाज़ा खटखटाया। मुन्ना इस

पुराने मकान को बड़ी हैरत से देख रहा था। उतने में 70 साल की एक औरत ने दरवाज़ा खोला और हँसकर मेरा स्वागत किया। कमरे में कई साल पुराना फर्नीचर था और किताबों से भरी अलमारियाँ थीं। एक कोने में सितार रखा हुआ था। मैं सोफ़े पर बैठा। वह औरत, ज़मीन पर चटाई बिछाकर बैठी। मुन्ना, खिड़की से बाहर लोकल ट्रेन की आवाजाही देख रहा था।

उस औरत और मेरे बीच दो-चार मिनट का मौन रहा। फिर उसने मुन्ना के बारे में, मेरी मम्मी के बारे में, पापा के बारे में ढेर सारी बातें कीं। मुन्ने को कुछ स्वीट–सा खिलाया। उसे मुँह दिखायी के 100 रुपये भी दिये। मुन्ने ने पैसे लेने से पहले इजाज़त के लिए मेरी ओर देखा, मैंने मना नहीं किया। उस औरत ने अपने रिटायरमेंट की बातें कीं। थकान भरी नज़रों से मुझे देखती रही।

एक पल मुझे लगा कि मेरे पापा, इस औरत की निग़ाहों से आज मुझे देख रहे हैं! 70 साल की उम्र में भी वह बहुत ख़ूबसूरत लग रही थी। उसका चेहरा कोमल था। आवाज़ में एक कशिश थी। उसने मेरी नौकरी के बारे में, मेरी पत्नी के बारे में, मेरी महँगी कार की एवरेज के बारे में-कई विषयों पर बस यूँ ही पूछताछ की। शायद पहली बार इतनी आत्मीयता से हमने बातें कीं। बिना किसी वजह, मैं भी 1 घण्टे तक बातें करता रहा। कई साल पहले मैं इनके साथ बात करने पर भी इतराता था, पर आज?

इस औरत की वजह से मेरी मम्मी ने एक बार घर छोड़ दिया था।

हाँ, मेरे पापा इस औरत से पैसे उधार लेते थे।

आज मुन्ना के सिर पर उसने हाथ फिराया और सिर्फ़ इतना कहा, "ख़ुश रहना, बेटा।"

मैंने अपनी कार घर की ओर दौड़ाई। कुछ देर बाद मुन्ना मेरी ओर देखने लगा।

उसने मुझसे पूछा, "आपको रोना आता है?"

"नहीं तो..." मैंने झूठ-मूठ का हँसकर कहा।

"तो फिर चुप क्यों हो?"

"ऐसे ही।"

"ऐसे ही मतलब?"

"कुछ नहीं ...अं, ऐसे ही यानी कि वह आँटी तुम्हारे दादा की फ्रेंड थीं।"

"वह सेकंड फ्लोर वाली सानिया जैसे मेरी फ्रेंड है, वैसी फ्रेंड?"

मैंने मुन्ना की ओर देखा, उसने सोसायटी की एक नन्ही सी लड़की का नाम कितनी आसानी से ले लिया था।

"हाँ, ऐसी ही– दादा की फ्रेंड।" मैंने कहा।

"पापा, दादा शायर थे ना?"

"हाँ बेटा।"

"पापा, शायर का मतलब?"

"बेटा, शायर का मतलब...शायर...मतलब..."

मैंने कहने की कोशिश की। मेरे पास, 'शायर के बेटे' के पास, उसका उत्तर नहीं था।

मुन्ना ने फिर से पूछा, "शायर का मतलब?"

मैं ख़ामोश रहा।

कभी-कभी मैं भी यह सवाल मेरे पापा से किया करता था और उनके पास भी कोई जवाब नहीं होता था कि 'शायर' होने का मतलब आख़िर क्या होता है।

मैं निशा नहीं...

उसने मोबाइल फ़ोन से नम्बर डायल किया...सामने से ऑपरेटर की आवाज़ आयी, 'आपकी लाइन कट गयी है.. कृपया बिल भुगतान करें' उसने दो-तीन बार फिर से कोशिश की...सामने से वही जवाब आया...मोबाइल की बैटरी भी ख़त्म होने वाली थी।...उसने ख़ुद को और मोबाइल कम्पनी को मन में एक प्यारी शाकाहारी गाली देते हुए रास्ता पार किया और पब्लिक फ़ोन तक पहुँची। फ़ोन के पास थोड़ी भीड़ थी। सत्रह साल का एक लड़का गर्लफ्रेंड से फ़ोन पर बतिया रहा था।

'हाय...बेबी जान...मुझे आजकल तुम्हारे सपने नहीं आते...यु नो व्हाय? क्योंकि मैं कईं रातों से तुम्हारी यादों में सो ही नहीं पाया ना? माँ क़सम...आई नो, आई नो कि मेरी मम्मी मर गयी है...चलो, तुम्हारी मम्मी की क़सम... बस?' ऐसा कुछ वह क्यूट सा लड़का बोले जा रहा था।..उसकी आवाज़ में रेडियो जॉकी जैसी मस्ती और उद्दंडता का कॉम्बिनेशन था।

उस लड़के के पीछे एक मोटी, अजीब-सी डरावनी दिखने वाली औरत खड़ी थी। उसके काले हाथों में कुछ सिक्के थे और काग़ज़ का एक टुकड़ा भी था। उस टुकड़े पर कोई टेलीफ़ोन नम्बर लिखा हुआ था। ऐसी भीड़ से माधवी को अकसर घुटन होती है। रेंगती चींटियों जैसे पलों में इन्तज़ार करते हुए ऐसा लगता था कि वक़्त पर मानो ज़ंग चढ़ता रहता है...एक तो ये भीड़, ऊपर से धूप। माधवी ने पर्स से गीले परफ्यूम्ड नेपकिन निकाले, पसीना पोंछा और पर्स से एक रुपये का सिक्का निकाला। वह लड़का अभी तक अपनी गर्लफ्रेंड के साथ फ़ोन पर चिपका हुआ था, 'बोल ना...? व्हाय...? आई मीन...कल क्यों नहीं आयी तुम? तुम्हारे बिना ग्रीन–टी भी ब्लैक–कॉफ़ी जैसी कड़वी लगती

है...रीयली...ई कान्ट ब्रीद, तुम्हारे बिना' वग़ैरह-वग़ैरह मोहब्बत की चाशनी में डुबोई हुई टिपिकल बातें...

माधवी ने थककर वहाँ से ध्यान हटा लिया और टाइमपास करने के लिए उसने अबीज-सी दिखने वाली औरत पर नज़र घुमाई। घुँघराले बाल, स्कर्ट ब्लाउज़ से झलकता हुआ काला बदन...मानो फ़िल्मों में दिखने वाली कोई वैम्प। उसके हाथ में काग़ज़ पर जो फ़ोन नम्बर लिखा था : 26281439...उसे देख माधवी चौंक गयी। 'अरे यह नम्बर तो मेरे घर का ही है!' माधवी ने फिर से उस औरत पर नज़र घुमाई...उस औरत में माधवी देर तक किसी परिचित को ढूँढने लगी, पर उसे पहचान नहीं सकी। माधवी ने फिर से उस टेलीफ़ोन नम्बर को देखा, नम्बर तो वही था, उसके घर का! काग़ज़ के टुकड़े से उस औरत ने जैसे ही हाथ हटाया, नम्बर के नीचे एक नाम लिखा हुआ था : *निशा*।

माधवी को एक और झटका लगा। कौन है यह निशा? उसने औरत से पूछने की कोशिश की पर उतने में उस प्रेमी पंछी ने फ़ोन रख दिया और उस औरत ने फ़ोन घुमाना शुरू कर दिया।

माधवी ने उससे पूछा, 'एक्सक्यूज मी...'

तपाक से वह औरत बोली, 'मैं कब से लाइन में खड़ी हूँ। मैडम...' उसकी आवाज़ भारी थी।...वह ऐसे बोल रही थी, जैसे झूठ बोल रही हो। उसका फ़ोन लग गया। उसने भारी आवाज़ में हँसकर नम्बर पूछा, 'हैलो, 2-6-2-8-1-4-3-9? अरे हाय...निशा कैसी हो? मैं रुबीना बोल रही हूँ... कल ही सिंगापुर से लौटी हूँ, तेरा हस्बैंड कैसा है? फाइन?'

माधवी को कुछ समझ नहीं आ रहा था। भूख, थकान, धूप और ट्रैफ़िक के शोर से सिर चकरा रहा था। उस औरत की बात ख़त्म होने के इन्तज़ार में वह खड़ी थी। उसने फ़ोन रखा और माधवी की ओर पलटी। माधवी ने फ़ौरन पूछा, 'यह नम्बर आपके पास कहाँ से आया?' औरत ने भड़ककर, पलट कर जवाब दिया, 'देट इज़ नन ऑफ़ योर बिज़नेस।'

माधवी ने फिर से पूछा, 'पर यह नम्बर किसी निशा का कैसे हो सकता है? यह तो मेरे घर का टेलीफ़ोन नम्बर है...' वह औरत माधवी को ताकती रही और ज़ोर से ठहाका लगाया। उसके पीले दाँत चमकने लगे। हाथ हिलाकर उसने एक टैक्सी रोक ली और उसमें बैठ गयी। जाते-जाते बोली, 'मैं निशा

को बचपन से जानती हूँ। तुम्हें कोई ग़लतफ़हमी हो रही है। याद करो, अपना नम्बर। कभी-कभी ऐसा होता है कि इन्सान ख़ुद का ही टेलीफ़ोन नम्बर भूल जाता है!'

'लेकिन...'

औरत ने गॉगल्स पहन लिए, टैक्सी का शीशा ऊपर चढ़ाते हुए ड्राइवर को बोली, 'वर्सोवा', टैक्सी चली गयी। माधवी, उस जाती हुई टैक्सी के धुएँ को देखती रही और सोच में पड़ गयी, फिर से पब्लिक फ़ोन के पास गयी। क्यू में खड़ी रही। वह घर फ़ोन करके कहना चाहती थी कि गैस का सिलिंडर ख़त्म हो गया है, नया सिलिंडर मँगवा ले...ऐसे छोटे-मोटे काम माधवी की कामवाली कमलाबाई करती है, उसके साथ माधवी की अच्छी पटती है, फिर से वह क्यू...वही प्रेमी लौंडा...जो अपनी गर्लफ्रेंड को बेवकूफ़ की तरह पूछ रहा था, 'बोल न डार्लिंग...बता ना...व्हाय? एक बार बात दे तू कल क्यों नहीं आयी?' वग़ैरह-वग़ैरह...माधवी को उसे एक थप्पड़ मारने की इच्छा हुई पर उतने में उसने आख़िरकार 'व्हाय' बोलकर फ़ोन प्रेमी ने रख दिया। माधवी ने नम्बर घुमाया। दूसरी ओर से कामवाली ने फ़ोन उठाया, 'कौन माँगता ऐ?'

'अरे कमलाबाई, मैं माधवी बोल रही हूँ।'

'कौन माधवी? किसका काम है? निशा मेमसाहब तो बाहर गयेली है...' फ़ोन कट गया। माधवी को कमलाबाई पर बहुत ग़ुस्सा आया। उसने पर्स में हाथ घुमाकर देखा, फ़ोन करने के लिए दूसरा सिक्का नहीं मिला, माधवी ने उस फ़ोन की ओर ग़ुस्से से देखा...एक ऑटो रिक्शा को रोका...'महालक्ष्मी चलोगे?' रिक्शावाले ने हँसकर तन्ज़िया अन्दाज़ से कहा, 'मुंबई में नयी आयेली है क्या? बांद्रा से आगे रिक्शा नहीं जाता है...खाली-पीली धन्धे के टाइम पे...' रिक्शावाला बड़बड़ करते हुए चला गया। माधवी को लगा कि यूँ ही ज़्यादा देर और चलेगा, तो उसे चक्कर आ जायेंगे। आस-पास देखा तो कोई ढंग का रेस्टोरेंट भी नहीं था।..फिर वह एक ज्यूस सेंटर में गयी...लेमन ज्यूस पीने लगी...उतने में उसका ध्यान सामने वाली टेबल पर गया। 27-28 साल की औरत वहाँ बैठी थी। माधवी ने उसे पहचान लिया। उसकी कॉलेज फ्रेन्ड मंजू थी।

मंजू पटेल। एक ज़माने में अच्छी डांसर थी। कॉलेज की फटाकड़ी।

माधवी उसके पास गयी और बोली, 'ओह हाय, मंजू!'

उस औरत ने माधवी को देखा और मुश्किल से हँसकर कहा...'हाय।'

'मुझे नहीं पहचाना? मैं माधवी...हम गर्वेमेंट कॉलेज में साथ पढ़ते थे।'

'ओह...याह...याह...कुछ-कुछ याद आ रहा है।'

'कम ऑन मंजू...नाटक करने की तेरी आदत गयी नहीं...अरे, मैं माधवी यार...हम दोनों एक ही क्लास में थे।...'

'हँ...हँ...माधवी...कितनी बदल गयी है तू? एक्चुयली....मेरी ऑफ़िस में एक लड़की बिल्कुल तेरी तरह दिखती है, इसलिए मैं ज़रा कन्फ़युज़ हो गयी।'

'ओह याह याह...होता है ऐसा...तू बता कैसी है?

'बस ठीक हूँ। बैंक में जॉब है। बट यु नो, मेरे साथ जो लड़की काम करती है...वो भी बिल्कुल तेरी ही तरह 'ओह याह याह' बोलती है। वही चेहरा, वही आवाज़।' मंजू ने अचरज से कहा, माधवी भी कर्टसी दिखाने के लिए हँस दी और बोली, 'अच्छा, क्या नाम है उस लड़की का?'

'निशा...निशा कहते हैं सब'

फिर से एक झटका। माधवी एक सेकंड तक आँखें मींचकर बैठी रही।

'क्या हुआ माधवी? आर यू ऑलराइट?' मंजू ने पूछा।

'कुछ नहीं...मैं चलती हूँ। बाय।' माधवी निकलने लगी। मंजू को उसे इस तरह अचानक जाते हुए ताज्जुब हो रहा था।

' अरे सुन माधवी...उस निशा को मिलना है?' मंजू ने हँसकर पूछा।

माधवी बिना कुछ कहे फ़ौरन वहाँ से चल पड़ी, रास्ता पार किया। फुटपाथ पर ऐसे चल रही थी, मानो कोई उसका पीछा कर रहा हो...और पीछा करने वाली शायद 'निशा' ही हो!

माधवी का मन चकरा रहा था। रास्ते, फ़ुटपाथ, गलियाँ...सब कुछ गोल-गोल गुम रहा था। फिर वो एक शॉपिंग सेंटर में दाख़िल हुई, भूल-भूलैया जैसे शॉपिंग सेंटर में दिनदहाड़े चकाचौंध लाइटें लगी हुई थीं। माधवी जल्दी-जल्दी चल रही थी।...सारे शॉपिंग सेंटर में अकेली। अचानक एक काँच के दरवाज़े के पास रुक गयी। धीरे से साँस छोड़ी। ऊपर देखा : 'श्रृंगार ब्यूटी पार्लर'. उस बोर्ड पर दो नंगी टांगें बनी थीं, काँच के दरवाज़े को धकेलकर माधवी

अन्दर गयी। एअरकंडीशन की सर्द हवा किसी प्रेत की तरह उसके आस-पास लिपट गयी। माधवी सोफे पर बैठी उतने में एक चाइनीज़ लड़की हाज़िर हुई, और पूछा, 'यस? मे आई हेल्प यु?'

'अँ ..वो..रोज़ी है?'

'नहीं, वो छुट्टी पर है.'

'तो निर्मला है?' माधवी ने पूछा।

'हाँ, पर वो किसी कस्टमर को मसाज़ कर रही है। वेट करना पड़ेगा।'

माधवी ने इन्तज़ार किया। कुछ देर बाद उसकी बारी आयी। माधवी आईने के सामने कुर्सी पर बैठी थी। कुछ देर में निर्मला हाथ पोंछते-पोंछते आयी। माधवी ने उत्साह से कहा, 'हाय...निर्मला...कैसी हो?'

'हैलो मेडम, आप फ़र्स्ट टाइम आयी हो ना? मेरा नाम आपको किसने बताया?' निर्मला ने पूछा।

'अरे निर्मला, मुझे पहचाना नहीं? मैं माधवी...?'

' ओह अच्छा...कुछ याद नहीं आ रहा, एक्चुली मेरी ड्यूटी शाम को होती है ना? शायद इसीलिए।'

माधवी फिर से सहम गयी...उसने 'आई-ब्रो' करने के लिए कहा। दो मिनट आँखें बन्द करके सोचने लगी कि 'आज क्यों कोई मुझे पहचान नहीं पा रहा है? क्या उस का चेहरा वाकई इतना बदल गया है? या फिर बालों की स्टाइल? माधवी ने आईने में देखने सिर उठाया। पर ठीक से वो देख पाये, उसके पहले ही चेहरे पर गर्म नेपकिन रख दिया गया। नेपकिन से चेहरा पोंछा. माधवी को ज़रा अच्छा लगा।...हल्की-सी नींद लग गयी...सोचती रही...ख़ुद के बारे में, चेहरे के बारे में, निर्मला आई-ब्रो बनाती रही। माधवी की आँखों में ज़रा सी जलन हो रही थी।...पानी निकल रहा था।...पार्लर से निकलते वक़्त उसने आईने में देखा, तो सब कुछ धुँधला-सा नज़र आ रहा था। शायद आँखें जल रही थीं, उस वजह से...या फिर...

या फिर? या फिर...क्या?

माधवी शॉपिंग सेंटर से बाहर निकली, फिर से वही धूप, बोरियत...साढ़े बारह बजने लगे थे, वह तेज़ क़दम से बैंक पहुँची। वैसे भी वह हर बार बैंक बन्द होने के वक़्त ही पहुँचती थी।...और बैंक के आलसी क्लर्क उस पर

चिढ़ते रहते थे।..आज उसे अपने खाते से 25 हज़ार निकालने थे। उसने चेक लिखा...पीछे अपने दस्तख़त किये। काउन्टर पर चेक दिया, टोकन लिया... पीतल के ठंडे टोकन को आँखों से लगाया...थोड़ी देर में उसके नाम की आवाज़ सुनाई दी, वह काउन्टर की ओर जाने लगी। पियून ने चिल्लाकर कहा, 'मैडम उस तरफ़...मैनेजर साब आपको बुला रहे हैं।' माधवी डर गयी। इस बार भी हो न हो कोई गड़बड़ हुई होगी। माधवी अपने दस्तख़त करने में, तारीख़ लिखने में, आँकड़े लिखने में हमेशा गड़बड़ करती है और ऊपर से इस बैंक में अकाउंट भी अभी-अभी खोला था।

वह मैनेजर के केबिन में दाख़िल हुई। मैनेजर ने उसके सामने चश्मे से ऊपर देखकर कहा, 'आप माधवी जोशी हैं?'

'जी...क्यों?'

'आपको पता है, आपने क्या किया है?'

'क्या हुआ?' माधवी डर गयी।

'यह अकाउंट निशा चौधरी के नाम से है और आपने माधवी जोशी के नाम से दस्तख़त किये हैं!'

'नहीं नहीं ...कोई ग़लतफ़हमी हो रही है, सर।'

'व्हाट डु यु मीन, ग़लतफ़हमी? अकाउंट नम्बर तो आपने वही लिखा है पर हस्ताक्षर माधवी के नाम से किये हैं। ये खाता किसी माधवी का है ही नहीं।'

'पर ये कैसे हो सकता है? मेरे पास पासबुक है। उसमें चेक कर लें।' माधवी ने पर्स से काँपते हुए हाथों से पासबुक निकाली और मैनेजर को दे दी। पासबुक को पढ़कर मैनेजर, दो सेकंड माधवी को देखता रहा।

'आप ख़ुद ही देख लें,' मैनेजर ने पासबुक लौटा दी। माधवी ने पासबुक का पहला पन्ना खोलकर पढ़ा। उसमें 'निशा चौधरी' लिखा था! एड्रेस, टेलीफ़ोन नम्बर सब कुछ उसके घर के मुताबिक ही था, पर नाम? माधवी काँपने लगी। मैनेजर ने उसे शक की नज़र से देखा और चैक बुक, पासबुक दोनों उसके हाथों से ले लीं।

'पर, ये कैसे हो सकता है? मैं निशा नहीं हूँ।'

'आप कौन हैं, इससे हमें कोई वास्ता नहीं, पर यह अकाउंट निशा चौधरी का है, किसी माधवी जोशी का नहीं, अगर आपने निशा के नाम पर नक़ली

दस्तख़त किये होते। तो हम कोई क़ानूनी रास्ता अपनाते। पर अजीब है, नाम अपना बता रही हैं...अकाउंट किसी और का? आख़िर क्यों?'

'बिलीव मी मैनेजर साहब। मैं निशा नहीं हूँ।'

'आप जाइये, वरना मुझे पुलिस को बुलाना पड़ेगा। आप अच्छे घर की लग रही हैं। आपको मानसिक इलाज की ज़रूरत है, आप अपनी सहेली या बहन के अकाउंट को ख़ुद का मान बैठी हैं। प्लीज़ जाइये।'

माधवी कुछ कहना चाहती थी। पर अब वह हकलाने लगी, अन्दर से जवाब ही नहीं निकल पाया। अब तो दलील करने की हिम्मत और ताक़त ही ख़त्म होती जा रही थी, गला सूखने लगा था।

'नहीं! नो...यह एक षड्यंत्र है। मेरा नाम, मेरा अस्तित्व छीन लेने की साज़िश। जिस नाम को 27–27 साल तक साये की तरह साथ रखा था, प्रतिबिम्ब की तरह प्रेम किया था जिससे, वह नाम! यह किसी 'निशा' नाम की चालबाज़ लड़की की चाल है।' माधवी सोचने लगी।

अब वह 'मैं निशा हूँ' का मंत्रजाप करे जा रही थी। गला जाम हो गया... खुल के रो नहीं पा रही थी। कुछ बोल नहीं पा रही थी। एक ऐसा भयानक तथ्य सामने था, जिसे सत्य मानकर गले से उतार नहीं पा रही थी।

किसी इन्सान का इस तरह नाम कैसे बदल सकता है?

माधवी एक जनरल स्टोर तक मुश्किल से पहुँच पायी। पसीना पोंछा और जैसे-तैसे अपने मंगेतर को फ़ोन किया।

ऑफ़िस के किसी पियून ने फ़ोन उठाया।

'हैलो, एम.बी. एन्टरप्राइज?'

'हैलो, मे आई स्पीक टु...हेमन्त प्लीज़?'

'आप कौन?'

'देखिए, मुझे हेमन्त से अर्जेंट काम है, मैं उनकी मंगेतर बोल रही हूँ... माधवी।'

'एक मिनट, लाइन चालू रखिये।'

पियून ने फ़ोन टेबल पर रखकर वहीं से हेमन्त से पूछा, 'कोई लेडी फ़ोन पर है...कहती है आपकी मंगेतर है...क्या साब? सगाई कब कर ली? अपने को बुलाया भी नहीं?' हेमन्त की हँसने की आवाज़ आयी। माधवी को सारी

बातें सुनाई दे रही थीं। पियून पर उसे बहुत ग़ुस्सा आया, इडियट! ऐसे पेश आ रहा है, जैसे उस ने पहली बार बात कर रहा हो.

'हेलो, साब ने कहा है कि वो मीटिंग में हैं...घर पर बाद में फ़ोन करेंगे,' पियून ने फ़ोन रख दिया।

'हेलो, हेलो, प्लीज़...प्लीज़...उनको बुला दो...प्लीज़' माधवी फ़ोन पकड़कर रोने लगी, वहाँ से फ़ोन कट चुका था। जनरल स्टोर वाला विस्मय से उसे देखता रहा। माधवी ने आँखें पोंछ लीं, फिर से ख़ुद से पूछने लगी कि क्या यह सब एक भरम है? क्या उसका नाम सचमुच बदल गया है? ये कैसा सपना है, जो लगभग सच के करीब लग रहा है? उसने अपनी सहेली माया को फ़ोन लगाया, माया के फ़ोन पर आन्सरिंग मशीन लगी हुई थी। आख़िरकार, माधवी ने अपनी माँ को फ़ोन लगाया। माँ की बूढ़ी आवाज़ दूसरे सिरे से सुनाई दी। पर माधवी कुछ नहीं बोल पायी...माँ की आवाज़ सुनकर सिर्फ़ रोती रही। माँ लगातार पूछती रही कि माज़रा क्या है? माधवी ने रोते-रोते सिर्फ़ उतना पूछा, 'माँ, तू तो मुझे पहचानती है ना?' माँ ने जवाब में 'हाँ' कहकर नवकार मंत्र जाप करने के लिए कहा, ताकि मन शान्त हो जाये।

और एक मंत्र! 'मैं निशा नहीं' के अलावा...?

माधवी घर पहुँची। घर पर ताला लगा हुआ था। घर की दीवारों का रंग, दरवाज़ा, दरवाज़े पर सजावट सब कुछ उसके घर जैसा ही था पर दरवाज़े पर नेमप्लेट गायब थी। माधवी लैच-की से दरवाज़ा खोलकर अन्दर गयी। एक लम्बी साँस छोड़कर धम-से सोफ़े पर जा बैठी। इतने में डोरबेल बजी। उसने दरवाज़ा खोला। सत्रह साल की एक लड़की खड़ी थी।

'हाँ, बोलो?' माधवी ने पूछा।

'वो कमलाबाई है ना, आज फ़िल्म देखने गयी है। मेरे कु बोली कि दोपहर की भांडी कर लेना।'

'ठीक है। कभी गयी वो?'

'अभी'च...तीन से छे के शो में।'

'तेरा नाम क्या है?'

'संगीता, मैं गाँव से पिछले सोमवार को आयी।

'ठीक है।'

'निशाबाई...आपका ही'च नाम है ना?'

'क्या?' माधवी चिल्लाई।

'मेरे कु क्या मालूम? मेरे कु कमलाबाई ऐसा ही बोली...' लड़की बड़बड़ाती हुई किचन में चली गयी।

अब माधवी ने उससे कोई बहस नहीं की।

पंखे को तेज़ किया, साड़ी उतार दी। दीवार पर आईने में अपने आपको देखा। वही शरीर, वही चेहरा, वही माधवी। पर आज ये सब लोग इस तरह पहचानने से इनकार क्यों कर रहे हैं? सोफे पर लेट गयी। 27 साल की ख़ूबसूरत औरत का शरीर, काले सोफे पर करवटें लेता रहा, अपने नाम के बारे में सोचकर वह कुछ देर आँखें बन्द करके सोचती रही, फिर आँखें खोलकर कमरे की सजावट देखती रही। सब कुछ अपनी जगह ठीक वैसा ही है, साकार...रंगों की हल्की-हल्की लहर, धीरे से उसने दूसरी दीवार पर नज़र घुमाई और उसके शरीर में एक बिजली-सी कौंध उठी। सामने की दीवार पर माधवी की एक तस्वीर थी। ब्लैक ऐंड वाइट तस्वीर। हाँ, चेहरा माधवी जैसा नहीं था, बल्कि माधवी जैसा ही था पर माधवी से कुछ अलग था। उस चेहरे पर बाल छोटे थे। बफ-कट। आँखों पर ज़ीरो नम्बर के एक्रलीक फ्रेमवाला चश्मा था। माधवी, कुछ पल फ़ोटो देखती रही। विचार आया कि-'क्या ऐसी होगी निशा?' फिर अचानक अपने ही ख़याल पर ग़ुस्सा आया, शेरनी की तरह आगे झपटी और दीवार से उस तस्वीर उतारी और काँच की खिड़की के पार, मानो एक अजीब ताक़त, जुनून से तस्वीर नीचे फेंक दी। कुछ ही सेकेंड के बाद तस्वीर से ज़मीन पर टकराने की आवाज़ सुनाई दी। काँच टूटने की आवाज़ झनझनाकर शान्त हो गयी, फिर टूटे काँच की खिड़की से उसने नीचे झाँककर देखा। मकान का वॉचमैन ऊपर देख रहा था। जैसे ही माधवी ने उसकी ओर देखा वॉचमेन चिल्लाया, 'ओ निशा मेमसाहब, तबीयत तो ठीक है ना? ख़ुद का फ़ोटो नीचे फेंक दिया? इधर, बच्चे खेलते हैं! किसी को लगेगा तो?'

माधवी ने फ़ौरन खिड़की पर पर्दा खींच दिया, कुछ सोचे बग़ैर कामवाली लड़की को आवाज़ दी, लड़की दौड़कर आयीं।

'दीवार पर फ़ोटो तुमने लगाया था?'

'कौन-सा फ़ोटो?'

'वो वाला...' दीवार की ओर उँगली दिखाकर माधवी बोली, लड़की ने दीवार की ओर देखा, दीवार तो खाली थी। माधवी सहमकर चुप हो गयी। इशारे से लड़की को जाने के लिए कहा, वह हँसकर चली गयी। अब माधवी को अपने आप पर, मानसिक हालत पर, होशो-हवास पर शक़ होने लगा।

फ़ोन की घंटी बजी। माधवी ने फ़ोन उठाया...दूसरी तरफ से किसी लड़की ने अंग्रेज़ी में फ़ोन नम्बर पूछा, माधवी ने कहा 'हाँ'।

'निशा चौधरी है?'

'कौन निशा?'

'मैडम, मैं गार्डन गिफ्ट शॉप से बोल रही हूँ। निशा चौधरी ने हमारे यहाँ से फूलों के दो गुलदस्ते मँगवाए थे, पर वह गुलदस्ता किसे भेजना है, यह नहीं बताया है।'

'अरे...वो गुलदस्ते तो आज ही भेजने हैं, मिस्टर ऐंड मिसेज़ शर्मा को, 16, पडेर रोड मेन्शन, पेडर रोड।'

'ओह...आप निशा बोल रही हैं?' फिर से वही सवाल।

'हाँ...नहीं मतलब कि...मैं...माधवी बोल रही हूँ।' माधवी ने फ़ौरन कहा।

'आई थिंक कुछ गड़बड़ है...मैं बाद में फ़ोन करूँगी।' उसने फ़ोन रख दिया. माधवी ने रिसीवर पटक दिया। अनजाने में फिर वही मन ही मन दोहराने लगी : 'मैं निशा नहीं...मैं निशा नहीं...मैं निशा नहीं'

फिर डोरबेल बजी। माधवी डर गयी। दरवाज़े के बाहर अग़र सचमुच कोई निशा खड़ी हो, तो? फिर तो मुझे वह धक्के मारकर बाहर निकाल देगी इस घर से। धीरे से उसने दरवाज़ा खोला। सामने पोस्टमैन खड़ा था। पसीने से तरबतर, निशा के नाम का पार्सल था।

'निशा चौधरी हैं?' माधवी ने कुछ कहे बिना निशा के नाम के दस्तख़त कर दिये। आगे लिखा 'फोर निशा', सोचा कि ये भी क्या अजीब खेल है। ख़ुद ही के घर में, ख़ुद ही के ख़त के लिए किसी और का नाम लिखना पड़ रहा है? उसने फिर से अपने दस्तख़त देखे, 'निशा चौधरी के लिए माधवी' मानो उसने एक झूठ को असलियत बख़्श दी है। पोस्टमैन जाते-जाते बोला, 'वैसे हम लोग किसी और को पार्सल देते नहीं है, पर वो मेमसाब बोत भली है...

सोचा कि दे ही दूँ...' वो चला गया। माधवी बड़बड़ाई 'वो रास्कल...'भली' कब से हो गयी? साली, मेरा नाम चुरा के भाग गयी है...हरामज़ादी!'

'पर कौन है ये निशा? कोई उसकी तारीफ़ कर रहा है...कोई सामने से चलकर उसे निशा कहकर पुकार रहा है। एक पहचान जो तस्वीर में जो नाम ओढ़ के आसपास घूम रही है...मेरा चेहरा, अपने चेहरे पर लाद के जी रही है...क्या मेरे पैसों के लिए कोई यह षड्यन्त्र कर रहा है?...या मुझे पागल बनाने के लिए कोई साज़िश है? हो सकती है, मेरे हेमन्त का किसी के साथ कुछ हो और उसका चेहरा-मोहरा मेरे जैसा ही है...वो भी यहाँ रहती है क्या?...या हेमन्त उसे इसलिए चाहता होगा कि उसकी शक्ल बिल्कुल मेरे जैसी ही है और फिर शायद वो मुझसे ज़्यादा स्मार्ट, रोमांटिक हो...पर ये सब कैसे मुमकिन है? नहीं...मैं चिल्ला-चिल्लाकर कहूँगी कि मैं...मैं निशा नहीं हूँ।'

केलिडोस्कोप की तरह उसके दिमाग़ में तरह-तरह के विचार घूमने लगे। उसने कपड़ों की अलमारी खोली। पर उसमें तो एक से बढ़कर एक महँगे कपड़े टंगे हुए थे! माधवी के नहीं थे! ये वो ड्रेसेज़ थे, जिन्हें वह हमेशा पहनना चाहती थी पर कभी ख़रीद नहीं पायी थी। उसने सारे कपड़े अलमारी से बाहर निकाले और ब्लेड से फाड़ने लगी। थक गयी, म्यूज़िक बजाना शुरू किया...सोने की कोशिश की पर कोई आराम, कोई सुकून उसे नहीं मिल रहा था। फिर से उसने साड़ी लपेट ली और आईने के सामने खड़ी हो गयी। अपने सुन्दर शरीर को देखकर मुस्कुराने की कोशिश की, पर्स और घर की चाबियाँ लेकर बाहर निकली। लिफ्ट बन्द थी, वह पन्द्रहवीं मंज़िल की सीढ़ियों से नीचे उतरने लगी। गोल-गोल घूमकर...अब फिर से वही रास्ते...वही गलियाँ...वही ट्रैफ़िक। वही धूप, वही धुआँ।

माधवी दवाई की दुकान पर जा पहुँची। उसने नींद की गोलियाँ माँगी... कैमिस्ट ने देने से इनकार कर दिया...माधवी ने डॉक्टर की चिट्ठी निकाली. केमिस्ट ने पढ़ने की कोशिश की। चिट्ठी अपने मालिक को दिखायी। मालिक ने कुछ कहा, केमिस्ट लौटकर आया...चिट्ठी वापस कर दी।

'सॉरी...चिट्ठी में कुछ ठीक से पढ़ा नहीं जा रहा।'

'दुनिया के कौन से डॉक्टर के अक्षर ठीक होते हैं?'

'दवा का नाम समझ में आता है पर पेशेंट के नाम में गड़बड़ है। किसी ने 'माधवी' नाम को काटकर 'निशा' लिखा है...वैसे भी आजकल ख़ुदकुशी का सीज़न चल रहा है...सॉरी...'

'मैं हमेशा यहीं से नींद की गोलियाँ लेती हूँ।'

'मैं भी हमेशा यहीं से नींद की गोलियाँ बेचता हूँ।'

'अच्छा, कम-से-कम दो गोलियाँ तो दे दो। उससे तो मैं ख़ुदकुशी नहीं करूँगी...' माधवी ने किसी लाचार नशेड़ी की तरह कैमिस्ट से विनती की।

'पर अगर आप हर दुकान से दो-दो गोलियाँ ख़रीदकर जमा कर लें और फिर एक दिन ख़ुदकुशी कर लें, तो?' ये सुनकर माधवी पलटकर जाने लगी।

दुकानवाला हँसा...ड्रॉअर खोलकर एक गोली दी, 'ये लो...ऑल दी बेस्ट' बोलकर मुस्कुराया। माधवी भी जवाब में एक निष्पाप बच्चे की तरह हँस पड़ी। रास्ते, गलियाँ, ट्रैफ़िक पार करके फिर से घर पर आ गयी...गोलियाँ खा लीं...बेडरूम में जाकर सारे कपड़े उतार दिये...सिर्फ़ एक पतला सा गाउन पहन लिया। सोने लगी तो कामवाली लड़की आ गयी। उसने एक पल के लिये माधवी को देखा किया, उसकी नज़रों में एक अजब–सी चमक थी। फिर वो बोली, 'मैं जाती निशा मेमसाब...'

माधवी ने सामने जवाब देने की कोशिश की...पर अधपकी नींद से उसकी ज़ुबान लड़खड़ाने लगी...उसकी आँखें मानो शून्य में तैर रही थीं। बिस्तर के पास मोबाइल पड़ा था, उसकी घण्टी बजने लगी। मुश्किल से उसने मोबाइल उठाया...समाने से कोई बोला : 'हेलो निशा...'

माधवी के हाथ से मोबाइल गिर गया।

काली मख़मली चद्दर वाले बिस्तर पर सोई हुई स्त्री का गोरा शरीर, किसी प्रश्नार्थ के आकार में बल खाकर सो रहा था।...

माथेरान की पहाड़ियों में अब सवेरा हो चुका था। हेमन्त ने खिड़की से पर्दा हटाया। उजाला होते ही बिस्तर पर सोई हुई प्रेमिका को देखता रहा, उसके शरीर के कई मोड़ों पर उसकी नज़र घूमती रही। वह स्त्री हेमन्त की ओर पीठ करके सोई हुई थी। पारदर्शी गाउन में, सारे बाल खोलकर। हेमन्त और वह, हर शनिवार-रविवार दो दिन पिकनिक मनाने चोरी-चोरी यहाँ आये थे।

घरवालों को मालूम नहीं था कि शादी से पहले ये दोनों रिश्ते के इस मकाम तक पहुँच जायेंगे। हेमन्त उस स्त्री के करीब आया...उसके बालों में हाथ घुमाया और बोला, 'उठ जा डार्लिंग...सवेरा हो गया...'

उसने आँखें खोलीं और बोली, 'सचमुच? सुबह हो गयी? पता ही नहीं चला।'

'नींद में क्या सोच रही थी? क्या बड़बड़ा रही थी, हं?' हेमन्त ने पूछा।

'बहुत कुछ...बस यूँ ही...तरह-तरह के ख़याल...'

'तो तुमने कुछ सोचा अपने नाम के बारे में? डार्लिंग, शादी के बाद नाम बदल दोगी ना? प्लीज़...मेरी ख़ातिर,' हेमन्त ने पूछा।

माधवी, बस ख़ामोश लेटी हुई थी।

सपनों के साइड इफेक्ट्स

अक्सर लोगों को पहली नज़र में प्यार हो जाता है, लेकिन प्रवेश तिवारी को पहली, दूसरी, तीसरी या बार-बार हर नज़र मिलते ही प्यार हो जाता है। लेकिन, सामने वाली कन्या को ऐसा कुछ नहीं होता है और अगर हो भी जाता, तो वह लम्बा नहीं टिकता, जिस तरह हमारे कुछ खिलाड़ी ओलम्पिक में हमेशा हारने के लिए ही हर साल जाते हैं, उसी तरह प्रवेश भी सिर्फ़ 'ना' सुनने के लिए प्यार में पड़ता रहता है। पहली बार वह कॉलेज में प्रिंसिपल की बेटी 'स्वीटी' से एकतरफ़ा प्यार कर बैठा था। लड़की भली थी, इसलिए उसने प्यार से सिर्फ़ इतनी ही चेतावनी दी, "मेरे पिता कॉलेज के प्रिंसिपल हैं!"

"तो क्या? मेरे पिता बैंक में चपरासी हैं, वह तुम्हारे लिए मना नहीं करेंगे!" उसने भोलेपन से कहा, फिर प्रिंसिपल ने केबिन में बुलाया और धमकी दी, 'यह सब बन्द करो। वर्ना कॉलेज से निकाल दूँगा।'

"छी...छी...आप अपनी सगी बेटी को कॉलेज से निकाल दोगे?" प्रवेश ने फिर से उसी भोलेपन से कहा, फिर प्रिंसिपल और पियून ने उसके हाथ-पैर पकड़कर झुला झुलाकर कॉलेज के बाहर फेंक दिया था। कहा जाता है कि पूरे कॉलेज ने अपने मोबाइल फ़ोन पर उस ऐतिहासिक दृश्य का वीडियो रिकॉर्डिंग किया था और पूरे शहर में साझा किया था! शायद 'वायरल वीडियो' शब्द उसी घटना के बाद ही लोकप्रिय हुआ था।

हालाँकि, प्रवेश ने अब सीधी लाइन पकड़ ली है, एक छोटा सा बिज़नेस शुरू कर लिया है, लेकिन उसका मुख्य धँधा तो अभी भी बार-बार प्यार में पड़ना ही रहा है। बीच में, कोई रिचा पसन्द आने लगी थी, लेकिन वो भी उसे घास नहीं डालती थी। विज्ञान का एक नया नियम है कि–'जो लड़कियाँ

ज़्यादा भाव नहीं देतीं, लड़के उसी की ओर अधिक आकर्षित होते हैं।' प्रवेश ने रिचा को रिझाने के लिए बहुत पापड़ बेले, उसने अपने हाथ पर रिचा के नाम का टैटू तक बनवा लिया। यह देखकर बस रिचा की आँखों में आँसू आ गये। उसने प्रवेश को गले लगाया और टैटू के साइज़ का किस दिया।

प्रवेश, भोलेपन से रिचा से कह बैठा, 'ए रिचु, मेरा दोस्त है ना बुलबुल? वो बहुत अच्छा टैटू आर्टिस्ट है, तुम्हें भी वहाँ टैटू बनवाना चाहिए'- और फिर रिचा अगले ही सप्ताह, उस बुलबुल के साथ गोवा भाग गयी और प्रवेश अपने हाथ पर बने टैटू पर सिर्फ़ हाथ रगड़ता रह गया। इस बार प्रवेश के दोस्तों ने उसके असफल प्रेम-प्रकरणों की 'सिल्वर जुबली' फार्म हाउस पर मनायी। एक लड़के ने टैटू देखकर पूछा, "यार, तुम्हारे हाथ पर यह 'रिचा, आई लव यू' क्या है? इस नाम की क्या कोई नयी फ़िल्म आने वाली है?"

सबने जमकर उसकी खिल्ली उड़ाई।

दूसरे ने प्रवेश को समझाकर कहा, "देख प्रवेश, इतनी कोशिश के बाद भी अगर कोई लड़की नहीं मिल रही, तो कोई अच्छा-सा लड़का ही ढूँढकर शादी कर लो, पर मामला निपटाओ।"

सब फिर से हँस पड़े...पर प्रवेश बोला, "तुम नहीं पर ऊपर वाला भगवान तो इस दिल की 'हाय' ज़रूर समझेगा।"

"आजकल भगवान, जैसे ही प्रेमी के दिल की 'हाय' सुनते हैं, 'बाय' कहकर दूसरे प्रोजेक्ट्स में व्यस्त हो जाते हैं," किसी ने ठहाका मारकर कहा।

उसके बाद सभी मित्रों ने प्रवेश की उन गर्लफ्रेंड्स की एक लिस्ट बनायी, जो प्रवेश के पिछवाड़े को सहला के लात मारकर जा चुकी थीं, उस लिस्ट में भी अगर किसी लड़की नाम लिखना दोस्त भूल जाते थे, तो उनके नाम बेचारा प्रवेश ख़ुद ही याद दिलाता था। उस सूची में भी 'शिल्पा' नाम की दो और 'माया' नाम की तीन लड़कियाँ भी थीं!

"ओह, तो इतिहास में किंग जॉर्ज–1 और 1 है, उसी तरह तुम्हारे जीवन में भी कोई शिल्पा-1, शिल्पा-2 और माया-2 माया-3 भी हैं? तु-सी ग्रेट हो, लूज़र किंग" किसी ने कहा, फिर थोड़ा पी-पा के यार लोग निराश प्रवेश को हँसते हँसाते नाचने लगे।...पर तब कुछ देर बाद सब को अचानक एहसास हुआ कि प्रवेश आस-पास कहीं भी नज़र नहीं आ रहा। उतने में किसी ने

देखा कि फ़ार्म हाउस के पास तालाब में 'रिचा, आई लव यू' बना हुआ टैटूवाला हाथ और पैर पानी में तैर रहा था।...प्रवेश ने 6 पैग शराब पर नींद की गोलियाँ खा कर आत्महत्या कर ली थी! सभी ने तुरन्त उसे बाहर निकाला और अस्पताल ले गये। डॉक्टरों ने जमकर कोशिश की, पर एक ओर दोस्तों का नशा उड़ गया और वहाँ प्रवेश के प्राण भी ऊपर की ओर हमेशा के लिए उड़ गये।

किसी अँधेरी सुरंग से जैसे वह उड़ रहा हो, उस तरह प्रवेश, अचानक अन्धकार के घने समन्दर को पार करके बाहर आया, फिर उसे धीरे-धीरे एहसास हुआ कि वह एक नाव में तैर रहा था। आस-पास नदी का जल तो शान्त है, पर नाव तो किसी भीड़भाड़ वाली लोकल ट्रेन जैसी है, जिसमें कुछ बूढ़े लोग आँखें मूँद कहीं जा रहे हैं, उसे लगा कि यह जगह पक्का स्वर्ग जैसी ही है या कम-से-कम दिखता तो है, क्योंकि उसने धार्मिक सीरियलों में या फ़िल्मी ड्रीम सिक्वन्स में ऐसा ही दृश्य अक्सर देखा था। हर तरफ़ हल्का हल्का कोहरा, चारों ओर देवदूत पीताम्बर, कमरबन्द और मुकुट पहने 'एंट्री पास' बांट रहे थे। प्रवेश ने अपनी साँसों की जाँच की पर कमाल है कि साँसों से शराब की बू ग़ायब थी, बल्कि पवित्र धूप–दीप जैसी कोई मीठी ख़ुशबू आ रही थी। उसे अन्दर ही अन्दर एक ऐसी शान्ति महसूस हो रही थी, जैसी कि सालों पहले दसवीं कक्षा में प्रथम श्रेणी में पास होने के वक़्त हुई थी। वातावरण में यातायात का शोर नहीं था, हवा में प्रदूषण नहीं था। सब कुछ चौदिश वातानुकूलित था। अब जिसने अपना पूरा जीवन मुंबई शहर के भीड़भाड़ वाले चेंम्बूर जैसे उपनगर में ही बिताया हो, उसे तो डर लगने लगा कि कहीं प्रदूषण के बिना वह मर ना जाये!

पर वो तो ओलरेडी मर ही चुका था ना?

प्रवेश, मन ही मन ख़ुश था कि चलो कम-से-कम मरने के बाद तो उसे स्वर्ग में कोई अप्सरा मिल ही जायेगी! उसने अप्सरा को ढूँढने के लिए इधर-उधर देखा और अचानक उसकी नज़र एक चेहरे पर थम गयी। एक सुन्दर स्त्री, मृत आगन्तुकों पर इत्र छिड़ककर 'वेलकम-स्वागतम्' जैसा कुछ मुस्कुराकर कह रही थी। उसके भव्य दिव्य चेहरे के पीछे एक सुनहरी,

दीप्तिमान आभा थी, जो चित्रों में देवताओं के सिर के पीछे पर्मेनेंटली दिखायी देती है। प्रवेश, उस अप्सरा-कम-औरत को कम-से-कम 120 सेकंड देखता ही रह गया और मज़े की बात यह थी कि वह अप्सरा या औरत भी उसे देखती ही जा रही थी।

दोनों के बीच में से अचानक एक सफ़ेद बादल गुज़रा। प्रवेश ने फ़ोरन 'चल हट बे बादल...' कहकर धक्का मारते हुए दूर हटाया और फिर वह औरत हवा में उड़ते-उड़ते प्रवेश की ओर खींची चली आयी। उतने में वहाँ फिर से एक देवदूत, उन दोनों की नेत्र पल्लवी को तोड़ते हुए बीच में से गुज़रा। इस बार उस औरत ने देवदूत को डाँटते हुए कहा, 'ओए एंजेल्डे, हट बे यार' और उसे धकेल दिया।

प्रवेश और वह औरत टकटकी लगाये किसी क्लासिल पेंन्टिग के दो चेहरों की तरह एक-दूजे को निहारते ही रहे। प्रवेश उसके पास गया, लेकिन प्रवेश को समझ में नहीं आया कि वह कहे तो कहे भी क्या? अगर बोलना चाहे भी तो किस भाषा में बोले? उसने एस.एस.सी. में थोड़ी बहुत संस्कृत भाषा को केवल परीक्षा पास करने के लिए रट्टा मार के काम चला लिया था। हाँ, कुछ श्लोक, कुछ सुभाषित अब भी याद थे। पर लड़की पटाने में तो वो सब काम नहीं आ सकता ना? एक तो वह सुन्दरी को देखकर बौख़ला गया था और ऊपर से धरती से स्वर्ग तक की लम्बी हवाई यात्रा के कारण उसे 'जेट लैग' जैसा भी महसूस हो रहा था। तो यूँ ही बिना सोचे-समझे वह बोल पड़ा, 'नीचे जैसे कुछ शहरों में आवारा गाय-भैंस की बड़ी परेशानी है, वैसे यहाँ भी देवदूत लोग बेवजह बहुत भटकते ही रहते हैं, है ना?'

"ना...ना...यह सब लोग 'देवदूत' वग़ैरह नहीं हैं। वे तो मृतकों को स्वर्ग के 'इमिग्रेशन' में पहुँचाने वाले क्लियरिंग एजेंट हैं!"

'ओह.. साला देववलोक में भी दलाल?'

'छी छी, दलाल नहीं 'माध्यम' कहिए'

"ठीक है, ठीक है, बाय द वे, क्या आप भी मर चुकी हैं?"

"हम्म्म...कुछ ही दिन पहले। माफ़ कीजिए...लेकिन आपको कैसे पता चला कि...आप...भी टपक गये हो?", औरत ने मुस्कुराते हुए मुंबैया में पूछा।

"जब मैं सुरंग से बाहर निकला, तो मैंने अपना कन्धा खुजाने की कोशिश की, लेकिन मेरा एक हाथ, दूसरे हाथ से आर-पार हो गया, तब सब कुछ समझ में आ गया। ऐसा ही कुछ मैंने एक अंग्रेज़ी पिक्चर में देखा था!", प्रवेश ने शरमाते हुए कहा, "अं...बाय द वे, मैं प्रवेश.. प्रवेश तिवारी।"

'मालविका'

उन दोनों ने एक-दूसरे से हाथ मिलाया, लेकिन दोनों के हाथ भी नज़रों की तरह बस आर-पार ही हो गये, फिर भी प्रवेश को हथेली में एक मीठी-सी झनझनाहट महसूस हुई तो।

'हाय हथेली...दिल की सहेली!'– प्रवेश ने सोचा, आज से पहले उसे ऐसी ऑटोमैटिक अनुभूति कभी नहीं हुई थी। प्रवेश को लगा कि शायद इसे ही 'पहली नज़र का प्यार' कहते होंगे। चलो, फाइनली जीवन के अन्त के बाद ही सही जीवन में पहला प्यार मिला तो! वह तो मालविका को बस निष्पलक देखता रहा, दूर-दूर अँधेरे में बजती गिटार की धुन की तरह...बस बेबस बन के सुनता ही रहा : मालविका के मृदु शब्द, जो कि पानी के बुलबुलों की तरह आस-पास गूँजते हुए मानो तैर रहे थे। प्रवेश को समझ में नहीं आ रहा था कि यह स्वर्ग के स्पेशल इफेक्ट हैं या फिर प्यार भरे 'सपनों के साइड इफेक्ट्स?' मालविका सुन्दर, संस्कारी सेक्सी और ऊपर से 'मेड इन स्वर्ग' थी!

वाउ क्या कमनीय कॉम्बिनेशन है।

लेकिन वह दोनों चाहत की च्युइंगम को और चबाएँ इससे पहले ही पल दो पल में अँधेरा छाने लगा। मालविका अपने आप प्रवेश से दूर खींची जाने लगी। बढ़ते हुए अन्धकार के समुद्र में प्रवेश भी विनीद्र विहंग की तरह उड़ते हुए दूर-दूर होता गया और फिर सम्पूर्ण अन्धकार के आलम में प्रवेश के शरीर में बहुत तेज़ दर्द छाने लगा।...मानो कि उसे अचानक कोई बड़ा-सा झटका लगा हो, वह आकाश में ज़ोर से उछला और एक जानलेवा चीख़ के साथ अचानक उसकी आँखें ऑटोमैटिकली खुल गयीं।

"थैंक गॉड...पेशंट बच गया!", डॉक्टर ज़ोर से चीख़ा।

"पल्स भी नॉर्मल हो गयी...", नर्स ने कहा।

प्रवेश ने धुँधली नज़र से देखा कि आस-पास डॉक्टर्स, नर्स, यार-दोस्त, सब के सब एक-दूसरे को बधाई दे रहे थे। एक दोस्त ने कहा-'साले ने फोकट में पार्टी बर्बाद कर दी!' लेकिन प्रवेश अभी भी अवाक् अवस्था में था। ऑपरेशन थियेटर की बड़ी-बड़ी लाइटें उसकी आँखों पर उजाले से अत्याचार कर रही थीं, उसे आस-पास कहीं वह अप्सरा, मालविका नज़र नहीं आ रही थी! प्रवेश को समझ में नहीं आ रहा था कि यह सब उस के जीते-जी सपना चल रहा है या मौत के बाद का भ्रम?

प्रवेश 'मालविका, मालविका' दो-तीन बार अहिस्ता से बुदबुदाया। वहाँ खड़ी एक नर्स का नाम भी 'मालविका मेन्युअल' था, उसने चौंककर पूछा, "अय्यो, मेरे कु बुलाया? इसको मेरा नाम कैसे मालूम?" यह सुनकर प्रवेश फिर से बेहोश हो गया।

अगले दिन प्रवेश ने फिर से जब आँखें खोलीं। सामने खड़े डॉक्टर ने पूछा, "अब कैसा लग रहा है?"

"अरे, किसको क्या लग रहा है?" प्रवेश ने ग़ुस्से में पूछा, डॉक्टर ने उसे समझाया कि कल तालाब में आत्महत्या करने के बाद वह लगभग मर ही गया था। कुछ समय तक वह पूरी तरह से बेजान-बेहोश था और फिर बड़ी मशक्कत के बाद उसे कोमा से बाहर निकालकर, मौत की कग़ार से निकाल कर, फिर से जीवित किया गया है!

'क्या? मतलब मैं मरा नहीं हूँ? साले, कैसे डॉक्टर हो? एक आदमी को चैन से मरने भी नहीं देते? अबे मुझे बचाने के लिए तुझे किसने कहा था, गधे?' प्रवेश भड़क कर चीख़ उठा।

"यह आप क्या कह रहे हो, मि. प्रवेश? प्लीज़ कंट्रोल!" डॉक्टर ने समझाया।

"कंट्रोल...तेरे बाप की टांग। मेरी मालविका कहाँ है?"

"मालविका नर्स? शाम को ड्यूटी पर आयेगी, लेकिन तुम्हें उससे क्या काम है?"

"अबे, वो मालविका नहीं...वो स्वर्ग वाली अप्सरा...देखो, मैं तुम पर केस कर दूँगा, मुझे 'फिर से ज़बरदस्ती ज़िन्दा करने' के अपराध में..." प्रवेश चिल्लाया। प्रवेश ने अपने दोस्तों को भी जमकर गालियाँ दीं, 'तुम लोगों ने

मुझे ख़ुशी से जीने तो नहीं दिया और अब मरने भी नहीं दिया? नमकहरामों सब के सब कँवारे मरोगे 'टिंडर–बंबल' खंगालते-खंगालते।'

अस्पताल से छुट्टी मिलने के बाद भी प्रवेश को यह समझ नहीं आया कि वह साला जीवित क्यों रह गया है? ऐसा क्या पाप किया था पूर्वजन्म में कि इस जन्म में मृत्यु के बाद भी फिर से जन्म लेना पड़ा? और वो भी सिर्फ़ मोहब्बत के ट्रेलर को देखकर! उसके पास तो मालविका का फ़ोन नम्बर भी नहीं था।...और क्या उसकी मोबाइल सेवा, दूर स्वर्ग तक काम करेगी? उस साली सेवा से तो टेरेस पर भी सिग्नल नहीं मिलते। वह मस्त मदिर मालविका उसके दिल-ओ-दिमाग़ से निकल ही नहीं रही थी। उसने 2-3 बार फिर से आत्महत्या करने के असफल प्रयास करके देखे...आख़िरकार, दोस्तों ने उसे किसी अच्छे से मनोचिकित्सक के पास भेजा जिसके पास कई सफल फ़िल्मी हीरो–हीरोइन, असफल राजनेता और ज्ञानपीठ पारितोषिक प्राप्त लेखक-चिंतक तक जाते रहते हैं।

"सर, मरने के बाद मुश्किल से मुझे अपना सच्चा प्यार मिला। वहाँ से भी अप्सरा लिए बिना खाली हाथ लौटा हूँ?" प्रवेश ने मन के डॉक्टर को मन की वेदना व्यक्त की।

"देखो, आख़िरी बार सुन लो और समझ लो, तुम वाक़ई में मरे ही नहीं थे। केवल 10–12 मिनट के लिए तुम्हारा दिल धड़कना बन्द हो गया था। किसी के साथ सपने में 10 मिनट की मुलाक़ात को प्यार-व्यार नहीं कहते।" मनोचिकित्सक डॉ. चन्दुभाई ने उसे समझाया।

"अबे इडियट डॉक्टर, आप को क्या पता, हाँ? आप कभी मरे हो क्या? कभी स्वर्ग में गये हो क्या? किसी अप्सरा को क़रीब से छूकर भी, ना छूते हुए वापस धरती पर लौट आये हो? अबे, सिगमंड फ्राइड की छठी औलाद, कभी एक पल भी आकाश में इश्क़ किया है? पेशंट को सड़ी हुई गोलियाँ खिला-खिला कर उंघाने वाले, आनन्द से अशान्त तक की अनुभूति, अधमरी अधजीवी अवस्था जानते हो क्या?", प्रवेश ने मनोचिकित्सक को कॉलर से पकड़ लिया।

"रिलेक्स मि. प्रवेश रिलेक्स, देखो आपकी हिस्ट्री अजीब है। आप अक्सर प्यार में गिरते रहते हैं। इसी वजह से चार-पाँच नौकरानियाँ भी आपके घर से

भाग चुकी हैं...राइट? और अब इस बार तो हद हो गयी...स्वर्ग की किसी काल्पनिक स्त्री से तुम्हें प्यार हो गया है, हें? वाह ग्रेट...वंडरफुल!"

"अबे वह कोई काल्पनिक टाइप औरत नहीं थी! जब मैंने उसे छुआ था, तो मुझे 440 वोल्ट का झटका लगा था। कई कमनीय करन्ट!" प्रवेश इतना कहकर रो पड़ा।

"शान्त हो जाओ...देखो, बी प्रेक्टिकल, आस-पास जो कोई भी लड़की अवेलेबल हो, उसे ढूँढो और हो सके इस बार वह ऐसी औरत हो कि जो कम से कम ज़िन्दा हो तो.. 140 करोड़ के देश में एकाध ज़िन्दा मिल जायेगी!"

प्रवेश ने डॉक्टर से कहा, "अने चन्दू, तेरी बेटी ज़िन्दा और कुँवारी है? बोल? नहीं ना? तो अपने बाप को जा के यह सलाह देना..." और फिर फ़ीस चुकाए बिना अपनी चप्पलें तक वहीं छोड़कर विकास भाग निकला।

स्वर्ग में मालविका की हालत भी प्रेम पीड़ित प्रवेश जैसी ही थी। रोज़ स्वर्ग के द्वार पर नहाये बिना पहुँच जाती थी और हर मरे हुए चेहरे में चेक करती थी कि क्या उसका प्रवेश वापस लौट के स्वर्ग में प्रवेश कर चुका है? अपनी सबसे क़रीबी सहेली विभावरी नाम की अप्सरा के साथ बादलों की बाल्कनी पर कपड़े सुखाते-सुखाते वह केवल प्रवेश की ही बातें करती रहती, बातें उतनी लम्बी चलती कि तब तक कपड़े भी सूख जाते!

'मालु बेबी, भूल जाओ उस ज़िन्दा जानेमन को, हम यहाँ मर के आये हैं-यह मर के भी मत भूलना' विभावरी ने समझाया।

"कैसे भूल जाऊँ? यहाँ के बोरिंग देवदूतों और ठंडी मृतात्माओं की तरह वह फीका निष्प्राण, निर्जीव नहीं था। एक ज़िन्दा, धड़कता–फड़कता फुल ऑफ लाइफ, हॉट एंड हेंडसम पुरुष था!" मालविका ने शरमाते हुए बेशर्मी से कहा।

"देखो, जब कोई ताज़ा-ताज़ा मरने के बाद आया हो, तो शुरू-शुरू में अक्सर ऐसा लगता है। एक बार मेरा भी ताज़ा मरे हुए लड़के के साथ अफेयर हुआ था, लेकिन फिर कुछ ही दिनों के बाद वह हेंडसम भी दूसरी मृत आत्माओं की तरह ही पीला पड़ने लगा और बोरिंग भी हो गया...क्या करें? यहाँ पर या तो अमर देवता हैं या देहहीन मृत मनुष्य...", विभावरी ने समझाया।

"लेकिन प्रवेश अचानक ग़ायब कैसे हो गया? यहाँ आने के बाद कोई यूँ वापस लौट सका है, आज तक?"

"ओह, उसे वापस नीचे भेज दिया होगा। ज़रूर उसका कोई बैंक लोन बाक़ी होगा...मालु बेबी, क्रेडिट–कार्ड वाले बहुत पहुँचे हुए होते हैं। गॉसिप तो यहाँ तक है कि एक बार स्वयं यमराजजी को भी भैंसा ग़िरवी रखना पड़ा था! जब लोन भरपायी की तब जाकर भैंसा वापस मिला। तब तक धरती पर मौतें रुक गयी थीं ओर मेडकिल साइंस वाले अपनी कामयाबी के ढोल पीटे जा रहे थे।"

पर मालविका को तो प्रवेश के बिना स्वर्ग जैसे स्वर्ग में भी कोई स्वर्ग नहीं दिख रहा था। अप्सरा विभावरी से भी मालविका का यह दर्द–ए–दिल देखा नहीं जा रहा था, इसलिए वह मालविका को मनुभाई नामक सेवाभावी देवदूत के पास ले गयी। मनुभाई मृत्यु से पहले, पंजाब–गुजरात में कुछ धंधाडुओं को अलग-अलग आइडिया से अमेरिकी वीज़ा दिलाने का पवित्र काम करते थे। मनुभाई ने मालविका की कहानी सुनकर कहा, 'इसके तीन तरीक़े हैं-आप दूसरा जन्म लो और उससे जाकर मिलो, लेकिन अगले जन्म में आप बिल्ली, छिपकली या मक्खी भी हो सकते हैं। यू नो, कर्म के सिद्धान्त...वग़ैरह। विकल्प नम्बर 2-प्रवेश मर जाये और यहाँ फिर से आ जाये, लेकिन इस बात में सालों साल लग सकते हैं। आजकल धरती पर मेडिक्लेम की वजह से सब लोग इलाज करवा-करवाकर लम्बी उम्र तक जीते रहते हैं। इसके अलावा, ये मत भूलो कि वह एक मर्द है, वापस आ भी जाये, पर अब उसके दिल में आप के लिए दिलचस्पी ना भी बची हो पर हाँ, तीसरा रास्ता है।"

"क्या है तीसरा रास्ता?" मालविका ने तुरन्त पूछा।

"आप 'विजिटिंग वीज़ा' पर पृथ्वी पर जाओ। अर्थात अधूरे काम, अधूरी इच्छाएँ आदि के कारण उससे भूत-प्रेत बनकर मिलो!"

"भूत? नहीं, नहीं, भूत बनकर मुझे रात-रात जागना पसन्द नहीं है। कुछ भी हो मुझे मेरी 'ब्यूटी-स्लीप' तो चाहिए ही चाहिए...और फिर मैं भूत बनी तो प्रवेश बेचारा मुझसे डर जायेगा, प्यार क्या ख़ाक करेगा?"

"...पर यही एकमात्र रास्ता बचा है। देखो, मैं चित्रगुप्तजी से बात करके

'विजिटिंग वीज़ा' बनवा दूँगा। लेकिन हाँ, आपको यह गारंटी देनी होगी कि आप अधूरा काम पूरा करोगी...'

"कौन-सा अधूरा काम?"

"आपने एक बार कॉलेज पत्रिका में लिखा था कि आपको महिलाओं की सुरक्षा की चिन्ता है, इसलिए रात को भूत बनकर महिलाओं के साथ बलात्कार, छेड़छाड़ आदि को आपको रोकना होगा...वेल, यह सिर्फ़ औपचारिकता है, पृथ्वी का वीज़ा पाने कोइ कारण तो देना होगा ना?"

मालविका ने सोचा : 'चलो भूत ही सही, सच्चा प्यार तो जीते जी मिला नहीं और ना ही मरने के बाद मिला...तो प्रेत बनकर ही प्रीत पा लूं!'

रात को सोने से पहले प्रवेश अपना चेहरा धोने गया और अचानक बाथरूम में बेसिन का नल अपने आप बहने लगा! वह थोड़ा चौंका, लेकिन फिर उसे लगा कि व्हिस्की ज़्यादा हो गयी है। पर उसने मुँह धो लिया, नल अपने आप बन्द हो गया। प्रवेश ने सोचा : 'हँ..शायद मुम्बई में फिर से पानी की कटौती लद गयी।' फिर वह लस्सी का गिलास पीते हुए सोफे पर बैठा।'

उतने में अचानक, एक परछाई प्रकट होकर बोली, 'हाआआआय प्रवेशशशशश...'

चौंके हुए प्रवेश के मुँह से लस्सी का फव्वारा फूटा, 'ककककककौन-कौन..?'

'हाआआयय...मुझे नहीं पहचाना?'

प्रवेश सोफे से उछल पड़ा और चारों ओर देखने लगा। एक कोने से एक चमकती हुई औरताना आकृति धीरे-धीरे उभरने लगी।

वह मालविका थी!

थोड़ी पारदर्शी, थोड़ी फीकी, गहरी आँखें, लेकिन फिर भी उतनी ही ख़ूबसूरत। प्रवेश काँपते हुए गिलास के साथ उसे मनभर के निहारता रहा और धीरे-धीरे गिलास का कम्पन बढ़ता गया।

'मालविका, तुम ऐसी फीकी-फीकी क्यों दिख रही हो? पीलिया हुआ है क्या?' प्रवेश इतना ही बोल पाया।

'नाआआआआ...प्रवेश...मैं ठीक हूँ, लेकिन मैं भूउउउउततत हूँ... तुमसे खाआआआआआससस मिलने यहाँ नीचे धरती पर आयी हूँ!'

'सच? मैंने तो सोचा था कि हम फिर कभी नहीं मिल पायेंगे...'

'मुझे भीइइइइ..' मालविका शरमाई और धीरे-धीरे हवा में तैरते हुए सामने वाली कुर्सी में आइस-जेली की तरह लचकते थिरकते बैठ गयी। भयानक भूत होने के बावजूद भी मालविका अत्यन्त सुन्दर मादक स्त्री लग रही थी। पर हाँ, उसके शब्द हवा में 'स्टीरियो फ़पनिक' साउन्ड की तरह गूँज रहे थे।

'डार्लिंगगगग डरो मत प्रवेश, मेरी यह गूँजती आआआवाज़ भूत होने की वजह से है। मैं जानबूझ कर येयेयेये नहीं कर रही, लोगों को डराने के लिए इस तरह का प्रोग्राममममम हमारे अन्दर इंस्टॉल किया जातातातात है' मालविका ने समझाय। धीरे-धीरे मालविका ने अपनी आवाज़ पर काबू कर लिया, लेकिन फिर भी बीच-बीच में मालविका अचानक ही 'हुहुहुहुहु हा हा हा हा हा' करके चीख़ती थी और तब प्रवेश डर के मारे मन ही मन हनुमान चालीसा जपना शुरू कर देता था।

उस रात दोनों ने ढेर सारी बातें कीं। एक-दूसरे की आँखों में देखते–देखते जी भर रोमांस किया और देखते ही देखते सुबह हो गयी। प्रवेश की प्रेयसी यानी 'प्रेतसी' मालविका की 'नाइट ड्यूटी' ख़त्म हुई।

प्रवेश ने प्यार से छूकर पूछा, 'मालु, मज़ा आया?'

'मौत के बाद जान में जान आयी, पहली बार, यार!' उसने फ्लाइंग किस दी।

'फिर कब मिलेंगे?'

'कल मिलें या परसों? परसों नहीं तरसों..' यह राजेश खन्ना स्टाइल गाना गाकर मालविका ने चुम्बन दिया, मरने के बाद मालविका ने और जीते जी प्रवेश ने पहली बार ऐसा चुम्बकीय चुम्बन पाया। जाते-जाते मालविका ने कहा 'कल-परसों तो हाइवे पर गुंडे को भगाने की मेरी भूत-ड्यूटी है। तरसों पक्काकाकाका मिलेंगेगेगेगे!'

प्रवेश ने स्त्री दाक्षिण्य दिखाते दरवाज़ा खोला, लेकिन मालविका तो 'हु हु हु, हा हा हा हा हा' चीख़ती हुई खिड़की से बाहर, डिश–एंटीना के आर-पार

उड़ गयी! दो दिन बाद मालविका फिर से आ गयी। प्रवेश ने उसे मिल्क–शेक ऑफर किया। मालविका के पारदर्शी शरीर में मिल्क–शेक को अन्दर तक प्रवेश करते देख प्रवेश और मालविका दोनों हँस पड़े। खाने के बाद दोनों ने बीयर बेहोशी में बहुत सारी बातें कीं। प्रवेश ने जब भूत वाला जोक सुनाया, मालविका नाराज़ हो गयी। प्रवेश ने उस पर तकिया फेंका। तकिया, मालविका के गुदाज बदन के आर-पार हो गया। वे दोनों हँस पड़े। फिर दोनों ने तकिये से लड़ाई की। मालविका ग़ायब होकर तकिये के अन्दर छिप गयी। प्रवेश उसे खोजता रहा और अचानक मालविका तकिये से बिकनी में प्रकट हुई और प्रवेश को जगह-जगह चूमा।

प्रवेश, पृथ्वी पर स्वर्ग वाली स्त्री से स्वर्गिय सुख पा रहा था।

'मालू...तुम मुझे छोड़कर चली तो नहीं जाओगी ना?' प्रवेश ने पूछा।

'अरे मरने के बाद भी मिलने आयी हूँ! तुम अपनी कहो, जानेमन।' और फिर दोनों क़रीब आकर रातभर पारदर्शी प्यार करते रहे। अब प्रवेश को यह सिस्टम धीरे-धीरे जम गया। मालविका हर दो रातों के बाद प्रकट होकर प्यार करती। बीच बीच में प्रवेश दोस्तों के साथ बीयर बार में अपनी आज़ादी का आनन्द लेता तब मालविका, पृथ्वीवासी पत्नियों की तरह फ़ोन पर लाड़ से पूछती : 'जानू, ज़्यादा तो नहीं पी? खाना खाया?' वग़ैरह-वग़ैरह। हालाँकि, प्रवेश ने इस रिश्ते के बारे में किसी से नहीं बताया था, लेकिन मनोचिकित्सक के पास जाकर सारी बातों की पलटी कर दी। अब डॉक्टर ने मान लिया कि प्रवेश पक्का 'सर्टिफाइड पागल' हो गया है।

'यू मीन, तुम किसी भूतनी से प्यार करते हो?' डॉक्टर ने हँसी रोककर पूछा।

'हाँ तो? हमने हनीमून भी मनाया, यू नो, वह मेरे चारों ओर उड़ती है। मेरे शरीर के आर-पार गुज़र जाती है। कहो तो अगली अमावस्या पर आप से भी मिलवा दूँ?', प्रवेश इतना ही बोला और वहाँ 'हु हु हु हा हा हा' जैसी ज़ोरदार आवाज़ हुई, जिसे सुनकर 2-4 मरीज़ क्लिनिक से बाहर भाग गये!

डॉक्टर ने डरकर कहा, 'देखो, मुझे तुम्हारी फीस भी नहीं चाहिए, चलो बाय!'

प्रवेश को ख़ुद तो यक़ीन था कि वह पागल नहीं है, लेकिन प्रेत–प्रेमकथा किस-किस को समझाता? लेकिन टिपिकल गर्लफ्रेंड की तरह, मालविका ने दोस्तों से मिलवाने की ज़िद की। प्रवेश ने घर पर 'फैंसी ड्रेस' की थीम-पार्टी का आयोजन किया। उनके दोस्त गांधीजी, चार्ली चैपलिन, सुपरमैन आदि बनकर पार्टी में आये और मालविका 'चुड़ैल' बनकर! पार्टी पूरी रात चली। प्रवेश ने अनाउंस किया कि मालविका उसकी गर्लफ्रेंड है, तो दोस्तों को ज़रा जलन भी हुई, लेकिन जैसे ही मालविका ने अचानक हु हु हु हा हा हा हा बोलके हवा में उड़कर दिखाया...तो गांधीजी, चैपलिन, सुपरमैन सभी बिना डिनर खाये वहाँ से दुम दबाकर भागे!

अगली सुबह, प्रवेश के जागने से पहले ही मालविका जा चुकी थी। प्रवेश देर तक सो रहा था, तभी 3-4 बार डोरबेल बजी। प्रवेश ने दरवाज़ा खोला तो सामने एक पुलिस इंस्पेक्टर खड़ा था। प्रवेश जो अब भूतों से नहीं डरता था, वह पुलिस को देख काँपने लगा।

"आप मि. प्रवेश?" इंस्पेक्टर ने पूछा।

"नहीं...मेरा मतलब कि, हाँ हूँ.. तो?"

"मैं इंस्पेक्टर जरीवाला!"

"नमस्ते सर।"

'और मैं मालविका का पति हूँ,' इंस्पेक्टर मुस्कुराया।

अब प्रवेश ने धीरे से पूछा, "यानी आप भी भूत हो...? और वर्दी में?'

"नो नो मैं तो ज़िन्दा हूँ।"

दोनों देर तक चुपचाप बैठे रहे, फिर इंस्पेक्टर ने कहा कि उसे पता है कि मालविका अक्सर प्रवेश से मिलती है।

"आपको कैसे मालूम?"

"अपने तान्त्रिक मित्र की मदद से, जब भी मुझे मालविका की आवश्यकता होती है, मैं उससे सम्पर्क करता हूँ। पर आजकल मालविका मुझे अवॉइड कर रही है। उसकी फ्रेंड विभावरी ने मैसेज भेजना शुरू किया कि मालविका बिज़ी है...वग़ैरह...तो मुझे शक हुआ। आख़िरकार पुलिसवाला हूँ ना?'

'जी सर'

"फिर मेरे तान्त्रिक मित्र ने मालविका पर नज़र रखी, तो आपके बारे में पता चला..." इंस्पेक्टर ने रिवॉल्वर सहलाते हुए कहा।

"ससससर.. मुझे सच में पता नहीं था कि वह शादीशुदा है, मतलब कि थी"

"अब पता चला ना? वह मुझे प्यार ना करे, मैं अब भी उसे चाहता हूँ। तो मालविका से दूर रह...समझा गया? चलो...अब मुझे नकली एनकाउंटर करने जाना है।" कहते हुए मालविका का जीवित पति, प्रवेश को अधमरा बनाकर चला गया।

अगले दिन मालविका प्रकट हुई। प्रवेश ने बिना छूए, सिर्फ़ 'हाँ' 'ना' में जवाब दिये।

"आज तुम्हें क्या हुआ है, बाबू जान?"

"तुम कुछ छुपा रही हो?" प्रवेश ने पूछा।

"नहीं...कुछ ख़ास नहीं है। अरे हाँ, पास सड़क पर गोलगप्पे मिलते हैं, उसके फूड–पॉइज़न से ही मैं मर गयी थी। शर्म के मारे यही बात छुपायी है।"

"और कुछ?"

"और क्या? ज़िन्दा थी तब स्टूपिड सास-बहू सीरियल देखती थी।"

"और तुम्हारा पति? इंस्पेक्टर जरीवाला?"

यह सुनते ही मालविका का चेहरा प्रेत–सा फीका पड़ गया, "अं...व... वह...तो पिछले जनम की बात है ना? अब उसका क्या?"

"क्या तुम्हें बताना नहीं चाहिए था कि तुम शादीशुदा हो?आई मीन थी! रिश्ते में ईमानदारी बहुत अहम बात है। धोखा दिया है तुमने...यु भूतनी!", प्रवेश चिल्लाया।

"मैंने तुम्हें धोखा दिया? अरे, तुम्हारे लिए भूत बनी, हाइवे पर दौड़-दौड़कर लोगों को डराती हूँ। दिनभर चिलचिलाती धूप में कब्रिस्तानों और खंडहरों में घूमती रहती हूँ। स्वर्ग के सुखों को छोड़कर मुम्बई के प्रदूषण में भटकती हूँ.. 'हुहुहु हाहाहा' चिल्लाकर गला बैठ जाता है। पर यह सब भूतों की स्ट्रगल तुम कभी नहीं समझोगे, क्योंकि तुम ज़िन्दा होना?"

"हेलो, तुम पहले से भूत थी। मैंने नहीं कहा कि भूत बनो।"

"बस? बोल पड़ा एक टिपिकल मर्द! मुझे स्वर्ग में सबने समझाया था कि प्रवेश के चक्कर में मत पड़, एक भी गर्लफ्रेंड टिकती नहीं...रिचा, शिल्पा, स्वीटी और गिनवाऊँ तुम्हारे नाकाम इश्क़?"

'क..क..क..किसने कहा तुमसे?'

"तुम्हारी 'फैंसी ड्रेस' पार्टी में तुम्हारे ही दोस्तों ने अरे, तुम आज भी उस रिचा का टैटू देखकर याद करते हो ना? अब भी वो फ़ोन करती है ना? बोलो?"

"तुझे कैसे पता?"

"सब पता है, पिछली अमावस्या पर रिचा को डराकर पूछा था तेरे बारे में, साली को दो दिन दस्त हो गये थे!"

"तुमने मेरी रिचा को डराया था?"

"ओह.. मेरी रिचा, अच्छा? हाँ डराया था।...क्योंकि मैं तुमसे प्यार करती हूँ, लेकिन अब तो मुझसे मन भर गया? या मेरे पति से डर गये? अब जीवनभर नाकारा दोस्तों से कहते फिरोगे, 'यार, मैंने भूत के साथ भी अफ़ेयर किया है, बोलो!' अब तुम यह रिश्ता निभाना नहीं चाहते हो, है ना?मैं तुम्हारे लिए स्वर्ग की फाइव स्टार फेसिलिटीज़ छोड़कर आयी हूँ। पर तुम? मानव ज़ात! सुधरेगी नहीं...ओके..जा रही हूँ, पर छोड़ूँगी नहीं तुम्हें", कहते मालविका *हु हु हु हा हा हा हा* आवाज़ करके उड़ गयी।

कुछ देर तक उसके आँसू हवा में तैरते रहे।

उस रात के बाद प्रवेश इतना डर गया था कि बिज़नेस मीटिंग में भी अपने सूट के ऊपर नींबू-मिर्च बाँधकर जाता था। फिर उसने पुरानी प्रेमिका रिचा से शादी कर ली, 2 बच्चे हुए, एक डॉक्टर बना, दूसरा सरकारी अफ़सर। सालों बाद रिचा किसी बीमारी में चल बसी। कभी-कभी उसे मालविका के सपने आते, तब वह डर जाता कि सपना है या मौत? इन सब मनोव्याधि के बाद, बचपन में 'एवरेस्ट चढ़ने का संकल्प' जैसा निबन्ध स्कूल में लिखने वाला प्रवेश, बाथरूम में फिसलकर मर गया।

क़िस्मत से इस बार भी वह स्वर्ग ही जा पहुँचा। वही शान्त वातावरण,

तैरते देवदूत, लहराती अप्सराएँ...प्रवेश सोच में पड़ गया कि क्या वाक़ई उसकी मौत हुई है?

या फिर से यह 'सपनों की साइड इफेक्ट' हैं?

प्रवेश अब थक गया था : पहली नज़र का प्यार, इश्क़ के सपने, सपनों में मौत, मौत के बाद भूत, भूत के बाद शादी, शादी के बाद जीते जी प्यार का भूत...उसकी संवेदनाओं का कन्धा, बेताल के प्रेत को उठाते विक्रम की तरह झुक गया था।

स्वर्ग में उसे फिर से मालविका दिखायी दी, वैसी की वैसी सुन्दर। जैसे किसी ने बर्फ़ की अल्मारी में सँभालकर रखी थी। मालविका दूर खड़ी-खड़ी मुस्कुराती रही। पर प्रवेश, मालविका को दूर से ही सलाम कर के स्वर्ग-गली में मुड़ गया। पीछे से मालविका की आवाज़ सुनाई दी, 'सुन, तुझे मैं चित्रगुप्त में न्यायालय तक घसीटकर ले जाऊँगी : 'मरी हुई स्त्री के तन-मन के साथ खिलवाड़ करने के लिए!' यह सुनकर प्रवेश डर के मारे रुक गया। पीछे मुड़ के देखा तो मालविका भीगी आँखों से बाँहें फैलाए पुकार रही थी : 'बस इतना ही, जानू? एक बार तो गले मिल ले यार...'

मालविका दौड़ती हुई प्रवेश के पास खिंची चली गयी। मालविका के बिखरे हुए बाल, हाँफती हुई छाती और आँसू भरी आँखें...प्रवेश रोते हुए उससे लिपट गया। उसने मालविका को कसकर किस करनी चाही पर पल में मालविका, प्रवेश के शरीर के आर-पार गुज़रकर ग़ायब हो गयी! मालविका और प्रवेश के आँसुओं की बूँदे स्वर्ग में देर तक तैरती रहीं।

ये देख सारे देवदूत और अप्सराएँ भी रो पड़े।

एक आशिकाना आत्मा ने कहा : 'प्यार स्वर्ग है, पर स्वर्ग में प्यार कहाँ?'

प्रेम-प्रैक्टिस कथा

किसी हसीन शाम ढले, किसी ख़ूबसूरत स्त्री से पहली बार मिलने जा रहे किसी पुरुष की हालत 'ओपनिंग बैट्समैन' जैसी होती है। पहले ओवर की पहली बॉल कैसी होगी, उसकी कल्पना तो की जा सकती है, मगर प्रेम पिच पर सचमुच क्या होगा उसे कोई नहीं बता सकता। विकल्प भल्ला की हालत भी कुछ ऐसी ही थी। उसने अच्छी-बुरी अटकलें लगाते हुए होटल सी-स्टार के गेट से साँसें रोके एन्ट्री ली।

वहाँ के सी-फेसिंग गार्डन रेस्टोरेंट में उसने नज़र घुमाई और झिलमिल जोशी को ढूँढ़ने लगा, पर वहाँ तो एक सदी पहले रिटायर हो चुके बुज़ुर्ग बैठे हुए थे, जो मुश्किल से कुछ बातें कर रहे थे। अगर कुछ बात कर भी लेते, तो ऐसा लगता था–जैसे डकार ले रहे हों। एक टेबल पर टाई पहनकर कोई युवक लैपटॉप पर इस तरह हिसाब लिख रहा था, जैसे तीसरे विश्वयुद्ध का बजट बना चुका हो और चौथे की प्लानिंग कर रहा हो, मगर हाँ, एक कोने के टेबल पर एक औरत मुँह फेर कर बैठी थी। शायद वही झिलमिल होगी, उस अनुमान से विकल्प उसकी ओर बढ़ा। विकल्प ने दबे पाँव, पेट को अन्दर खींचकर, चाल में थोड़ी मस्ती और एक अदा जोड़ दी, वह उस स्त्री को धीरे से बोला, "हाय गॉर्जियस।"

उस स्त्री ने पीछे मुड़कर भारी आवाज़ में कहा, "व्हाट? कौन हो तुम?"

विकल्प पहले ही बॉल में क्लीन बोल्ड हो गया। वह कोई 70 साल की उदास महिला थी, जो अभी-अभी किसी वृद्धाश्रम से भागकर। अपनी पूरी फैमिली का क़त्ल करके यहाँ आख़िरी कॉफ़ी पीने आयी हो, वैसी दिख रही थी।

विकल्प ने उसे "सॉरी" कहा।

उसे समझ में नहीं आ रहा था कि क्या करना चाहिए, इसलिए वह आस-पास खाली टेबल ढूँढने लगा। तभी अचानक पीछे से एक मधुर आवाज़ सुनाई दी, "हाय मिस्टर विकल्प, मे आई हेल्प यू?"

वह झिलमिल जोशी ही थी। विकल्प का उससे कॉमन फ्रेंड स्वाति के ज़रिये फ़ेसबुक से परिचय हुआ था। दोनों के बीच फ़ोन पर एसएमएस से थोड़ी बहुत बातें भी हुई थीं। ऐसी बातें, जिसकी फ़सल 'हाय-हेलो' से बढ़कर फ्लर्टिंग तक पहुँच गयी थी। नटखट जोक्स से लेकर सेक्स की बातें तक दोनों के बीच होने लगी थीं।

आज दोनों पहली बार आमने-सामने 'रोमांटिक डेट' पर मिले।

टेबल पर बैठते ही दोनों ने एक-दूसरे को बेशर्मी से देखना शुरू किया। दोनों क्या सोच रहे थे, यह शत-प्रतिशत कहना मुश्किल था। मगर दोनों की आँखें बता रही थीं कि दोनों के दिलों में दबे पाँव दिलचस्पी आ रही है।

झिलमिल ने शुरुआत की, "हाँ, बोलो।"

विकल्प ने तुरन्त उसका हाथ अपने हाथ में लिया और किस किया। उसकी उँगलियों को वह धीरे-धीरे सहलाने लगा।

"वेरी फास्ट, हँ?" झिलमिल ने होंठ दबाते हुए कहा।

"अंहं...थोड़ा स्लो हूँ आज। नॉर्मली, पहली मुलाकात में होंठ पर ही किस कर लेता हूँ। आगे फिर मिले, ना मिले, व्हाय टु टेक चांस?" विकल्प ने आँख मारते हुए कहा।

झिलमिल ने हँस दिया और कहा, " वेरी स्मार्ट! चलो कुछ ऑर्डर करते हैं। क्या लोगे?"

"ऐसा कुछ भी, जो तुम्हारे सुन्दर होंठों को अच्छा लगे और उन्हें और भी सुन्दर बना दे...जिससे तुम्हारा मूड भी बन जाये।"

विकल्प ने मेन्यू खोला और पढ़ने लगा, मगर चोर नज़र से उसने देख लिया कि झिलमिल उसे देख रही है या नहीं। उसने मन ही मन सोचा– चलो ठीक है, पहला ओवर तो अच्छा रहा। झिलमिल ने तुरन्त अपने मनोभाव छिपाते हुए कहा, "डु यू लाइक वोडका विद नारियल पानी?"

"ओह, वोडका को रशियन में पानी कहते हैं। नारियल भी समन्दर किनारे उगते हैं। अब उन दोनों पानी को मिलाकर भी तुम्हारी आँखों के सामने 'पानी कम चाय' हैं।"

"बस बाबा, बोलो ना!"

"क्या बोलूँ? जब भी तुम बोलती हो ज़ुबाँ तालू से चिपककर सिर के बाल तक पहुँच जाती है।"

"एक सवाल पूछूँ?"

"यही ना कि तुम मुझे पसन्द हो या नहीं?"

"नो...इनफ़...पूरी शाम तुम ऐसी ही चिकनी-चुपड़ी, चीज़ी लाइनें बोल बोलकर बोर करने वाले हो? सीधी-सीधी बात क्यों नहीं करते यार!" झिलमिल ने ऑलमोस्ट डाँटकर कहा।

"हँ..लड़कियों को ऐसी हद से ज़्यादा रोमांटिक और चिकनी-चुपड़ी बातें अच्छी नहीं लगती, राइट? डोंट वरी, मैं तुम्हें पूरी ज़िन्दगी यूँ पकाऊंगा नहीं, इसी का सेंपल दिखाना था, ओके? जस्ट एक्टिंग थी। नाउ चिल।"

झिलमिल ने कहा, "इंटरेस्टिंग...तुम क्या करते हो?"

"अभी तो फ्लर्ट कर रहा हूँ। वैसे बाय प्रोफ़ेशन, कलाकार हूँ।"

"कलाकार मतलब, एग्जैक्टली क्या?"

"जल्दी क्या है? कुछ देर में अपने आप पता चल जायेगा। रिलैक्स।" विकल्प ने दोबारा आँख मारी। झिलमिल को भी अब इस खेल में मज़ा आने लगा था। और विकल्प को खेलना आता था। इन सब में वेटर 2–4 बार आ कर लौट गया।

विकल्प ने मेनू खोलकर पूछा, "क्या लोगी?"

"तुम ही कुछ सजेस्ट कर दो।"

"गार्लिक ब्रेड?"

"नहीं। मुझे ड्राई चीज़ों से एलर्जी है।" झिलमिल ने कहा।

"तो सूप?"

"नहीं, मुझे 'हाइड्रो– फ़ोबिया' है।" झिलमिल ने शरमा के कहा।

"हाइड्रो–फ़ोबिया का मतलब?"

"मतलब, मुझे गीली, सॉफ्ट और लिक्विड चीज़ों से डर लगता है।

"ओके...वेज-मंचूरियन?" विकल्प ने पूछा, फिर दोनों ने एक साथ "ना" कहा और विकल्प ने कहा, "हाइड्रो फ़ोबिया, राइट?"

झिलमिल हँस पड़ी और सोचने लगी, 'कितना केयरिंग लड़का है।'

"बनाना स्प्लिट?"

"नहीं, 'कोप्रास्टासो फ़ोबिया' का प्रॉब्लम..." झिलमिल ने हिचकिचाते हुए कहा।

"अब यह कौन सा फ़ोबिया है?"

"कॉन्स्टिपेशन का फ़ोबिया, पाचन ना होने का डर," झिलमिल ने सपाट स्वर में कहा।

विकल्प ने उबकर कहा, "तो सैंडविच मँगवाते हैं।"

"नहीं, नहीं। सैंडविच में मुझे आराकीबुटीरो फ़ोबिया है"

"व्हाट? सैंडविच में भी फ़ोबिया? उसका भी डर? कम ऑन...तुम्हें इतने इश्यु हैं, तो डिनर पर क्यों बुलाया? एकादशी के उपवास के दिन ही मिलते हैं ना?" विकल्प ने मेनू बन्द कर दिया।

झिलमिल का चेहरा तुरन्त मुरझा गया। विकल्प को यह देखकर बुरा लगा। "ओके, चिल...झिलमिल डिनर-विनर छोड़ो, हम कहीं बाहर जाते हैं।"

"ग्रेट आइडिया," झिलमिल बोली।

"बताओ कहाँ? फ़िल्म में या डिस्को में?" विकल्प ने उसका हाथ थामकर पूछा।

ज़रा रुककर झिलमिल ने धीरे से कहा, "मुझे ना एक्चुअली, डिसाइडो फ़ोबिया भी है। तुरन्त तय नहीं कर पाती कि ये करूँ या वो, आई थिंक हम अगली बार..."

अब विकल्प बरस पड़ा, "लिसन...या तो तुम्हें ऐसी बक़वास करने में मज़ा आता है या फिर तुम पागल हो या तुम्हें दूसरे सब फोबिया से भी ज़्यादा फ़ोबिया तो रिश्ते बनाने का है। तुमने आज मुझसे मिलने से पहले भी 136 सवाल किये थे और एक वीक से हाँ–ना, हाँ–ना की हू-तूतू खेल रही थी मेरे साथ। एक्चुअली, तुम्हें एक्यूट प्रेमो–फ़ोबिया है। तुम्हें डर लगता है सम्बन्ध, प्यार, शादी या कमिटमेंट से, इसलिए 30 साल की हो गयी, फिर भी किसी के साथ..."

इससे पहले कि विकल्प आगे कुछ कहे, उसने झिलमिल की आँखों में आँसू देखे। वह भूल गया था कि झिलमिल ने ही उसे कहा था कि उसके जीवन में कई लड़के आये, मगर कोई भी रिश्ता लम्बा टिक नहीं पाया। किसी न किसी वजह से सब उसे छोड़कर चले जाते थे। फिर धीरे-धीरे वह प्यार, दोस्ती, रिलेशन से डरने लगी। इनके बोझ तले दबी हुई झिलमिल को अब अपना ही फ़ोबिया सताने लगा था। वह सोचती थी : 'तन्हाई की वैक्सीन अब तक क्यों नहीं खोजी गयी?'

विकल्प ने झिलमिल के चेहरे से ज़ुल्फों को सँवारते हुए "सॉरी" कहा।

तब झिलमिल अचानक से बोल उठी, "यार, एक्चुअली लव, रिलेशन, मैरिज सब इंपॉसिबल लगने लगा है, इसलिए..."

विकल्प ने झिलमिल से पूछे बिना ही कॉफ़ी और फ्रूट प्लेट का ऑर्डर दे दिया, फिर धीरे से झिलमिल को पास लिया और कान के पास किस करते हुए पूछा, "अच्छा बताओ, शनिवार को क्या कर रही हो तुम?"

"कुछ ख़ास नहीं। क्यों?"

"अगले हफ़्ते हम दूसरी बार डेट पर मिलेंगे। मेरे घर, मैं अकेला ही रहता हूँ। तुम्हें प्रॉब्लम ना हो तो देर रात तक तुम और मैं..." विकल्प ने नज़रें मिलाकर कहा।

झिलमिल कुछ कहने गयी पर मुँह खुला ही रह गया, फिर साँस लेकर हँसते हुए कहा, "स्योर...आई मीन...यू मीन...मैं तुम्हें सचमुच पसन्द हूँ?"

"ऑफ कोर्स। नहीं तो क्या? तुम्हें क्या लगा मैं यहाँ 'गांधारी के फैमिली-प्लानिंग' पर चर्चा के लिए बुला रहा हूँ? और मुझे पता था कि वह फ़ोबिया वाली एक्टिंग तुमने जानबूझकर की है। देखना चाहती थी कि मुझ में कितना धीरज, कितनी तुम्हें झेलने की ताक़त है, राइट?"

"नो...ऐसा नहीं है, मगर..." झिलमिल उसे रोकने गयी, लेकिन विकल्प ने उसके होंठों पर अपना हाथ रख दिया, कुछ देर वह हाथ होंठों को छूता रहा और फिर झिलमिल ने धीरे से हाथ हटाते हुए कहा। "मुझे लगता है... हम थोड़ा वक़्त और..."

विकल्प ने उसे रोका, "वक़्त ही तो नहीं है, झिलमिल। एक्चुअली, अगले महीने मेरे मम्मी-पापा के घर पार्टी है। अगर हमारे बीच आज कुछ बात बनती

तो हम रेगुलरली 7–8 बार मिलते हैं...और दोनों एक-दूसरे से कंफर्टेबल होते हैं...तो मैं उस पार्टी में मम्मी-पापा से तुम्हें मिलवाऊँगा। यही बेस्ट मौक़ा है! बट बट..मगर...मगर...मगर...उससे पहले हम दोनों के बीच केमिस्ट्री हो तब तो सब सम्भव है न? वरना मेरी मम्मी बहुत स्मार्ट हैं। उन्हें लगा कि मैं या तुम अभी स्योर नहीं और सिर्फ़ प्यार की प्रैक्टिस कर रहे हैं....तो..." विकल्प ने एक साँस में सब कुछ कह दिया।

"हेलो...वेट वेट वेट...यह थोड़ा ज़्यादा फास्ट नहीं हो रहा है?", कहकर झिलमिल उसे देखती रही।

"नहीं यार, क्योंकि पैरंट्स को पार्टी के महीने बाद मेरे बड़े भैया घर शिकागो जाना है। अगर हमारी बात बनी तो हम लोग भी उन के साथ शादी करके ही शिकागो जायेंगे। हनीमून भी हो जायेगा।" विकल्प ने तीसरी बार आँख मारी।

"व्हाट? यू मीन...शादी..हनीमून...ये सब सिर्फ़ 2 महीनों में?" झिलमिल को भरोसा ही नहीं हो रहा था।

"एक और बात, अगर हम दो-तीन साल के बाद लंदन मेरी बहन बेबो के वहाँ जायेंगे, तब उनके बच्चों के साथ बंटी को भी मज़ा आयेगा ना!" विकल्प ने कहा।

"अब यह बंटी कौन है?" झिलमिल ने कन्फ्यूज होकर पूछा।

"अरे बंटी, हमारा बंटी...कितनी स्लो हो! अरे शादी के बाद हमारा भी तो बच्चा होगा ना...उसे प्यार से हम बंटी कहेंगे। लड़का हो या लड़की, पेटनेम तो बंटी ही रहेगा। कैसा लगा आइडिया?" विकल्प पूरे मूड में आ गया।

झिलमिल खिल-खिलाकर हँस पड़ी : "इडियट...अभी 2 मिनट पहले तो हम मिले हैं और तुम हो कि...पता चला 15 मिनट बाद बंटी की शादी तरक सोच लोगे...अच्छे टाइमपास आदमी हो, यार। लड़कियों को ऐसे फ़नी लड़के ही पसन्द आते हैं...उफ...क्या प्लानिंग है! अच्छा है कि तुमने शादी की ड्रेस बनवा नहीं रखी?"

विकल्प ने तुरन्त ही सेलफ़ोन के स्क्रीन पर चार-पाँच मॉडलों की दूल्हों वाली तस्वीरें दिखायीं। "यह 5 शेरवानी ओलरेडी पसन्द कर ली है। बता कौन सी तुम्हें अच्छी लगी? और ये तेरे लिए ब्राइडल घांघरा-चोली के ऑप्शन्स।"

विकल्प का पागलपन देखकर झिलमिल फिर ज़ोर से हँस पड़ी। शायद कई दिनों के बाद वह इतना हँसी थी, इसलिए हँसती ही रही। उसे इस तरह बेतहाशा हँसते हुए देखकर विकल्प भी हँसने लगा। उन दोनों को इस तरह हँसते देख आस-पास बैठे लोग भी मुस्कुराने लगे।

"ओह गॉड, यू आर आर किलर...विकल्प...मस्त हो तुम।" झिलमिल ने आँख मारते हुए कहा।

"ओह...ओह...तुम भी मस्त हो, किरण।" विकल्प बोल गया।

'किरण' शब्द की सुनते ही झिलमिल का हँसना फ़ौरन स्विच ऑफ़ हो गया।

"किरण? कौन किरण?" झिलमिल ने आश्चर्य से पूछा।

5 सेकंड के लिए ख़ामोशी छा गयी, विकल्प यहाँ–वहाँ देखने लगा।

"हेलो..तुमने क्या कहा?" झिलमिल ने फिर पूछा।

"क्या? क्या कहा?"

"वह कौन है?"

"कौन, कौन है?"

"सच बता, कौन है वो?"

"अरे, तुम क्या पूछ रही हो?"

"तुमने मुझे अभी कुछ देर पहले 'किरण' कहा। कौन है यह किरण?"

विकल्प फिर से ख़ामोश हो गया। कॉफ़ी पीने लगा।

"तुम्हारी गर्लफ्रेंड है?" झिलमिल ने फ्लैट आवाज़ में पूछा.

"नहीं।"

"तो एक्स–गर्लफ्रेंड है वह लड़की?"

"वह लड़की नहीं।" विकल्प ने निग़ाहें झुकाकर कहा।

"लड़की नहीं है? मतलब?"

"किरण एक लड़का है...मेरा बॉयफ्रेंड।" विकल्प ने कहा, जैसे वह पकड़ा गया हो।

"व्हाट, तुम्हारा बॉयफ्रेंड? मतलब कि तुम...?"

"वेल, आई मीन...मैं तुम्हें समझाता हूँ। मैं एक एक्टर हूँ और..."

"और तुम गे हो?"

विकल्प ख़ामोश रहा।

"फिर मुझे यहाँ क्यों बुलाया?" झिलमिल ने ग़ुस्से में कहा।

"मैं अगली मीटिंग के बाद कहने ही वाला था, क्योंकि..."

"...क्योंकि क्या?" झिलमिल झल्ला उठी!

"...क्योंकि यह कि...देखो, एक साल से बतौर एक्टर मेरे पास कुछ काम नहीं है। मुश्किल से एक टीवी सीरियल मिला है। उसमें एक रोमांटिक लड़के का रोल करना है, जो कई सारी लड़कियों को अपने चार्म से, स्टाइल से पटाता है। एक 'आल्फ़ा–मेल' का अन्दाज़ मुझे उस रोल में दिखाना ज़रूरी है। जब तक रोमांस का फर्स्ट हैंड अनुभव नहीं होगा, तब तक वह रोल नहीं कर पाऊँगा। आई एम अ मेथड एक्टर, इसलिए तुम्हारे साथ...थोड़ा प्रैक्टिस या रिहर्सल आई मीन..." विकल्प ने कन्फेस किया।

"सीख रहा था? मैं डेढ़ घण्टे ट्रैफ़िक में, सज-धज कर, इडियट जैसे यहाँ तक आयी। तुमसे मिलकर पहली बार मुझे लाइफ में उम्मीद दिखायी दी थी कि चलो, फाइनली कोई तो अच्छा लड़का मिला...पर तुम्हारे लिए ये सब.. क्या कहा था तुमने? सिर्फ़ एक प्रैक्टिस थी, राइट?" झिलमिल ने गिलास उठाकर विकल्प के चेहरे पर पानी फेंका और वहाँ से निकल गयी।

"आई एम सॉरी, झिलमिल पर..."

विकल्प मुँह पोंछकर खड़ा हुआ। इतने में पास वाले टेबल से एक लड़की ने विकल्प के पास आकर कहा, "सुपर्ब, सब कुछ मैंने फ़ोन पर शूट कर लिया है। हमारे चैनल को तुम्हारा यह परफॉर्मेंस दिखाऊँगी, तो तुम्हें यह रोल पक्का मिल जायेगा। क्या वैरायटी दिखायी तुमने...वाउ...कास्टिंग हो गया समझो।" उस लड़की ने विकल्प की पीठ थपथपायी।

"मगर बेला...इसमें बेचारी उस झिलमिल का क्या कसूर? तूने उसको इसमें क्यों फँसाया?"

बेला ने ठंडी आवाज़ में कहा, "बेचारी कुछ नहीं! अरे उसने 1 नहीं 3–3 बार मेरे बॉयफ्रेंड पर डोरे डाले थे। डेस्परेट लड़की...उसे तो कोई मिलता नहीं, इसलिए बस...वो सब छोड़...आज तेरा भी काम हो गया और मेरा भी हिसाब चुकता। चल चिल मार, कल प्रोड्यूसर को मिल लेना...और तेरा पेमेंट, कपड़े, रोल...."

...लेकिन अब विकल्प को बेला की आवाज़ सुनाई ही नहीं दे रही थी। उसके मन में तो अब भी झिलमिल के ही वो शब्द गूँज रहे थे, " फाइनली कोई तो अच्छा लड़का मिला.." विकल्प को पहली बार किसी लड़की ने ऐसा कहा था! और अब पहली बार किसी बड़े सीरियल में रोल पाने की बिल्कुल भी ख़ुशी नहीं हो रही थी। विकल्प भीतर से हिल चुका था कि काश, सिर्फ़ एक बार वह झिलमिल को मिलकर सब कुछ सच-सच बता दे कि– 'झिलमिल तुम मुझे सचमुच अच्छी लगती हो...' और फिर कम-से-कम उसकी भीगी नज़रों को छूकर माफ़ी माँग सके।

पास खड़ी हुई कार के काँच में अपने प्रतिबिम्ब को देखकर विकल्प ने पूछा, "ज़िन्दगी में कुछ दृश्यों के रि–टेक क्यों नहीं होते?"

क़ैफ़ियत

भैया, 'ईश्वर' छाप बीड़ी पीने वाले को कम दुख मिलते होंगे क्या?

ख़ुदा क़सम, पता नहीं आजकल उसको ऐसे ही ख़याल भी आते हैं। अरे हाँ, ऊपर धूप देखी? कितनी क़ातिल है? आँखें भी चौंधिया जाती हैं और आज मेरा दिमाग़ भी है सुन्न!

हालाँकि, मन में तरन्नुम का दौर चल रहा है।

आसमानी बातों का दौर चल रहा है...–अरे लो, यह तो तुकबन्दी हो गयी!

अरे हाँ, तुम्हें तुकबन्दी, रदीफ़, क़ाफ़िया की बात बताना तो रह ही गया, क्योंकि बीच में किसी ने पानी फेंका, मेरे चेहरे पर। वैसे ज़रा अच्छा तो लगा मुझे। पर अब थोड़ा और चैन–सुकुन मिले तो रहम होगा ऊपरवाले का। कमबख़्त, पूरे बदन में दर्द हो रहा है। सुबह होते ही वक़्त पर उठ जाने वाले, वही रूटीन जिसमें चाय के साथ अख़बार, फिर नहा के टिफिन उठाये, जैसे 9 से 5 नौकरी टाइप चेहरे। जिस तरह बिना वजह बस जिये जाते हैं, वैसे मैं भी बिना वजह बकता ही रहता हूँ, है ना? और, अब तो सब मुझे पहचान भी गये हैं तो मुझे माफ़ भी कर देते हैं कि ठीक है भैया, यह तो बकबक करता रहेगा। और, बहुत बार मैं जब कुछ-कुछ कहता हूँ, वो सब लोगों को अच्छा भी लगता है। लज्ज़त मिलती है, लज्ज़त। और वो ही मेरी इज़्ज़त, मेरी कमाई। पर ऐसा होना, मेरा मूड के साथ जुड़ा हुआ है।

मेरा मिज़ाज़ मौसम जैसा है, एक बार मैंने ही लिखा थाना : 'दुनिया से अलग, दुनिया में रिवाज़ ढूँढ़ता हूँ, मैं ही मेरे भीतर मेरा मिज़ाज़ ढूँढ़ता हूँ।'

सच कहना। कमाठीपुरा या फारस रोड की सुनसान, बदनाम गलियों में शाम ढले को जाते हुए आपको शर्म आती है ना? मुझे नहीं आती। क्योंकि, मेरे बारे में तो सब जानते हैं। इस आदत के पीछे वजह है और वजह के पीछे दर्द है और मेरे दर्द का तो ऐसा है ना कि वह अभी मेरी बायीं आँख में चुभते हुए काँच की तरह दर्द लज्ज़त दे रहा है, लज्ज़त। ये हरा काँच, लाल काँच, नीला काँच। ये काँच अर्थात कंगन के टुकड़ों से बनती हुईं नयी-नयी डिज़ाइनें। गत्ते के दूरबीन को गोल घुमाने से कैसे डिज़ाइन बदल जाती है! या फिर आप उस दूरबीन को कहीं स्थिर रख दें और आप ख़ुद गोल घूमने लगो...और एक आँख बन्द करके रंगों का मायाजाल देखते रहो। बस....सुब्हान अल्लाह।

जैसे कष्टों का कैलिडोस्कोप!

हालाँकि, फ़िलहाल तो मैंने अपनी दोनों आँखें बन्द कर रखी हैं। बस यूँ ही मस्ती में लेटा हुआ हूँ। भले ही तमाशा बन जाऊँ लोगों की नज़रों में। आह...यह कमर में बहुत दर्द हो रहा है। शायद कल सोते वक़्त कुछ गड़बड़ हो गयी। वैसे कहाँ सोया था कल? याद नहीं आ रहा। महफ़िलों का दौर... ले जाता है किस ओर? महफ़िलें भी अजीब होती हैं। कहाँ शुरू होती हैं और कहाँ ख़त्म हमेशा वोही ज़ख्म।

वाह! मगर क्या आनन्द मिलता है ऐसे लेटे रहने में, जैसे मायूसियत की मेज़बानी। एक के बाद एक सारे रंग आँखों के आगे परेड करते हैं जैसे। वैसे तो यूँ पड़े रहना रंगों की क़वायद जैसा ही हसीन लगता है। याद है? उस दिन जब मैंने महफ़िल में शेर पढ़ा कि 'तुम्हारी गली में करता हूँ इश्क़ की क़वायद, ख़ुदा नहीं फिर भी करता हूँ इबादत...' तो कितनी तालियाँ बजी थीं, याद आया? वो तालियाँ जब भी दिमाग़ में गूँजती हैं, मेरा सिर सुन्न हो जाता है।

वैसे आज मेरी इस एकाकी महफ़िल में एक के बाद एक जो-जो पधार रहे हैं, उन्हें आप पहचानते हैं? भला आप उन्हें कैसे पहचानेंगे? आइए, सब से पहचान करवाता हूँ, पल भर यूँ मान लो कि मैं इन सब का मेज़बान हूँ। क, ख, ग, घ...चं, चौ, च...वग़ैरह एक के बाद एक सब शिरकत करते जा रहें हैं। आइए, मिलते हैं सब से। क्यों? क्या हुआ? इन सबके साथ आपकी जमेगी नहीं? कोई बात नहीं, मगर मुझे तो इन सब को मिलना होगा ना?

1 मिनट.. ये हो कि मैं ये सब जो बड़बड़ा रहा हूँ, वो आप के पल्ले पड़ रहा है या फिर बेकार में थूक उड़ा रहा हूँ? हं?

बाय द वे, एक मज़ेदार राज़ की बात कहूँ? मेरी बेटी है ना, हीना? उसे मेरी ये थूक उड़ाने की आदत से बहुत नफ़रत है, मैं बाहर से जब मेरे घर में जाता हूँ, वह मुझसे दूर ही रहती है, क़रीब ही नहीं आती। ठीक है, ऐसा तो होना ही था।

क्या कहा? बुरा? मुझे? नहीं रे, उसमें बुरा क्या मानना? मैं हूँ ही ऐसा। देखो ना, अब अगर मेरे जूते टूटे ना होते, तो मुझे पाँव में ठोकर न लगती और ठोकर न लगती, तो मेरी शर्ट गन्दी न होती और अगर शर्ट गन्दी ना होती, फिर तो मेरी बेटी दौड़कर मुझे गले लग ही जाती ना? बाय द वे, मेरी शर्ट तो हमेशा गन्दी ही होती रहती है। चलो छोड़ो, ये सब बात...

ससुरी यह धूप भी बहुत तेज़ है ना आज? आप जानते हो, बाल सफ़ेद होने से सूरज का डायरेक्ट रिश्ता है? सूरज की ज़ालिम किरणें, हमारी उम्र की तरह...ज़ुल्फों में रोज़-रोज़ आहिस्ता से घुलती रहती है और बाल एक के बाद एक थक के पक जाते हैं।

हँ...क्या मिसरा आया है–'आईने में देखूँ तो...' दाल दादा, दाल दादा, दाल दादा, दाल दा...यह 'रमल मुसम्मन सालेम' बहर एक दिन मेरी जान ही ले के रहेगी। पर है कमाल की बहर, सिर चकरा जाये। ऐसी बहर...बहर मतलब कि छन्द, शेर की ज़मीन। इस ज़मीन पर ग़ज़ल लिखना यूँ तो मेरे लिए मुश्किल नहीं मगर...अरे क्या बक रहा हूँ मैं? सॉरी सॉरी, माफ़ करना। आप मौजूद हो उसका मुझे ख़याल नहीं रहा। आहा, एक शेर उतर आया है :

'ख़याल आते ही आँखों में छा जाना,
ख़याल जाते ही ख़्वाबों में आ जाना।'

अरे ना ना हुज़ूर...आप यूँ ही ख़ामखाँ तालियाँ मत बजाइए। यह तो बहुत कमज़ोर शेर है। मेरे अजीज़ दोस्त कहते हैं कि "तालियों की गूँज सुनते ही मैं सब कुछ भूल जाता हूँ।" हाँ, मैं इस मामले में मतलबी हूँ। लेकिन दोस्तों के ये ताने सुनकर अक्सर मैं जज़्बाती हो जाता हूँ। साँस रुकने लगती है। मेरे गले में बहुत सारे काँच के टुकड़े चुभने लगते हैं।

काँच...काँच...हरे, लाल, पीले, नीले, काले छपे हुए अक्षर जैसे काँच हलक में अटक गये हों, ऐसा लगता है। फिर मैं थूक दूँगा बाहर ज़ोर से। और फिर सिर्फ़ लाल काँच के टुकड़े ही गले से निकल पड़ेंगे। खून जैसे लाल लाल...और फिर उन्हें देखकर मेरे घर वाले सब घबरा जायेंगे।

मानो कि अब मैं ख़त्म। मेरा आख़िरी ज़ख़्म!

मगर, जाने दो ग़मगीन बातें, फ़िलहाल तो मेरी दो आँखें कैसे मज़े से बन्द हो गयी हैं.. हैं ना? ख़ुशनुमा ख़्वाब जैसीं। अरे यारों, आँखें बन्द रखने से ही सुखी रह सकते हो आप भी, मेरी तरह। सचमुच मुझे किसी की परवाह नहीं। मेरी ख़ुद की भी नहीं। तभी तो मेरे यार-दोस्त कहते हैं, "मैं मतलबी, बेमुरव्वत इन्सान हूँ।" ठीक है, कहने दो। मैं शायर बदनाम! और क्या?

इसीलिए कहता हूँ, उन सब लोगों से आँख फेर लेने के बजाये आँखें बन्द रखना ही अच्छा है। आँखें बन्द होने से बदन पर धूप आये फिर भी ठंडक का एहसास होता है। फिर तरह-तरह के तिलस्मी ख़यालात आते हैं। तमाम तसव्वुर, कई कल्पनाएँ सूझती हैं। सारी की सारी ग़ज़लें नज़र के सामने तैरने लगती हैं और कद्रदानों की तालियाँ गूँजती है। वाह, लज़िज लज्ज़त यानी कि मतलबी मज़ा–सा आ जाता है। एक्सक्यूज़ मी, आपको एतराज़ ना हो, तो मैं ज़रा खुजला लूँ? ऐसे खुले में खुजलाने से देखने वालों को अजीब लगता है ना? लगता है, तो लगने दो।

अरे, आप जानते हो कि ज़िन्दगी में मेरा सबसे बड़ा अरमान क्या था? मैं जब 16 बरस का था, तक़रीबन...तब एक ही ख़्वाहिश थी बस ज़िन्दगी में 4-5 बेवफ़ा प्रियतमा मिल जाये और उनकी बेवफ़ाई पर मैं ढेर सारे शेर लिख डालूँ। लेकिन, हुआ यूँ कि साली कोई बेवफ़ा होने को तैयार ही नहीं थी! सबने दिल से मोहब्बत की, बेरहम साली शरीफ़ लड़कियाँ! आख़िरकार तंग आकर मैंने ही बेवफ़ा बन गया। अच्छा लग रहा है ना? यह सब अंगत रंगत सुनकर? लगेगा ही। पता नहीं पर आज यूँ ही सब अन्दरूनी अंगत बातें अपने आप बाहर निकल रही हैं और फिर ऊपर से आज माहौल भी ख़ुशनुमा है। ऐसा लगता है, जैसे हम हूरों के दरबार में बैठे हैं।

दूर की वह हूर और पास में सुरूर।

मगर फिर भी, इस बेनाम बेमतलब की ख़ुशियों में भीतर ही भीतर कुछ खल रहा है। यह आनन्द, अननेचुरल लग रहा है। मेरी ये बेपरवाह बातें, बातों का लहज़ा और बातो-बातों में तुकबन्दी।

आप जानते हो, सबसे बड़ा छल कौन-सा है?–तुकबन्दी!

दो शब्दों का एक-दूजे से मेल हो जाये और तुकबन्दी तैयार। मगर कभी भी दो इन्सानों में किसी क़िस्म का मेल होता है? हालाँकि, तुकबन्दी की कला को तो मैंने जैसे रखैल बना के रखा है। हर बात में तुकबन्दी, हर शेर में तुकबन्दी, फिर वही वाह–वाही और तालियाँ...आप मानेंगे नहीं पर मैं पहले–से ऐसा बकबक करने वाला पगलैट सनकी नहीं था। कुछ हादसों ने मुझे ऐसा बना दिया है।

ऐसा मतलब, ऐसा। एक क़िस्म का दीवाना, आवारा, बेपरवाह।

वो सब छोड़ो। एक रोमांचक क़िस्सा सुनाऊँ? ना, ना, डरो मत। इश्क़-विश्क की रुमानी रोती बातें नहीं करनी मुझे। वैसी बातें तो मैं 20 मात्राओं के मिसरों में यूँ लिख देता हूँ। फ़िलहाल तो मेरी बन्द आँखों के सामने नशे में जो दृश्य घूम रहे हैं, उन्हें देखो। उनमें है– लाल रंग का टुकड़ा। ख़ूनी लाल रंग को मैंने ज़िन्दा हालात में कब देखा, पता है?

उस दिन हमारे गाँव में कोई त्योहार था। शाम को मैं बाहर घूमने निकला था। आज की ही तरह उस दिन भी मैं दो घूंट लगाकर मस्ती में था, वहाँ सामने बहुत बड़ी भीड़ जमा थी। कोई जुलूस जैसा गुज़र रहा था। किसी कत्थई पत्थर के सामने बकरे की बलि होने जा रही थी। मैं पहली बार ऐसी किसी विचित्र घटना का सामना करने जा रहा था। तो दबे पाँव उस क़ाफ़िले के साथ हो लिया।

अरे हाँ, आपसे एक बात बतानी रह गयी। मेरी माँ मुस्लिम थी और बाप हिन्दू। मगर मेरे बापू भाग गये थे, अम्मी को छोड़कर। और बाद में अम्मी की आँखें ज़रीकाम करने में और अब्बा के इन्तज़ार में धुँधली होती गयीं। इसीलिए, मैं ख़ुदा से ख़फा था और ख़ुदा मुझसे। अम्मी बहुत समझाती थीं, मगर मैं मस्जिद में कभी नहीं गया और मन्दिर जाने की मुझमें हिम्मत नहीं थी।

हाँ, तो उस शाम को, वह जुलूस बकरे को लेकर जा रहा था। गाँव की सीमा के पार। भीड़ बिखरती रही। पर मैं धीरे-धीरे बकरे के पीछे चलता रहा।

आख़िरकार बाक़ी रह गये, हम तीन : बलि देने वाला, उसका बेटा और मैं। पीछे छूटे हुए क़ाफ़िले से ढोल और पखावज की आवाज़ें अब भी आ रही थीं। बकरा आगे जाने को तैयार न था। फिर उसे खींचकर वहाँ ले जाया गया। मुझमें तो अजब जिज्ञासा हो रही थी। शहर के लड़के जैसे छुप-छुप कर गाँव की लड़की को नहाते हुए देखते हों, वैसी जिज्ञासा।

लड़के पाँव पकड़े और मैंने सींग। बलि देने वाले ने चौड़ी तलवार उठाई और आँखें बन्द कीं। दो पल की ख़ामोशी, फिर एक ही झटके में उसने बकरे का सिर काट दिया। मेरे हाथों में बकरे का सिर। ख़ून वाला...लाल रंग के टुकड़े जैसा। पुजारी के हाथों में अब भी उछलता हुआ बकरे का शरीर। मशक वाला जैसे पानी छिड़कता है, वैसे पुजारी ने उस पत्थर पर खून छिड़का। कत्थई पत्थर जैसे ख़ून के रंग से आहिस्ता-आहिस्ता लाल होता गया। अगर आप सूरज को एक मिनट तक निहार के आँखें बन्द करेंगे, तो आपको भी ऐसा ही रंग दिखायी देगा–लाल।

देखो...आज अभी-अभी थोड़ा–सा ख़ून टपका है ना मेरे थूक से? उसका रंग भी लाल ही होता है। बकरा हो या इन्सान–लाल, लहू का रंग। सोरी हाँ, मैंने यह 'लहू-पुराण' बहुत लम्बा खींचा ना? इसकी वजह से मेरे घर वाले मुझ से चिढ़ते हैं, मेरी लम्बी-लम्बी बातें सुनकर और फिर मुझ पर पानी छिड़कने लगते हैं, और इसलिए ही जब कभी मेरे श्रोता तालियाँ बजाने के लिए हाथ उठाते हैं, तब मैं डर से सहम जाता हूँ कि ये लोग भी पानी मुझ पर छिड़केंगे क्या?

पर नहीं...जब मैं बोलने के लिए खड़ा होता हूँ, तब सब लोग शान्त हो जाते हैं। जैसे मेरी तिलस्मी दुनिया अब खुलने वाली हो। मेरी दुनिया का अर्थ क्या होता है? यूँ ही जीना, सोचना, लिखना, मिटाना, सुधार करना फिर से लिखना, फिर लिखे हुए को बोलना, तालियाँ सुनना, हाथ फैलाकर पुरस्कार लेना और मंच से निकलकर फिर से जाम में डूब जाना......जानते हैं, मेरे चाहने वाले, मेरे ख़यालों की जासूसी करते हैं? जी हाँ...लोग मेरे लिखे हुए शेर में मतलब ढूँढते हैं और मैं मतलब में शेर ढूँढता रहता हूँ। अरे, जासूसी का मतलब क्या होता है, पता है? तुम्हारे अस्तित्व को चीरती हुई नज़रें।

चलो, समझाता हूँ।

कल ही मैंने आईने में देखा कि मेरा चेहरा मेरे हालात बयाँ करता है। वो साला धुँधला सा आईना भी मेरी जासूसी करता है, तो मैंने बोतल फेंककर उस आईने को तोड़ दिया, फिर घर वालों ने हमेशा की तरह मुझ पर पानी छिड़का। आईने का काँच मेरे माथे पर लगा था। ख़ून निकला था। कमबख़्त फिर से वही लाल रंग। मुझ पर पानी छिड़का गया तो मुझे सर्दी–ज़ुकाम हो गये। ज़ुकाम की दवाई भी लाल रंग की! जैसे किराने के हिसाब की पेन भी लाल रंग की, मेरी बेटी ने जिस रिबन के लिए ज़िद की, वह रिबन भी लाल रंग की। मेरी बीवी की साड़ी भी लाल। मेरी कभी ना होने वाली महबूबा की शादी का जोड़ा भी लाल। अरे, मरियम आंटी के दारु के अड्डे पर शराब की बोतल का रंग भी लाल। मेरे हर दर्द का इलाज भी लाल।

उफ़्फ़...यह धूप, यह पसीना, कमर का दर्द , फिर से कौन छींटे उड़ा रहा है मुझ पर? और ये खट्टी और नमकीन हवा...मरे मुँह से लाल रंग...

हाँ, तो मैं क्या कर रहा था? हं...गालगागा, गालगागा...20 मात्रा...“ आईने में देखें, तो...”

समीर ‘बेदर्द’, उसका नाम।

समीर ने फुटपाथ पर आँखें खोलीं, पास की दीवार पर कोई अभी-अभी पेशाब करके जा चुका था। समीर ने दीवार का सहारा लिया और आहिस्ता-आहिस्ता खड़ा हुआ। उसके घुटने पर अभी ख़ून जमा नहीं था। शर्ट कन्धे के पास से थोड़ी फट गयी थी। सूरज माथे पर था। आस-पास देखकर उसने चप्पल ढूँढी, एक ही चप्पल मिली। जेब में हाथ डाला। एक रुपये का सिक्का हाथ में आया। उसे अच्छा लगा। दूसरी जेब में देखा, काग़ज़ का एक टुकड़ा था और बॉलपेन की आधी रीफिल बची थी। उसके पेंट के बटन भी ऊपर-नीचे लगे थे। उसने परवाह नहीं की। फुटपाथ की दीवार के सहारे वह धीरे-धीरे बस स्टॉप की ओर जाने लगा। लखनऊ की गलियों में शाम को मदमस्त होकर घूमते हुए आशिक़ की तरह वह भी कुछ गुनगुनाने लगा और घुटना सँभालकर फिर से गिरने से बचते हुए आगे बढ़ा। सामने मस्जिद की ओर देखा और फिर जैसे एक शिकायत की अदा से मुँह फेरकर रास्ता बदल लिया। उबड़खाबड़

सड़क की ज़मीन से ख़ुद को बचाकर, किसी नयी 'ज़मीन' पर कोई नया शेर सोचते हुए वह आगे बढ़ा।

समीर ने देखा कि सामने से उसकी 12 साल की बेटी हीना आ रही है, उसे ढूँढ़ने, वह ऐसी हालत में उससे मिलना नहीं चाहता था। उसने तुरन्त राह बदल दी। रास्ता क्रॉस करके सामने मस्जिद की ओर जाने लगा। मगर ऐसी हालत में भीतर जाने से पहले उसके क़दम रुक गये, मस्जिद के पीछे वाली गली में चला गया। पब्लिक नल पर हाथ-पाँव धो लिये और मस्जिद की दीवार के पास एक फ़क़ीर के क़रीब कोने में मुँह छिपाकर बैठ गया। बेटी, सामने से गुज़र गयी, अब समीर की साँस आयी, फिर वह मस्जिद की मीनार को देख मुस्कुराया और मन ही मन बोला :

'जो ख़ुद छिपा है उसने आज छिपाया है मुझे,
लगता है मेरी क़ैफ़ियत समझ में आ गयी है उसे।'

फिर जेब से काँपते हाथों से काग़ज़ का टुकड़ा और लाल रीफिल निकालकर, तुरन्त जन्मे हुए शेर को सँवारने लगा। हमेशा की तरह।

एक कवि 'क़ैफ़ियत' कुरेदता रहा....

मेरा मन–तेरा मन

एक ओर जुहू के समन्दर किनारे किसी फाइव स्टार होटल के स्विमिंग पूल में ख़ूबसूरत बदन तैर रहे थे, पर पास ही के टेबल पर बैठी एक लड़की के चेहरे के हाव-भाव डूब रहे थे। सामने एक हैंडसम लड़का मेनू पढ़ रहा था और लड़की उसे ग़ुस्से से देख रही थी। वह लड़की यानी तान्या ग़ुस्से में थी, इसलिए सुन्दर लग रही थी या वाकई सुन्दर थी, तय कर पाना मुश्किल था।

लड़के यानी मन्थन ने मुस्कुराकर मेन्यू बन्द किया और तान्या को निहारने लगा। तान्या ने ग़ुस्से में कहा, 'फिर एक बार मेरी शाम...', तभी मन्थन ने उसकी बात को काटते हुए कहा, 'बिगड़ गयी ना? सॉरी तान्या।'

"आज फ़ैशन शो छोड़कर आयी हूँ, तुमसे मिलने और तुम हो कि...तुम्हें पता है, मुझे यूँ आख़िरी मौके पर ऑर्गेनाइजर्स को मना करने में..."

"अच्छा नहीं लगा, यही ना?" मन्थन ने फिर से उसकी बात काटी।

"हाँ-हाँ.. ज़ाहिर है कि अच्छा नहीं लगा और प्लीज़, मुझे बीच में मत काटो और..."

"और तुम्हारा वाक्य पूरा ना करूँ... यही ना? ", मन्थन ने बात काटते हुए कहा।

तान्या ने कहा, "देखा फिर से! कितनी बार कहा है कि मेरी बात मुझे कहने दो। याद है, जब मैंने तुमसे पहली बार कहा था कि..."

"आई लव यू... तब भी मैंने ही तुम्हारा डायलॉग पूरा किया था ना? सॉरी मगर मैं क्या करूँ?" मन्थन बोल पड़ा

तान्या चुपचाप मन्थन को देखने लगती है। मन्थन शरमाकर बोला, "यार,

ऐसे मत देखो। तुम्हें पता है ना कि मैं 'माइंड रीडर' हूँ। लोगों के मन की बात पढ़ना मेरा पेशा है। इसीलिये तो लोग मुझे बुलाते हैं, ढेर सारे पैसे देते हैं!"

जी हाँ, मन्थन मुम्बई का नम्बर वन 'माइंड–रीडर' है। इसीलिए, तो तान्या उससे प्यार करती है। कुछ महीनों पहले एक फ़ैशन शो में जब तान्या छोटा–सा सेक्सी ड्रेस पहने रैंप पर चलने वाली थी तो बड़ी नर्वस थी। तब मन्थन ने पास जाकर कहा था, "तुम्हें हाई हील्स की वजह से चलने में डर लगता है न? निकाल दो। वरना रैंप वॉक में गिर जाओगी।"

तब तान्या को लगा था कि एक लड़का बहाना ढूँढ़कर फ्लर्ट कर रहा है। मगर कुछ देर बाद जब तान्या हाई हील्स पहने रैंप पर मचल के चल रही थी, तब सच में अचानक बैलेंस बिगड़ गया, वह गिरने लगी। ऑडियंस साँस रोककर लगभग खड़ी हो गयी और उतने में मन्थन ने बाँहों में उठा लिया... पल दो पल व उसे देखती ही रह गयी, इस तरह वह गिरते-गिरते बच गयी या बचते बचते प्यार में गिरी!

तब से तान्या-मन्थन की लव स्टोरी उस हाई हील के सैंडल वाली चाल की तरह हिलती-डुलती रहती है। दोनों लड़ते हैं। झगड़ा करते हैं और फिर बार बार मिलते रहते हैं।

जैसे कि आज।

पर इस बार तान्या ने ज़रा तुनककर कहा, "हाँ, हाँ, तू होगा बड़ा ज्योतिषी, माइंड रीडर, मेंटालिस्ट। मगर एक प्रेमी के रूप में महा बोर है। कुछ कहने ही नहीं देता। मैं जो भी कहना चाहती हूँ, पढ़ लेता है। हमारे प्यार में सब कुछ है, पर..."

"सरप्राइज़ नहीं है, यही ना? 'मन्थन ने फिर से उसे काटकर कहा, 'चलो, अब पिज्ज़ा ऑर्डर कर दो।" तान्या ने मेन्यू पटकते कहा, "अब मुझे क्या खाना है, वह मैं तय करूँगी, ओके?"

इतने में एक सुन्दर–सी वेट्रेस आयी, उनसे दोनों की ओर बारी-बारी देखकर पूछा, "ऑर्डर, प्लीज़?"

तान्या ने मन्थन पर तंज़ कसते हुए कहा, "चलो, अब इसे भी दिखा दो कि तुम माइंड–रीडर हो, दिखा दो सैंपल..."

अब मन्थन कुछ कहे, उससे पहले ही वेट्रेस बोली, "अरे, पता है मुझे। सर पहली बार आये थे, तब मुझे नाम से पुकार कर कहा था : 'हाय चैताली, मुझे देखकर टिप की फ़िक्र हो रही है ना? मगर मैं ज़्यादा टिप दूँगा!' मैम, जीनियस है मन्थन जी!"

यह सुनकर तान्या हैरान रह गयी। मन्थन विजयी मुस्कुराहट के साथ बोला, "यह मेरी यादगार जगह है! नॉर्मली, जब कोई लड़की मुझे छोड़ने वाली होती है, तब उसकी लात खाने मैं यहीं आता हूँ।"

तान्या ने आश्चर्य से पूछा, "लात खाने?"

मन्थन ने कहा, "हाँ, और साथ में नूडल्स भी। 'फिर वेट्रेस से कहा', चैताली, नूडल्स मेरे लिए, मैडम के लिए पिज्ज़ा और दोनों के लिए ब्लैक कॉफ़ी।"

तान्या ने भड़ककर कहा, "मेरा ऑर्डर मैं दूँगी, ओके? "

मन्थन ने फिर से ऑर्डर दोहराया, "पिज्ज़ा और ब्लैक कॉफ़ी।" तान्या ने वेट्रेस को देखकर कहा, "तुम जानती हो कि इसने मेरा मन पढ़ लिया है, तो खड़ी क्यों हो? जाओ और लाओ!"

वेट्रेस हँसी रोककर चली गयी, फिर तान्या अपनी सुन्दर आँखें छोटी करके बोली, "हाँ तो मि. माइन्ड–रीडर, तुम्हें तो पता चल ही गया होगा कि मैं तुम्हें छोड़कर जाने वाली हूँ?

मन्थन ने बड़ी सहजता से कहा, " हाँ, बिल्कुल सिंपल!"

"मतलब कि अभी यहाँ 15 मिनट में पता चला?"तान्या ने हैरानी से पूछा।

"नहीं, 15 मिनट और 20 सेकंड्स में। जिस दिन ऐसा होने वाला होता है, उसके छः महीने पहले ही मुझे अन्दाज़ा हो जाता है।"

"मगर छः महीने पहले ही हमें प्यार हुआ था।"

मन्थन मुस्कुराया, तान्या समझ नहीं पा रही थी कि मन्थन मज़ाक़ कर रहा है या सीरियस है।

"प्लीज़ तान्या, ऐसे मुझे छोड़कर मत जाओ। 'मन्थन ने आँखों में झाँककर कहा,

'तान्या, आई लव यू, मैं क्या करूँ? लोगों के मन पढ़ना मेरी आदत है। तुम्हें पता है, इसी वजह से मेरा बचपन भी कितना बुरा बीता?"

तान्या ने पूछा, "कितना?"

"क्या कहूँ? पापा गणित सिखाते वक़्त थप्पड़ लगाने जैसे ही हाथ उठाने वाले होते थे कि 30 सेकन्ड पहले पता चल जाता और थप्पड़ से पहले ही झुक जाता। पापा का हाथ कॉफ़ी के कप से टकरा जाता और ख़ून निकलता। फिर वह ज़्यादा ग़ुस्सा करते। अरे, मैंने जिस लड़की को पहली बार किस किया था, मैंने उससे पहले से ही कह दिया था कि अब तुम्हारे होंठ खुलेंगे, तुम पास आओगी। किस करने के बाद, थोड़ा रोओगी और घर जाकर तुम्हें पछतावा होगा और तुम भगवान के सामने' मन्थन ने लम्बी साँस लेते हुए आगे कहा, 'जानती हो, तान्या? किस के बाद वह सीधी सादी लड़की फ़ौरन चली गयी। फिर कभी नहीं मिली। आज तक कुँवारी है और उस एक किस के पश्चाताप की मारी रोज़ मन्दिर जाती है!"

तान्या को समझ में नहीं आया कि हँसे या रोये। उतने में वेट्रेस, ऑर्डर ले आयी।

मन्थन ने फिर से शुरू किया," आम तौर पर लड़कियाँ लड़कों का मन पढ़ लेती हैं, मगर मैं अपवाद हूँ। मेरी लास्ट गर्लफ्रेंड के मम्मी-पापा को शादी के लिए मिलने गया, तब उसके पापा से कह दिया कि सर, अपनी बेटी के होने वाले पति के सामने बैठकर अपनी सेक्सी सेक्रेटरी के बारे में सोचना शोभा नहीं देता। बस, इतनी सी बात पर रिश्ता ख़त्म!"

तान्या ने पिज़्ज़ा चखते हुए कहा, "मतलब कि लड़की के बाप ने शादी के लिए मना कर दिया?"

"अरे उस लड़की के बाप की शादी टूट गयी। लड़की की माँ, मेरी बात सुनकर उसे छोड़कर चली गयी। मेरी शादी की तो बात भी नहीं आयी...छोड़ो वो सब...अरे अरे सँभालो, तान्या कॉफ़ी से जल जाओगी।"

और तान्या के गले में कॉफ़ी अटक गयी। सचमुच उसका मुँह जल गया। उसने सिसकी लेते कहा, "इडियट, पहले कहना चाहिए ना...जीभ जल गयी, स्टुपिड... आहऽऽ... हर बार..."

"ऐसे ही झटके देता हूँ, यही ना?"

इस बार तान्या ग़ुस्से से फट गयी, "इनफ। एक बार...सिर्फ़ एक बार प्लीज़ मुझे बात पूरी करने दो, हमारे रिलेशनशिप में आज तक मैं एक पूरा

वाक्य नहीं बोल पायी, अब जब ये अफ़ेयर टूट रहा है, तब तो कम-से-कम एक बात पूरी बोलने दो! आख़िरी रिक्वेस्ट है।"

मन्थन ख़ामोश हो गया। उसने सोचा कि वह दुनिया का एकमात्र पुरुष होगा, जिसके आगे स्त्रियाँ ख़ामोश हो जाती हैं और इसलिए सारी लड़कियाँ भाग जाती हैं!

"थैंक यू, ऐसे दो मिनट के मौन के लिये! देखो, मैं तुमसे क्या कहना चाहती थी, वही भूल गयी।" क्रोध में तान्या तिलमिला गयी।

"मैं बता दूँ? ऐसे ही शादी के बाद अगर मैं कहता रहूँगा, तो..."

"यस तो हमारी शादीशुदा लाइफ़..."

"कितनी बोरिंग होगी, यही ना?" मन्थन ने बात पूरी की।

"प्लीज़, इनफ़ इज़ इनफ़, एक भी बात मत करो." तान्या देखती रही.

"ओके...फिर बात करके या काट के क्या फ़ायदा? जब तुम मुझे ऑलरेडी इतनी..."

"नफ़रत करती हूँ! यस! अब तुम्हें समझ में आया ना, श्री श्री मिस्टर माइंड रीडर? मेरे दोस्तों के सामने तुमने डिनर खाने से पहले ही कह दिया था कि 'इतने कच्चे और भयंकर छोले तुम्हें किसने सिखाये?' सब खाना खाये बगैर निकल गये थे। कितनी इन्सल्ट हुई थी मेरी। तुम्हारे साथ लगता है कि जीवन का 'एग्जाम पेपर' ही लीक हो गया है, हमेशा के लिए।"

तभी अचानक वेट्रेस से मन्थन ने कहा, "एक्सक्यूज़ मी, एक बड़ा नैपकिन या टॉवेल लाओगी?

"अब नैपकिन? किसके लिए?" तान्या ने पूछा।

मन्थन ने हँसकर कहा, "थोड़ी देर हमें पता चल जायेगा। एनीवे, तान्या क्या कहूँ? मेरी ये असाधारण शक्ति की वजह से मेरे पास कोई दोस्त नहीं रहा। एक दोस्त हनीमून के लिए निकल रहा था। मैंने उसकी वाइफ़ से कहा, भाभी जी, वायग्रा साथ में रखना। तब से उस दोस्त ने रिश्ता ही ख़त्म कर दिया। सच्चे लोगों का ज़माना ही नहीं। अकेला पड़ गया हूँ।"

तान्या बोली, "उसमें नया क्या है? एक्चुअली, थैंक्स मन्थन। तुमने मुझे सिखाया कि नफ़रत शब्द का सच्चा मतलब क्या होता है? आई हेट यू, जैसे पपी लव होता है, वैसे ही पपी–हेट की फीलिंग मुझे आती है। एक पैशन, कशिश से तुम्हें नफ़रत करती हूँ।"

"हाँ, इसमें नया क्या कहा? देखो, अब 15 मिनट और 20 सेकंड्स हो गये।"

तान्या घड़ी देखकर चीख़ी, "ओह गॉड!" और फिर नूडल्स की प्लेट की ओर देखा। मन्थन ने तुरन्त कहा, "देखो-देखो यह...यह प्लेट फेंकना मत, तुम चूक जाओगी।" उतने में तान्या ने प्लेट मन्थन की ओर फेंकी। मन्थन झुक गया। प्लेट स्विमिंग पूल में जा गिरी। तान्या और भड़क उठी। "आ..आ..आ ऽऽऽऽऽऽ" चिल्लाकर गिलास उठाया और मन्थन पर पानी फेंका। उसी वक़्त वेट्रेस ने मन्थन को टॉवेल लाकर दिया। मन्थन ने कहा, "देखा, इसलिए अडवांस में टॉवेल मँगवाया था।"

तान्या से अब सहा नहीं गया। आँखें मूँदकर दो पल बैठी रही और कहा, "ओके। इट्स ओवर, गुड बाय, मन्थन। अब पूरी ज़िन्दगी लोगों के मन पढ़ते रहना। दिल पढ़ना तुम्हारा काम नहीं! 'तान्या ने वेट्रेस से कहा,' एक्सक्यूज़ मी, आप..."

"बिल दे दूँ?..." वेट्रेस ने पूछा

तान्या ने झल्लाते हुए कहा, "शट अप! कम-से-कम तुम तो मुझे कहने दो कि बिल दे दो! मुझे कहने दो, ओके? साला, कोई कुछ कहने ही नहीं देता मुझे, तुम भी माइंड रीडर हो? एनीवे, बिल दो, मगर पेमेंट करेगा ये माइन्ड रीडर!"

मन्थन उसे देखता रहा।

तान्या ने पूछा, "तुम्हें तो यह भी पता होगा ना, पहले से?" और फिर वह ग़ुस्से में चली गयी। मन्थन पीछे देखे बिना ही चिल्लाया, "तान्या, स्टेप पर से सम्हालकर उतरना।" और धड़ाम से गिरने की आवाज़ आयी।

बराबर 6 महीने पहले इसी तरह मन्थन की बाँहों में गिरकर ही तान्या को प्यार मिला था और आज?

कुछ देर बाद मन्थन ने वेट्रेस से कहा, "अच्छी लड़की थी।...तान्या, बहुत प्यार करती थी।"

वेट्रेस ने कहा, "पागल हो तुम? अब तक दर्जन लड़कियाँ तुम्हें छोड़कर गयी हैं। वो सब मैंने देखा है, मगर उन सब में यह सबसे ज़्यादा बुरी थी।"

"नहीं, यह मेरा लास्ट चांस था शादी का... शायद अब कभी किसी से..." मन्थन ने सिर पकड़ लिया।

वेट्रेस ने उसका हाथ सिर से हटाते हुए कहा, "मिलेगा, तुम्हें प्यार मिलेगा। होगी कोई सुन्दर, मस्त लड़की, जो तुम्हारे आस-पास ही होगी। तुम उसका मन पढ़कर पिज्ज़ा का ऑर्डर दोगे, तो उसे अच्छा लगेगा।"

मन्थन ने हँसकर कहा, "अच्छा? क्या तुम...?"

वेट्रेस ने कहा, "नो, मैं ज्योतिषी या माइंड रीडर नहीं हूँ। यूँ ही इस पल मुझे दिल से लगा कि तुम्हें..." कहते हुए वेट्रेस चैताली, मन्थन पर झुक गयी और उसके होंठ पर किस करने लगी। एक गगन से भी गहरी लम्बी किस, मन्थन ने कुछ देर बाद ताज्जुब से कहा, "ओह नो... इस बार मुझे पता तक नहीं चला कि..."

"कि ऐसी सरप्राइज़ मिलेगी, यही ना?", इस बार चैताली ने उसे काटा,

मन्थन ने बोला, "पहली बार मुझे पहले से पता क्यों नहीं चला?"

"...क्योंकि प्यार का मतलब ही सरप्राइज़ है। माइंड रीडर!"

मन्थन ने पूछना चाहा, "मगर अभी तो तुमने मेरी..."

"बात भी पूरी कर दी। सॉरी, उसका तुम्हें..."

"ऐतराज़? नहीं, नहीं, ज़रा सा भी नहीं। मगर अब आगे क्या होगा? '' मन्थन बोला।

फिर अचानक दोनों एक साथ बोले, "पता नहीं!"

चैताली ने हाथ थामकर कहा, "हैपी? ख़ुश?" मन्थन ने भी उसका हाथ थाम लिया, "यस लव्ड इट और देखना। अभी तान्या वापस आकर मुझे सॉरी कहेगी।"

मन्थन ने पीछे मुड़कर देखा। चैताली ने फिर से पास आकर उसे गले लगा लिया और मन्थन की आँखें चूमने लगी।

...और तान्या पीछे खड़ी-खड़ी देखती रह गयी।

बहुत सूना-सूना लगता है

ऐसा नहीं था कि देश में रातों-रात नोटबन्दी आयी, उससे पहले भरत और छाया के जीवन में सब कुछ बढ़िया चल रहा था। पीतमपुर के दूर-दराज़ इलाक़े में वन बेडरूम-हॉल-किचन का घर था, जिसकी दीवारों से रंग की परतें उनकी शादीशुदा उबाऊ ज़िन्दगी की तरह बेरंग सी रह गयी थी। उन ऊबड़खाबड़ दीवारों पर कई चेहरों के प्राणिओं के चित्र नज़र आते थे। छाया, दीवारों के उन चाक से बनाये हुए उन चित्रों से चुपके-चुपके बातें करती रहती थी। घण्टों तक, बेतरतीब, बेमतलब। अब छाया क्या-क्या बातें करती रहती थी, यह न तो भरत को समझ में आती थी, न ही उसकी ननद बेला की। 19 साल की बेला भी तो चुपके-चुपके किसीसे बातें करती थी-अपने मोबाइल में। हालाँकि, बातें तो भरत भी करता था, मगर नींद में। उसकी आँखें अधखुली रहती और वह फैक्ट्री के फोरमैन भोला को वह हर रोज़ गालियाँ बकता रहता था। उन गालियों की वजह छाया की समझ में न आतीं। मगर भरत के खर्राटे और गालियों की वजह से उसे रात के अँधेरे में दीवार पर बने चाक से बने हुए वो चित्र, उन में छीपे चेहरे ज़्यादा डरावने लगने लगते। उन चेहरों को देखते देखते वह सोने की कोशिश करती, तब भरत का भारी हाथ उसके धड़कते सीने पर आ पहुँचता। छाया उसे मना कर के दूर सरक जाती। भरत गालियाँ देकर उसे पास खींच लेता। फिर दीवार पर बने वो चित्र वो चेहरे, छाया और भरत के हाँफते हुए शरीरों को देखते रहते-हर रोज़, हर रात...

फिर सुबह होती, बेला कॉलेज चली जाती, भरत टिफिन उठाये फैक्ट्री निकल पड़ता। और फिर छाया पूरे घर में अकेली रह जाती। बहुत सूनापन महसूस होता, मगर क्या कर सकती थी? वह कभी भीमपुरा गाँव में रहते अपने

मम्मी-पापा से बात कर लेती, कभी मोबाइल फ़ोन पर वॉट्सऐप में आए हुए मन्त्र-तन्त्र के टोटके पढ़ लेती। 'घर में शान्ति के लिए चार लौंग चार रास्ते पर रख आइये' जैसे तरह-तरह के मैसेज वह पढ़ती रहती। कभी सोसाइटी के वॉचमैन से माँग कर सस्ती वाली पॉकेट बुक पढ़ती। 'ख़ूनी दरिन्दे की रखैल' जैसी नॉवेल से शृंगारिक वर्णन पढ़कर मन बहलाने की कोशिश करती। "विक्रम ने सुलु के ब्लाउज़ में हाथ डाला और..." जैसे भीगे-भीगे वर्णन भी अब उसे फ़ीके लगते थे। फिर भी पास के हाइ–वे से भागते ट्रक की तरह मन यहाँ-वहाँ रहता। दोपहर तक वह छत को ताकते हुए यूँ ही लेटी रहती।

4:00 बजे बेला कॉलेज से वापस आती, तब छाया को थोड़ा अच्छा महसूस होता था। दोनों पास बैठकर तरह-तरह की बातें करतीं। कॉलेज में क्या-क्या नये फ़ेस्टिवल हो रहे हैं, लड़के कैसी गन्दी-गन्दी बातें करते हैं, कौन सा अध्यापक पेपर लीक करते पकड़ा गया...वग़ैरह-वग़ैरह। आजकल बेला उसे विदेशी हॉरर फ़िल्में दिखाती है, सेल फ़ोन पर। दोनों एक-दूसरे का हाथ थामे, डरते हुए भयानक दृश्य देखते रहते हैं। इन सब में कब शाम हो जाती है, पता ही नहीं चलता।

शाम को फिर वही उदासी और दीवार पर बने हुए चित्रों का उभरना।

शाम ढले फ़ोन पर गाने सुनते-सुनते छाया खाना पकाती और बेला नीचे टहलने जाती। छाया को पता है कि बेला पीछे वाले मोहल्ले में किसी मयंक से मिलने जाती है। मयंक शादीशुदा है और उसकी पत्नी दूर टाटानगर में रहती है। छाया ने पिछले हफ्ते ही मयंक और बेला को सीढ़ियों के नीचे किस करते देख लिया था, मगर उसने कुछ नहीं कहा। वह देर तक उन्हें किस करते हुए बस देखती रही। पता नहीं क्यों?

छाया को ख़ुद को अपना यह अजीब बर्ताव समझ में नहीं आ रहा था। उसे भरत को बेला के इस कांड के बारे में बता देना चाहिए था, मगर उसने नहीं बताया। उसने बेला को समझाया तो बेला ने कहा, "मैं सब समझती हूँ, मगर ख़ुद को रोक नहीं पाती।" छाया ने उसकी आँखों में एक आदिम चमक देखी। वह चमक, जो उसकी अपनी आँखों से खो गयी थी।

"भाभी प्लीज़, यह हम दोंनो का सीक्रेट है, ओके?" कहते हुए बेला ने छाया को पास खींचकर उसके गाल पर किस किया। बहुत दिनों के बाद

छाया के बदन में कँपकँपी हुई, फिर बेला ने छाया को अपनी गोद में लेटाया और उसके सिर पर हाथ फेरते हुए कहा, "भाभी, जल्दी-जल्दी बच्चा पैदा कर लो, मूड ठीक हो जायेगा।" छाया शून्य मन से दीवार पर बने चेहरों की ओर देखती रही। वे चेहरे मानो मना कर रहे थे। छाया ने सिर हिलाकर मना किया। बेला कुछ कहे, इससे पहले उसके मोबाइल पर मयंक ने कोई वीडियो भेजा और बेला उसे देखने लगी। कोई चटपटा वीडियो। छाया भी उस वीडियो क्लिप को देखते हुए खो गयी।

अचानक धड़ाम से दरवाज़ा खुला।

थका हुआ भरत घर में धम्म से घुस आया। छाया और बेला दोनों चौकन्ने हो गये। छाया ने भरत से टिफिन लिया। भरत ने भगवान की फ़ोटो को नमन किया और बाथरूम की ओर जाने लगा। उसने एक नज़र बेला पर डाली और कहा, "सारा दिन फ़ोन पर? बार-बार रिचार्ज नहीं करवाऊँगा, हाँ। किसके फ़ोन आते हैं रात-दिन तुम्हें?" बेला ने चुपचाप नज़रें झुका लीं। भरत ने छाया की ओर देखकर कहा–"ख़याल रखा कर, जवान लड़की है घर में।"

बेडरूम की लाइट बन्द हुई। भरत थककर लेटा हुआ कुछ बड़बड़ा रहा था। छाया ने उसके सिर पर हाथ फेरते हुए सोचा कि वह बेला के बारे में सब कुछ बता दे। मगर जैसे ही उसने कहा कि "मुझे कुछ कहना है", भरत ने हँस कर उसके कान चूमते हुए कहा, "बच्चा चाहिए ना तुझे?"

"नहीं, वह बात नहीं...."

"अब रहने दे, सारा दिन तू मोबाइल में क्या खोजती रहती है, मुझे सब पता है।"

भरत ने छाया को अपने पास खींचा। छाया के पास कोई चारा न था। वह रात भी वैसे ही बीती। दीवार पर बेने वो चेहरें दोनों को हाँफते हुए देखते रहे और छाया दीवार के चित्रों को देखती रही। चाक से बने चिड़िया-घोड़ा-हाथी के चित्र। फिर यूँ लगा कि अचानक वे चित्र जीवन्त हो उठे और दीवारों पर नाचने लगे...और दीवारों से निकल कर उड़ते हुए छाया की ओर आने लगे। उन चित्रों से लहू टपक रहा था। उन्हें देख कर छाया चिल्लाई, मगर उसकी आवाज़ गले में ही मानों अटक गयी। ख़ून से लथपथ घोड़ा-हाथी-चिड़िया उसके सफ़ेद नग्न सीने पर नाचने लगे। छाया ख़ामोशी से उन्हें देखती रही।

कुछ भी न कर सकी। ऐसे में, कहीं दूर से बच्चे के रोने की तीक्ष्ण आवाज़ सुनाई दी। डर के मारे छाया ने आँखें बन्द कर लीं।

वह शिशु रुदन की रुग्ण आवाज़ धीरे-धीरे शान्त हो गयी।

अगले दिन छाया को बुखार आया। दोपहर में बेला कॉलेज से लौटी, तब छाया ने कल रात के सपने के बारे में बताया, बेला हँसने लगी। बेला ने फिर से बच्चे वाली बात निकाली। छाया ने फ़ीकी मुस्कुराहट के साथ कहा, "आजकल तुम्हारे भैया बहुत जल्दी थक जाते हैं।" अब बेला और छाया दोनों हँसने लगे। फिर बेला ने उसकी और मयंक की प्रेम लीला के रंगीन क़िस्से विस्तार से सुनाने शुरू किये। रात की अधपकी नींद और चित्रों के सपनों का बोझ जैसे छाया के सीने से उतर रहा था। बेला उससे लिपट कर बातें कर रही थी, इसलिए ग़रमाहट भी महसूस हो रही थी।

छाया का मन किया कि बेला इसी तरह हाथ थाम कर बातें करती रहे, वरना फिर से वह घोड़ा-हाथी-चिड़िया उसके नग्न सीने पर चढ़ बैठेंगे। छाया ने दीवार की ओर देखा, चाक से बने वे लाल-पीले चित्र आज शान्त और बुझे-बुझे से लग रहे थे। बेला के मोबाइल पर फिर से कोई नयी वीडियो क्लिप आयी थी।

छाया ने बेला को रोकते हुए कहा, "बेला, अब सब हाँ, वह शादीशुदा आदमी है।"

बेला चुप हो गयी। छाया चाय बनाने चली गयी। चाय का पानी उबल रहा था। बगल वाले मकान से ड्रिलिंग की तेज़ आवाज़ आ रही थी। अचानक किसी ने पीछे से आकर छाया के कन्धे पर हाथ रखा।

वह चौंक गयी। पीछे मुड़ी। पर वहाँ कोई न था। दूर एक बच्चे की आवाज़ आ रही थी।

उस रात भरत जल्दी आकर सो गया। छाया नॉवेल पढ़ कर सोने की कोशिश कर रही थी। नींद न आयी, इसलिए वह बाहर गयी। बेला हमेशा की तरह मोबाइल से चिपकी हुई थी। मयंक ने उसे कोई सेक्सी वीडियो भेजा था। छाया भी पास बैठकर वह वीडियो देखने लगी। अचानक दूसरा वीडियो आया। उसे देख बेला काँप गयी। छाया भी डर गयी कि कहीं मयंक ने उसे ब्लैकमेल किया तो? इतने में अचानक भरत उठकर वहाँ आया। बेला के हाथ

से फ़ोन छीन लिया। बेला और छाया दोनों को थप्पड़ जमा दिये। अगले दिन से छाया और बेला के मोबाइल फ़ोन भरत ने छीन लिए। बेला का कॉलेज जाना भी बन्द। भरत ने छाया को चेतावनी दी, "अगर बेला ने घर के बाहर क़दम रखा, तो मैं तुम दोनों पर कैरोसिन छिड़ककर जला दूँगा।" भरत ने अपनी फैक्ट्री के गुंडे फॉरमैन पंचाल को भेजकर उस मयंक का मोबाइल और उसकी हड्डियाँ दोनों तुड़वा दिये। इस काम के लिए दो मुर्गी और एक बोतल का ख़र्चा हुआ।

अब छाया और बेला घर में चुपचाप बैठे रहते, मगर शाम को 5:00 बजे घर के लैंड-लाइन पर मयंक बिना भूले फ़ोन करता। बेला और मयंक थोड़ी बातें करते। बेला छाया से विनती करती कि मुझे एक बार बाहर जाने दो। छाया मना कर देती। बेला आत्महत्या की धमकी देती, फिर से फ़ोन बजता। फिर बेला फ़ोन पर सिसकियाँ भरने लगती। छाया यह सब देख न पाती, मगर वह बेबस थी। बेला ने दो-तीन बार बालकनी से कूदने की कोशिश भी की थी, मगर छाया ने उसे समझाकर बचा लिया था।

मगर तीसरे दिन हद हो गयी। हर घण्टे में लैंड-लाइन फ़ोन बजने लगा। छाया ने बेला को मयंक के साथ ज़्यादा बात करने से रोक दिया, लेकिन फ़ोन बजता रहा। अगर छाया फ़ोन उठाती, तो सामने से कोई कुछ न बोलता। छाया को पता था कि सामने मयंक ही है। एक बार, दो बार, तीन बार। ब्लैंक कॉल पर ब्लैंक कॉल। छाया भी डटी हुई थी। उसने कोई उत्तर ही नहीं दिया, बेला एक कोने में बैठ कर लाचारी से देख रही थी। दोपहर के दो बज गये। छाया ने रूठी हुई बेला को समझा-बुझाकर नहाने भेजा, तभी फिर से फ़ोन बज उठा। छाया ने फ़ोन उठाया। "हेलो, हेलो" किया, लेकिन इस बार भी सामने से कोई उत्तर नहीं मिला। 5 मिनट के बाद फिर से फ़ोन बजा। इस बार भी सामने से कोई उत्तर नहीं। और फिर फ़ोन आना बन्द हो गया।

शाम को बेला रो-रो कर, थककर सो गयी थी। भरत का आज ओवरटाइम था, इसलिए वह देर से आने वाला था। लगभग 8:00 बज रहे होंगे। बेचैनी से छाया का दम घुट रहा था। उसे ऐसा लग रहा था कि दीवारों पर बने चित्र आज उसे बार-बार देख रहे हों। तभी अचानक फ़ोन बजा। छाया ने फ़ोन उठाया। सामने से कोई उत्तर नहीं आया। छाया ने फ़ोन रख दिया। फिर से रिंग बजने लगी।

अब छाया व्याकुल होकर ज़ोर से बोल उठी, "अरे भाई, बोलो न कौन हो तुम? मैं जानती हूँ तुम..."

सामने से एक बच्चे के रोने की आवाज़।

छाया काँप उठी। आवाज़ कुछ जानी-पहचानी सी थी: "मम्मी...बहुत सूना-सूना लगता है यहाँ। तुम आओ ना...बहुत सूना-सूना..."

छाया का बदन काँप उठा। वह दीपू की आवाज़ थी। उसने दीवार के सामने देखा, दीपू के बनाये हुए हाथी-घोड़ा-चिड़िया डोल रहे थे। वो चित्र दीपू ने ही तो बनाये थे!

खिड़की के बाहर दूर अँधेरे में दीपू का चेहरा मानो उसे पुकार रहा था। दीवार के चेहरों में दीपू की आँखें दिखाई दे रही थीं।

फ़ोन पर दीपू लगातार बोले जा रहा था, "मम्मी यहाँ सब अंग्रेज़ी में बातें करते हैं, कुछ भी समझ नहीं आता। बहुत सूना-सूना लगता है...तुम आओ ना..."

छाया को एहसास हुआ कि दीपू सचमुच वापस आ गया है, आस-पास ही कहीं पर है। यह झूठ है कि 6 महीने पहले चौथी मंज़िल पर चलती के.जी. की क्लास में लगी आग में दीपू जल कर राख हो गया था। हाँ, झूठ है यह बात। छाया के कान में 'सूना-सूना लग रहा है' शब्द और रोने की आवाज़ गूँजने लगी। उसने बालकनी का दरवाज़ा खोल दिया। सामने आसमान पर जैसे दीपू हाथ फैलाए उसे बुला रहा था, "आओ ना मम्मी...आ जाओ ना..." घनी अँधेरी रात में दीपू उसे बुलाता रहा। छाया का दिमाग़ काम नहीं कर रहा था। उसे बस दीपू के पास जाना था।

और फिर छाया ने दौड़कर दीपू की ओर जाने के लिए छलाँग लगा दी, तीसरी मंज़िल से। वह सड़क पर गिरी। सुनसान रास्ते पर एक ट्रक छाया के ऊपर से गुज़र गया। छाया के शव के पास ख़ून के पोखर में घोड़ा-हाथी-चिड़िया तैरते हुए रुक गये।

यहाँ ग़ज़ब की शान्ति छाई हुई है।

छाया दीपू को गले लगा कर बैठी है।

वह दीपू के गाल में हलके से अपने दाँत गाड़ देती है और दीपू के गाल से रक्त टपकने लगता है, फिर वह रक्त दीपू के गालों में वापस चला जाता है। मगर छाया के दाँतों में रक्त की थोड़ी सी बूँदें रह जाती हैं।

छाया लोरी गाती है : 'आ री आजा, निंदिया तू ले चल कहीं, उड़नखटोले में, दूर, दूर, दूर, यहाँ से दूर...

वह फिर से दीपू को काटती है। दीपू का चेहरा ख़ून से लथपथ। पूरा चेहरा। छाया के दाँतों से लहू टपकता है और वह खिल-खिलाकर हँसती है।

मगर प्यार से, दुलार से। अब दोनों को बिल्कुल भी सूनापन नहीं लग रहा।

दूर वह चारे हाथी-घोड़े चीड़िया के चित्र लाल दाँतों से हँस रहे थे।

गोवा, 31 दिसम्बर की रात

मैं और मेरे दोस्त। 31 दिसम्बर गोवा का अंज़ुम बीच। 12:00 बजने के इन्तज़ार में हज़ारों चेहरे, आँखों में आने वाले वर्ष की उम्मीदें और रगों में ख़ुमार लिए घूम रहे थे। माहौल में मन्दाक्रान्ता छन्द की मादकता की तरह धीरे-धीरे बह रही थी। गरजते समन्दर के किनारे पर गोरे, काले, पीले, लाल शरीर का और एक समन्दर लहरा रहा था। देश-देश के, प्रान्त-प्रान्त के लोग ज़िन्दगी के मज़े लूटने, बल्कि छीनने बेतहाशा भटक रहे थे। फॉरेनर्स यहाँ की तीख़ी महक को एन्जॉय कर रहे थे। इंडियन्स उनके बिन्दास लहराते लचकते बदन को घूर-घूरकर निहार रहे थे। बीयर की बोतलें हवा में उछल रही थी और उसमें से निकलता झाग समन्दर के झाग से नज़रें मिला रहा था। सब इसी इन्तज़ार में उतावले हो रहे थे कि कब 12:00 बजे और नया वर्ष उनकी बदहाल ज़िन्दगी में कोई सनसनी या सरप्राइज़ लेकर आये।

हवा में गाँजे, चरस की बू, बँजारे की तरह यहाँ-वहाँ घूम रही थी। उतने में थिरकती-मचलती बेक़ाबू भीड़ को चीरते हुए एक यूरोपियन ग्रुप वहाँ आया। ग्रुप में तीन-चार गोरी लड़कियाँ और दो-तीन हैंडसम लड़के थे। ब्लू-टूथ स्पीकर पर वे कोई हिप-हॉप या रेव म्यूज़िक सुन रहे थे। उनमें से एक लड़की ने शॉल निकाल कर रेत पर बिछाया और वे सब उस पर बैठ गये। मगर जैसे ही वे लोग अपनी पार्टी शुरू करने लगे कि 4-5 दक्षिण भारतीय लड़के वहाँ आकर लड़कियों के साथ झगड़ा शुरू करने लगे। हमें दूर से पता नहीं चल रहा था कि आख़िर माज़रा क्या है।

देखते-देखते बात बढ़ने लगी। यूरोपियन ग्रुप के इर्द-गिर्द भीड़ जमा हो गयी। झगड़े की आवाज़ें अब गालियों में तब्दील होने लगीं। विदेशी मेहमानों

के साथ वे भारतीय लड़के कोई बदतमीज़ी तो नहीं कर रहे हैं?– यह सोचकर हम लोग वहाँ पहुँच गये। मैंने उन हिन्दुस्तानी लड़कों से पूछा कि मामला क्या है? क्यों इन लड़कियों को तंग कर रहे हो?

साउथ के उन लड़कों को अंग्रेज़ी ठीक से नहीं आती थी। यूरोपियन लड़के, भारतीय लड़कों के साथ हाथापायी पर उतरने वाले ही थे कि हमारे ग्रुप ने उन्हें रोका। झगड़े की वजह यह थी कि उन गोरे लड़के-लड़कियों ने रेत पर जो शॉल बिछाई थी, उस पर 'ओमकार' से मिलते-जुलते कुछ अमूर्त चित्र थे। वो भारतीय लड़के चिल्ला रहे थे, "अरे ये अंग्रेज़ लोग हमारे पवित्र प्रतीकों पर अपना पिछवाड़ा रख कर दारू-सिगरेट पी रहे हैं...साले गोरे मादरबखत! हमारी भावना को ठेस नहीं पहुँचेगी!" यूरोपियन लड़कों को लगा रहा था कि ये गुंडे उनकी लड़कियों को छेड़ रहे थे।

फिर मैंने उन यूरोपियनों को ठीक से ओम वग़ैरह का महात्म्य अंग्रेज़ी में समझया कि यह आस्था के प्रतीक है...वग़ैरह..वग़ैरह...गोरे लड़के-लड़कियाँ एक-दूसरे की और देखकर तुरन्त शर्मिंदा होकर खड़े हो गये। उस शॉल को उठाकर साफ करने लगे। और हाथ जोड़कर उन लड़कों से 'नमस्ते'-सॉरी-सॉरी लगातार बोल कर माफ़ी माँगने लगे। हमें भी 'थैंक्स' कहने लगे। फिर वे ग़ुस्सैल लड़के उन्हें माफ़ कर के 'एंजॉय फ्रेंड्ज़' कह कर हाथ मिला कर निकल पड़ते हैं।

अब हमने भी यूरोपियन्स की माफ़ी माँगी। उस ग्रुप की एक लड़की ने हमसे पूछा, "पर इसमें हमारा क्या दोष? शॉल बेची है आप के ही देश के लोगों ने यहाँ बीच पर। इस डिज़ाइन वाले टॉवेल भी बिक रहे हैं। आप लोग उन्हें क्यों नहीं रोकते?" मेरे पास उन सवालों का कोई जवाब नहीं था। बहरहाल, वह यूरोपियन ग्रुप सब कुछ भुलाकर भीड़ में खो जाता है।

अब 12 बजते हैं।

आसमान रंग-बिरंगी आतिशबाज़ी से जगमगा उठता है। 'हैपी न्यू ईयर' के शोरग़ुल के बीच लोग चिल्लाने लगते हैं। सब झूम रहे हैं। नाच रहे हैं। चुटकी भर सुख को मुट्ठी में भर लेने का जुनून माहौल में छाया हुआ था। ऐसे में सेक्सी शरीर और नशीली आँखें बार-बार उछल कर कुछ देर शान्त हो जाते हैं और फिर से चिल्लाना शुरू कर देते हैं, 'हैपी न्यू ईयर'। उस शोरगुल में उस

यूरोपियन लड़की का 'प्रतीक' से सम्बन्धित सवाल दबकर दम तोड़ देता है।

लेकिन, मुझे पता नहीं था कि जो सवाल गोवा के समुद्र तट पर 31 दिसम्बर की रात की भीड़ में मुझे मिला था, ख़ुद वही सवाल मेरी उँगली पकड़कर मुझे जवाब की ओर ले जायेगा। मैं और मेरे दोस्त अंजुम बीच से आगे निकल पड़तें हैं। एक बेंच पर बीयर के टीन खोल पीने लगते हैं. वहाँ पास में पहले से एक ग्रुप बैठा हुआ है। कुछ एन.आर.आई. लड़के-लड़कियाँ और उनके साथ 2–3 ब्रिटिश लड़कियाँ कुछ पी रही थीं। अनजान लोगों को भी स्माइल देने की उनकी तहज़ीब के मारे वे लोग हमें न्यू ईयर विश करने लगे।

हमने इंडयिन खाना दिया। उन्हें चटपटा लगा। फिर बातों-बातों में पता चला कि उस ग्रुप की एक लड़की सामन्था भारत को समझने, पहचानने, जानने के लिए ख़ास यात्रा पर आयी हुई है। अब मैं हमारी फ़िल्म्स और हिन्दुस्तानी कल्चर के बारे में बड़ी-बड़ी बातें करता हूँ।

पर इन सब से बातों से बेख़बर सामन्था की आँखों में कुछ अलग ही सूफ़ियाना बात थी। वह हमारी परम्परा के बारे में गहरे सवाल पूछे जा रही थी। सामन्था इंग्लैंड में मानसिक विकलांग बच्चों की, सॉरी स्पेशल बच्चों की देख-रेख करने वाली संस्था में सेवाएँ देती है। बहुत ज़्यादा मेहनत और मानसिक सन्ताप वाले इस काम में उसे अजीब शान्ति मिलती है। रोज़ उन स्पेशल बच्चों को पढ़ाना, खेलने ले जाना, पिकनिक पर ले जाना-यह सब कर के सामन्था उन्हीं लोगों के हॉस्टल के छोटे से कमरे में रहती है। मामूली वेतन में, पैसे की परवाह किये बिना, सामन्था सुबह 7:00 बजे से रात को 9:00 बजे तक ड्यूटी निभाती है और वो भी उस की कम्प्यूटर इंजीनियर की अच्छी–भली दुधाऊ नौकरी छोड़कर।

मैं सामन्था से उन मन्दबुद्धि बच्चों पानी कि स्पेशल किड्स के बर्ताव और उनकी समस्यायें, ज़रूरतों के बारे में पूछने लगता हूँ। सामन्था एक मद्धम स्वर में मुझे बताती है कि बच्चे बड़े प्यारे होते हैं...पर जब 14-15 साल के हो जाते हैं, तो बाक़ी बच्चों की तरह उनमें भी सेक्स की इच्छाएँ जागृत होती हैं।

मैं जिज्ञासा से पूछता हूँ, "फिर कैसे? मतलब...आई मीन...आप...उन्हें किस तरह से हैंडल करती हो?"

सामन्था दो पल सोच केर मुझे देखती है, सोचती है कि इस इंयियन को कहूँ या नहीं? फिर एक शान्त मुद्रा धारण करके कहती है, "मैं उनकी मदद करती हूँ। उन्हें चोरी-छुपे, पिकनिक के बहाने किसी कैबरे में ले जाती हूँ। वहाँ उन लड़कों को दो पल आनन्द मिलता है। एक बार एक लड़के ने कैबरे स्ट्रीप डांस बार का पैम्फलेट वहाँ से चुरा लिया। दूसरे दिन वह हॉस्टल से भाग निकला। बस को रोका और ड्राइवर को उस कैबरे डांस बार का पैम्फलेट दिखाकर कहा–"आई वांट दिस।"

बस ड्राइवर उसे वापस हॉस्टल में लेकर आया। मैंने उस लड़के को समझाया-बुझाया, गले लगाया। वह लड़का 10 मिनट तक मुझसे लिपटकर खड़ा रहा। अपना बदन मेरे बदन के साथ घिसता रहा। मुझे पता था कि मुझे गले लगाकर, मुझ से लिपट कर, मुझसे रगड़ वह कर किस तरह का आनन्द पा रहा था। मगर क्या करती मैं? मैंने कोई प्रतिकार नहीं किया...कैसे करती? उसे नहीं पता था कि वह....एनी वे, देट्स लाइफ...देट्स माय कर्मा। कुछ भी हो मैं उन बच्चों के लिए ही ज़िन्दगी भर काम करती रहूँगी।"

सामन्था, सुन्दर तो थी ही पर जब उसने यह बात कही, तो सिर्फ़ सुन्दर ही नहीं पर अचानक मुझे पवित्र दिखने लगी, फिर जाते-जाते एक मीठा–सा स्माइल दे कर उसने अपने गोरे कन्धे 'ओम' का टैटू दिखाया।

मैं अवाक था और समन्दर भी ख़ामोश।

कथा केलिडोस्कोप

दृश्य-1

मुम्बई के पॉश जुहू विस्तार में एक बंगले में लैंड-लाइन फ़ोन बजता है। सुबह के शार्प 10 बजे। एक फ़ोन, तीन घंटियाँ।

48 साल का बाप ब्रेकफास्ट करते हुए इकॉनमिक टाइम्स पढ़ रहा है। 42 साल की माँ अपने शरीर को सुडौल बनाने के लिए टीवी पर यू–ट्यूब चैनल देख कर योगा सीख रही है। 22 साल का स्मार्ट बेटा अपने लैपटॉप पर किसी के साथ चेट कर रहा है। 18 साल की ख़ूबसूरत बेटी बंगले के स्विमिंग पूल में "बटरफ्लाई" स्टाइल से तैर रही है।

जी हाँ, तो ठीक 10 बजे घर में फ़ोन की घण्टी बजती है।

माँ, बाप, बेटा, बेटी–चारों किरदार एक सेकंड के लिए रुक जाते हैं। बाप की नज़र अख़बार से फ़ोन पर जाती है। बेटा लैपटॉप से नज़र हटा के फ़ोन को देख कर मुस्कुराता है। माँ मेडिटेशन करते हुए आँख खोल देती है। बेटी छपाक से स्विमिंग पूल से बाहर आ जाती है। नौकर फ़ोन उठाने जाता है। पर तीन बार रिंग बजने के बाद फ़ोन कट जाता है और चारों अपना-अपना टाइमपास छोड़ 10 ही मिनट में तैयार होकर बाहर निकलते हैं। अपनी-अपनी कार या बाइक पर।

सच यह है कि चारों ने अपने-अपने प्रेमी-प्रेमिका से कहकर रखा था कि 10 बजे घर के फ़ोन पर तीन बार रिंग देना और बाद में फ़ोन डिस्कनेक्ट कर देना। मोबाइल पर मैसेज या फ़ोन मत करना, क्योंकि घरवाले चेक करते हैं और पकड़े जाने का चांस प्रचंड मात्रा में होता है।

इन चारों पात्रों ने अपने-अपने प्रेमी-प्रेमिका को अनजाने में ही ये गुप्त सन्देश दिया था और अब सब लोग अभिसार करने निकल जाते हैं। बाप अपनी सेक्रेटरी के साथ मढ आइलैंड, माँ अपने जिम इंस्ट्रक्टर, मॉडल विकी के साथ लॉन्ग ड्राइव पर, बेटी अपने बॉयफ्रेंड के साथ किसी फाइव स्टार होटल के कमरे में और बेटा गर्लफ्रेंड के खाली घर में। इश्क़ के इंगित का इत्तिफ़ाक़ है यह, मगर घर में सब ने अपनी-अपनी प्यार भरी लव स्टोरी एक-दूसरे से छिपा कर रखी है, हमेशा के लिए, क्योंकि वे एक-दूसरे से बहुत प्यार करते हैं–फैमिली एलबम के प्यार भरे फ्रेम में बैठ कर स्माइल देते-देते।

दृश्य-2

मढ आइलैंड से बोट में रघु वॉटर पार्क में जाता है। उस वॉटर पार्क के पानी में बहुत गेम राइड्स हैं। ऊपर-नीचे झूलते हुए झूले, मेरी-गो-राउंड और दिल धड़काने वाली, साँप-सीढ़ी जैसे ऊपर से नीचे पटकने वाले झूलों की सवारी है। वॉटर पार्क के बाहर एक जवान लड़की जीवी उसे मिलती है। जीवी वॉटर पार्क की सफ़ाई कर्मचारी है। रघु, मालाड के पास कच्चे हीरे पोलिश करने का काम करता है। दोनों शायद एक ही गाँव के हैं, पर मुम्बई आते वक़्त ट्रेन में पहली बार मिल गये थे। वह ट्रेन तो मुम्बई के बाहर तीन घण्टे रुक गयी थी पर जीवी-रघु का प्यार चल पड़ा था।

आज दोनों ने तय किया है कि पूरा दिन मिलेंगे। हर शनिवार की तरह।

जीवी बाहर से डरपोक दिखने वाली मगर नटखट लड़की है। रघु कान में रिंग पहनता है और शर्मीला, मगर रोमांटिक लड़का है। जीवी ने आज सफ़ाई वाला यूनिफ़ॉर्म निकालकर टाइट चूड़ीदार कुर्ता पहना है और बाल खुले छोड़ दिये हैं। रघु ने नया जीन्स और टी-शर्ट पहने हैं। दुनिया पहचान न पाये, उतने अलग दिख रहे हैं दोनों, क्योंकि कपड़ों की बजाये उनकी आँखों के रोमांस ने उनकी शक्ल, सीरत और रूप-रंग बदल दिये हैं। दोनों पानी में भीगते हैं। एक-दूसरे का हाथ थाम लेते हैं। यहाँ उन्हें किसी का डर नहीं कि गाँव के लोग देख लेंगे या घर में बवाल होगा कि ससुरे, लोग क्या कहेंगे?

इस शहर ने पसीने के बदले में पहचान मिटाने की आज़ादी दी थी।

रघु और जीवी एक ऐसी राइड में बैठते हैं, जिसमें बहुत कम लोग बैठे हैं। दोनों क़रीब आते हैं।

जीवी बकबक करने वाली चालाक और शातिर लड़की है। रघु, शर्मिला और ज़रा शान्त मिजाज़ का है।

जीवी को रघु बहुत भाता है, मगर उसकी एक बात पसन्द नहीं कि वो उसे कहता क्यों नहीं कि वो जीवी को पसन्द करता है, कितनी पसन्द है और कैसे पसन्द करता है। पर रघु की ख़ामोश आँखें तो कच्चे हीरे के पहलू तराशने की आदि हैं। उसकी उँगलियाँ हीरे घिस-घिस के खुरदुरी हो गयी हैं और ज़ुबां ख़ामोश। शायद ही किसी से बातें करता है, पर जीवी ने यहाँ वॉटर पार्क में उछलती हुई दुनिया देखी है। प्यार में डूबे कपल्स के उन्मुक्त आवेग, आवाज़ें, उद्गार बहुत नज़दीक से हररोज़ देखे हैं, महसूस किये हैं। जीवी को वही सब करना है, जो यहाँ आनेवाले जवान पैसेवाले कपल्स करते हैं। मज़े लूटने हैं उसे, अंग्रेज़ी में वाउ, हाउ, ओ माय गोड बोल-बोल के। जीवी, रघु से बीस साल आगे की ज़िन्दगी छू चुकी है।

रघु, अभी भी गाँव का जंगली पौधा है, जीवी मनी प्लांट।

आज रघु, जीवी के साथ झूले में बैठा है, जब झूला ऊँचा जाता है, तब वह जीवी को "किस" करना चाहता है। वह जीवी को अपने पास खींचता है, मगर जीवी नख़रे दिखाकर दूर हो जाती है और कहती है : 'नहीं, पहले बता कि मैं तुझे क्यों अच्छी लगती हूँ और कितनी अच्छी लगती हूँ? उसके बाद ही हाथ लगाने दूँगी।' रघु बेचारा शब्दों में अटक जाता है, उलझ जाता है। जीवी क़रीब से देख उसके होंठों पर लकवा मार जाता है। जीवी बार-बार उसे कुछ रोमांटिक कहने की ज़िद करती है पर रघु सहमा-सहमा उसे देखता रहता है। फिर शाम होते ही अँधेरा छाने लगा और वे दोनों जिस रोलर-कॉस्टर राइड में बैठे हैं, वह धीरे-धीरे रुकते-रुकते ऊपर ही थम जाता है।

समय बीतता जा रहा है, रघु अभी भी बेचैन है। उसका जी मिचला रहा है। जीवी अपने लेडीज़ रूमाल में से थोड़े मसालेदार मुरमुरे निकालकर रघु को देती है। रघु मुरमुरे फाँकता है और फिर उसका मूड बन जाता है। वह जीवी को रंगीन बल्ब की रोशनी में देखता रहता है और धीरे से कहता है : "जीवी तू मुझे ना...ये मसालेदार मुरमुरे जैसी नमकीन लगती है। मन करता है, बस तुझे ऐसे ही देखा करूँ...मुरमुरे की तरह चबाता रहूँ। तुझे पता है, गाँव में मेरी स्कूल के बाहर ऐसे ही मुरमुरे चार आने में बिकते थे, मगर मैं कभी भी ख़रीद

नहीं पाया। बस, काँच की बरनी में पड़े मुरमुरे मैं रोज़ देखा करता था। काश, आज की रात ये झूला फिर से शुरू ही ना हो पाये। काश, ये यहीं पर रुक जाये और मैं तुझे देखता ही रहूँ और इन मुरमुरे की तरह तुझे चखता रहूँ बस।"

अब जीवी उसे आगे बोलने नहीं देती है। उसके पास ले कर होंठ चूम लेती है। जीवी की आँखों में आँसू आ जाते हैं। यह सोचकर कि मेरा रघु शहर के लोग जैसा स्मार्ट नहीं है, मगर मसालेदार मुरमुरे जैसा तो है ही।

हवा में दो चेहरे एक-दूजे के क़रीब आकर इतने ख़ुश थे कि जैसे स्वर्ग न से एक मुट्ठी ही दूर था!

दृश्य-3

वालकेश्वर के पुराने बंगले में 31 साल की अनामिका शुक्ला अपने बेडरूम में लेटे-लेटे फ़ोन पर बातें कर रही थी। बातें कम हो रही थीं और बीच-बीच में रंगीन ख़ामोशी और साँसों की आवाज़ ज़्यादा आ रही थी। सामने ज़रूर कोई प्रियजन ही होगा। वह कभी अपने बालों में हाथ फेरती, कभी अपने सिल्की नाइट गाउन को भीतर से छू लेती। कभी एयरकंडीशन को चालू करती, तो कभी बन्द कर देती। बात करते-करते ऐसे ही हँस पड़ती और सामने दीवार पर रखे हुए मॉडर्न आर्ट की पेंटिंग के रंगों के अर्थ के बारे में सोचने लगती। फ़ोन की मर्दानी आवाज़ मानो उसे कठपुतली की तरह मन्त्रमुग्ध कर रही थी।

अनामिका भूल गयी थी कि पास वाले कमरे में बाथरूम में उसकी 3 साल की बेटी और 6 साल का बेटा टब में नहा रहे हैं। टब में पानी की सतह धीरे-धीरे बढ़ रही थी और बच्चे डूब सकते हैं, मगर रोमांस में गले तक डूबी हुई अनामिका सब कुछ भूल गयी है। उसके 6 साल के बेटे को अचानक समझ में आता है कि उसकी छोटी बहन ने बाथटब में हिलना-डुलना बन्द कर दिया है। वह चौंकता है। डरता है। बहन को झँझोड़ता है, उसकी आवाज़ गले में अटक जाती है। उसे समझ नहीं आता कि बहन मर गयी या ज़िन्दा है। उसके गले से डर के मारे "मम्मी" की पुकार नहीं निकल रही। वह फिर से कोशिश कर के चिल्लाता है : "मम्मी..."

उसकी आवाज़ अनामिका को बन्द कमरे में सुनाई देती है। वह लेटे-लेटे फ़ोन पर हाथ रखकर पूछती है : "क्या है?" वहाँ से कोई आवाज़ नहीं आती।

अनामिका दो पल ख़ामोश हो जाती है। इन बच्चों की ये रोज़ की शरारत है। ये लोग मुझे अपना 'मी–टाइम' लेने नहीं देते, यह सोचकर वह फ़ोन पर बातें जारी रखती है, फिर से बेटे की चीख़ सुनाई देती है। अनामिका अपने कमरे से बाहर आती है। छोटी बेटी की बाथरूम में पड़ी हुई लाश देखकर अनामिका चिल्लाती है। छुपकर यह दृश्य देख रहा बेटा डर के मारे वहाँ से भाग जाता है और माँ की कार के नीचे छुप जाता है। अनामिका बेटी को उठाकर कार में रखती है और कार को रिवर्स लेकर बाहर निकलती है। कार के नीचे छुपे हुए बेटे को कुचलकर चली जाती है। बेटा वहीं मर जाता है। घबराई हुई अनामिका को इस बात का पता ही नहीं चलता। उसके हाथ में बेटी की डेड बॉडी है। वह अस्पताल की ओर कार दौड़ाती है। सामने से एक ट्रक आ रहा है। शायद वह ट्रक उसे कुचल देगा। या फिर वो बच पायेगी?

उसी वक़्त अनामिका के बेडरूम में मोबाइल फ़ोन बजता है। फ़ोन के स्क्रीन पर एक नाम फ्लैश होता है : "माई लव।" कौन है वो? शायद अनामिका का दुबई में रहने वाला पति या कोई और...?

वहाँ अनामिका की कार ट्रक से टकरा कर उछल के सड़क के किनारे गिर जाती है, एक चीख़ के साथ अनामिका की आँख खुलती है और फिर से बन्द हो जाती है यह सोच कर कि उसने यह सपना देखा था या सच था?

पर सच तो यह है कि प्यार में जान देने की और लेने की दोनों ताक़त है ना?

दृश्य–4

जयसुख भाई की नल बाज़ार में दुकान है। उसका सेकंड–हैंड सामान का धन्धा, सेकंड–हैंड इनोवा कार की तरह ठीक-ठाक चल रहा है। घर में एक पत्नी है, दो बच्चे हैं। उनका बड़ा लड़का एसएससी में पढ़ता है। बेटी आठवीं कक्षा में पढ़ती है। कार होते हुए भी ट्रैफ़िक के डर से जयसुख भाई रोज़ सुबह 8 बजे बोरीवली से फास्ट ट्रेन पकड़कर प्रॉपर मुम्बई आते हैं और रात को 8 बजे प्रॉपर मुम्बई से ट्रेन पकड़कर बोरीवली वापस जाते हैं। वहाँ स्टेशन के पास बीयर पी कर उसी बार में पार्क की हुई कार लेकर घर जाना, यही जयसुख की सीधी सपाट लाइफ़ है।

जयसुख भाई की पत्नी को अब उनमें ज़्यादा दिलचस्पी नहीं रही। अब पत्नी का मूड हमेशा बिगड़ा हुआ रहता है। पत्नी आजकल धर्म-ध्यान में ज़्यादा दिलचस्पी ले रही है, क्योंकि जयसुख भाई सेकंड हेंड हार्डवेयर का सामान बेचते-बेचते हार्डवेयर जैसे ही हार्ड हो गये हैं। अख़बार में छपे क्रॉसवर्ड पज़ल वह पाँच मिनट में सुलझा देते हैं, मगर उन्हे अपनी लाइफ़ का पज़ल उन को समझ में नहीं आ रहा। उन्होंने ज़िन्दगी के हार्डवेयर में सारे नट-बोल्ट टाइट करके देख लिए, मगर बोरियत कम नहीं हुई। पुलिस गुनहग़ारों के सिर पर जब गर्म तेल टपकाती है, तो उन्हें जो पीड़ा होती है, ठीक वैसी ही पीड़ा जयसुख भाई को भी हमेशा रहती है।

जयसुख की बगल वाली दुकान का मालिक अली उन्हें एक दिन, मारी रात के लिए बार में ले जाता है। वहाँ जाते ही जयसुख की जान में जान आ जाती है। रंगीन लाइट, थिरकते बदन और गरजते म्यूज़िक में जीवन की बोरियत सामने रखे गिलास की बर्फ़ तरह की पिघल जाती है। अली पहुँचा हुआ आदमी है। माया नाम की बार डांसर पर सौ-सौ के नोट उछालता है। जयसुख का दिल नहीं मानता कि सेकंड–हैंड सामान की फर्स्ट–हैंड कमाई को किसी नचनिया पर उड़ा दे।

मगर अली दिलदार दोस्त है। वह जयसुख की माया के साथ सेटिंग करवा देता है। उस रात किसी सस्ते ओयो होटल के कमरे में डरते-डरते जयसुख माया के साथ पहुँच जाता है। पर माया जब उसे अपने क़रीब लेती है। जयसुख के अन्दर धीरे-धीरे आँसू का एक सैलाब आकार लेने लगता है। रेगिस्तान में सरकते काले साँप की तरह उसकी सौ परेशानियाँ दूर सरकती दिखाई देती हैं। उसकी बेचैनी पिघलने लगती है। वह माया से लिपटकर बहुत देर तक बस लेटा रहता है। कुछ देर बाद माया को अपने कन्धे पर कुछ गीला-सा महसूस होता है। जयसुख को अपने से अलग करके माया उनके चेहरे को कम रोशनी में देखने की कोशिश करती है।

जयसुख भाई रो रहे हैं। माया के इस प्यार भरे आलिंगन में।

सौभाग्य से, माया दूसरी बारगर्ल जैसी सस्ती, झगड़ालू या मतलबी नहीं। माया ने अँधेरे के आर-पार भी बहुत सारे पुरुषों के स्पर्श, पुचकार, उद्गार,

प्रहार, तरह-तरह के व्यवहार देखे हैं। उसे जयसुख भाई के लिए एक अनाम सी अनुकंपा होने लगती है।

माया, जयसुख भाई से पूछती है, "क्या हुआ?"

जयसुख भाई कहते हैं, "कुछ नहीं। मुझे और कुछ नहीं चाहिए तुमसे। कुछ देर मेरे साथ सिर्फ़ बातें करोगी प्लीज़? एक–दो घण्टे।"

माया कहती है, "एक-दो घण्टे? उसका एक्स्ट्रा चार्ज लगेगा।"

जयसुख भाई का चेहरा मुरझा जाता है, उन्हें उदास होते देख माया ज़ोरों से हँस देती है। जयसुख भाई को कुछ समझ नहीं आता। माया उनको नज़दीक खींचते हुए कहती है, "पागल हो तुम। बोलो क्या कहना है? बिन्दास बोलो रे।" और उस दिन, उस घटिया होटल की मद्धम रोशनी में एक साथ हज़ारों सूर्य से भी ज़्यादा रोशनी फ़ैल गयी जयसुख की आँखों में। उसकी अनगिनत, अस्खलित बातों में और उस रोशनी में, माया नाम की साधारण बारगर्ल का चेहरा शायद विश्व की सबसे सुन्दर स्त्री से भी ज़्यादा अद्‌भूत लग रहा था।

दृश्य-5

सुशोभन एक सॉफ्ट, मुलायम, संस्कारी और भद्र कवि हैं। कवि सम्मेलन और मुशायरे में उनकी तारीफ़ होती है। उनकी कविताओं से अधिक, कार्यक्रम का संचालन करने के उनके तरीक़े के कारण। एक वक्ता के तौर पर वह लोगों के लाड़ले हैं। कवि नीरज से लेकर नेरुदा तक और मीराबाई से लेकर मीर तकी मीर तक सब की प्रसिद्ध कविताएँ और शेर उसे कण्ठस्थ हैं। 40 साल से अधिक उम्र वाली, सुखी जीवन से बोर हो चुकी दुखी औरतें सुशोभन को अक्सर पसन्द करती हैं। मगर सुशोभन पत्नीव्रता, शाकाहारी, सभ्य भारतीय पुरुष हैं। कॉलेज में हिन्दी भाषा विभाग की एक चश्मेवाली, नाज़ुक प्रोफ़ेसर उसे पसन्द है, मगर फिर भी वह उसे "दिशा बहन" कहकर ही बुलाते हैं। कभी किसी स्त्री मित्रों के साथ वह कॉफ़ी पीने जाते हैं, तो बिल देने से अधिक साहस या पराक्रम नहीं कर सकते थे।

सुशोभन आजकल संगीन संकट में फँसे हैं। वह जहाँ भी जाते हैं, एक बाइक वाला लड़का उनका पीछा करता है। वह उसके प्रकाशक के वहाँ आता है। किसी सभागृह में वह जब काव्य पठन करते हैं, तब वह तीसरी रो

में ताकता हुआ दिखाई देता है। वह जब प्रोफ़ेसर "दिशा बहन" की कॉलेज की कैन्टीन में जाते हैं, तो वहाँ भी वह लड़का, सामने के टेबल पर उन्हें निहारता हुआ दिखाई पड़ता है। कवि को अब डर लगने लगा है। उस चेहरे का। कवि सम्मेलन में सुशोभन अब ग़लती करने लगे हैं। कभी वह नरसिंह मेहता की कविता तारक मेहता के नाम से पढ़ लेते हैं, तो कभी मरीज की ग़ज़ल कवि अखा के नाम पर चढ़ा देते हैं। वैसे लोग ऐसी ग़लती पर तालियाँ भी बजा देते हैं।

सुशोभन की पत्नी अनु भी सुन्दर स्त्री है। सुशोभन ने अब अनु के लिए पहले की तरह शीघ्र कविताएँ लिखना बन्द कर दिया है, लेकिन अनु को सुशोभन अब भी पसन्द है। अनु आजकल जब उनके पास जाने की कोशिश करती है, तब सुशोभन उससे इस प्रकार दूर हो जाते हैं, जैसे काव्यशास्त्र किसी इकॉनमिस्ट के हाथ लग गयी हो। अनु वजह पूछती है। सुशोभन उसे समझाते हैं, 'अरे और कोई वजह नहीं है, मगर एक लड़का आजकाल हमेशा मेरा पीछा करता रहता है। मैंने उससे पूछा कि भाई, तुझे क्या चाहिए? तो वह मुझे कहता है, मुझे तू चाहिए, तू।'

सुशोभन को कुछ भी समझ में नहीं आ रहा, क्या किसी ने उनकी सुपारी दी होगी? क्या कोई उनका मर्डर करवाना चाहता है? प्रतिस्पर्धी कवियों के साथ सुशोभन के मीठे झगड़े होते रहते हैं, लेकिन कोई ऐसे मर्डर थोड़े ही करवायेगा? और फिर कोई हिन्दी कवि, मर्डर करवाने के लिए 25–50 हज़ार एक साथ कहाँ से जुटा पायेगा? और तो और क़त्ल करवाने कमबख़्त किसी बैंक से लोन भी तो नहीं मिलता। ऐसे ऊटपटाँग विचार उसे हमेशा आते रहते थे।

एक दिन सुशोभन ने उस लड़के का कॉलर काँपते हाथों से पकड़ लिया और एक ही साँस में अशुद्ध इंग्लिश और शुद्ध हिन्दी में कह दिया, "वोट डू यु हेव एन इसु? टेल, क्या चाहिए मुझसे? मारना है? तो मार दे, ओके? वैसे शायर को मारना अच्छी बात नहीं है। सरस्वती देवी का शाप लगेगा। क्या मिलेगा, मुझे मार के? थोड़ी सी कविताएँ, थोड़ी सी यादें, फटी हुई किताबें और थोड़े अधूरे नग़मे, आँसू...और क्या मिलेगा? एनी थिंग मोर यु थिंक? थिंक थिंक..."

लड़का सुनकर हँस दिया और बोला, "क्या टेढ़ा आदमी है तू। शायर पागल होते हैं, ऐसा सुना था, पर देखा आज ही। अपन तेरे को काहे को मारेगा?" यह सुनकर काँपते हुए सुशोभन का मन शान्त हुआ, उसने अपना कुर्ता ठीक किया। लड़के के कन्धे पर हाथ रखा। दोनों पास वाले बीयर बार में गये। लड़के का नाम गुल्लू था। सुशोभन ने उसे बहुत समझाया कि उसे किडनैपिंग से या डराकर कोई पैसा नहीं मिलेगा। कवियों को सम्मेलनों में कितने कम पैसे मिलते हैं और एक कार्यक्रम से संचालक को सीनियर–जुनियर कवि को क्या कितना कैसे मिलता है, वह सारी इकॉनमी भी डीटेल में बतायी।

लड़के ने सारी कथा–व्यथा सुनने के बाद कवि के सामने 1 लाख कैश रख दिये। ज़िन्दगी में पहली बार सुशोभन ने इतने रुपये एक साथ देखे। उसे कुछ समझ नहीं आया। लड़के ने समझाया कि वह एक साहित्य रसिक लड़की के प्यार में है। वह लड़की बिन्दु, आजकल कविताएँ लिख रही है। बिन्दु के कॉलेज के चुनाव में किसी एक पार्टी के उम्मीदवार को मदद करने के लिए यानी कि मारामारी करने, धमकाने के लिए गुल्लू वहाँ गया था। वहाँ उसने बिन्दु को देखा, दिल दे बैठा। फिर उसने बिन्दु की सारी कुंडली निकाली। गुल्लू अनपढ़, रफटफ मवाली था, इसलिए उस लड़की के साथ बात करने की हिम्मत नहीं हुई। उसने लड़की की प्रोफ़ेसर दिशा मेहता से बात की। प्रो. दिशा ने उसे समझाया, "भाई गुल्लू, अगर तुम लड़की के कोमल दिल तक कविता के माध्यम से पहुँच पाओ, तब ही काम होगा। क्या तुम ऐसा कर पाओगे, बन्धु? प्रियवर बनने से पहले कविवर बनो।"

गुल्लू तब से सुशोभन के पीछे लगा था, क्योंकि कवि सुशोभन, बिन्दु का फेवरिट कवि था। तब से गुल्लु, सुशोभन की दिनचर्या, कपड़े, स्टाइल, उन सब का अभ्यास कर के एक रपट बनाने के चक्ककर में उसका पीछा कर रहा था। कवि होगा, तो शायद पढ़ा-लिखा भी होगा– यह सोचकर टपोरी गुल्लू को कवि से बात करने में संकोच होता था। इसलिए वह कवि को दूर-दूर से देखता रहता था।

सुशोभन मन ही मन ख़ुश हुआ कि एक मवाली, एक कवि का पीछा कर रहा है और वह भी अपनी कवियत्री प्रेमिका के लिए! और वह प्रियतमा

भी उसकी फैन है! गुल्लू ने 1 लाख टेबल पर रखकर कवि से कहा, "कवि भाई...तू कुछ भी कर पर मेरे कु भी शायर बना दे"। सुशोभन ने एक पल के लिए सोचा कि अगर वह गुंडे को शायर बना कर लड़की को पटाने में हेल्प कर सकते हैं, तो क्यों ना ख़ुद ही उस लड़की को पटा लें! जैसे ही उसने यह सोचा, गुल्लू ने गन निकालकर टेबल पर रखते हुए कहा, "और अगर तू ख़ुद ही उस बिन्दु को पटाने की सोच रहा है ना तो तेरी शायरी की डायरी के साथ तुझे भी फाड़ दूँगा, समझा क्या, गालिब की औलाद?" सुशोभन ने तुरन्त ही घटिया कविता के प्रथम ड्राफ्ट की तरह उस सोच को दिमाग़ से फाड़कर फेंक दिया। गन देखने के बाद के पास गुल्लू को ट्रेन करने के सिवा और कोई चारा ही नहीं था।

तीन ही महीनों में सुशोभन जैसी ही भाषा और कपड़ों के साथ गुल्लू, शफ़्फाक, साफ़ और शरीफ़ नज़र आने लगा। उसके व्यवहार में नज़ाकत और नफ़ासत आ गयी। इस्त्रीवाला कुर्ता अब गुल्लू का परमानेंट पहनावा बन गया। किसी का मर्डर करने के लिए अब वह जब निशाना लगाता था, तब भी उसे 'शबनम', 'बारिश', 'बादल', 'कोयल ' जैसे शब्द याद आ जाते थे और निशाना चूक जाता था।

आख़िरकार उसे गैंग से अपमानित करके निकाला गया।

दूसरी ओर, सुशोभन अब जैकेट पहनने लगा। दिन में बीयर पीने लगा। सिगरेट के कश स्टाइल में लेने लगा। एक दिन तो अचानक उन्होंने प्रो. दिशा (बहन) का चश्मा निकालकर उनके बन्धे हुए बाल बिखेर दिये और सुन्दर गाल पर कसकर चुम्बन देकर कहा, *"प्यार का मतलब क्या है? तू और मैं। ना रात में सुकून ना दिन में चैन, ढेन टेन टेन। ढेन टेन टेन"* –बोल कैसा लगा अपुन का शायरी?

दिशा ने आँख मारते हुए कहा, "झक्कास...झर झर बहते झरने जैसी।"

वहाँ बिन्दु ने थप्पड़ मार के कविता, नज़्म, शेर वग़ैरह छोड़छाड़ कर किसी शेर–दलाल से शादी कर ली।

और गुल्लू, 'कालीदास का क्या हुआ?' इस विषय पर पी.एच.डी. कर रहा है।

'स्वजन' सॉफ्टवेयर

सेम उर्फ़ समीर अवस्थी नाम का एन.आर.आई. मर्द न्यूजर्सी से न्यूयॉर्क की ओर 140 की स्पीड में गाड़ी भगा रहा था। फ्री-वे के खम्भे, पोस्टर्स, बिलबोर्ड्स वग़ैरह पल भर आँखों के सामने चमकते थे और पीछे चले जाते थे। पिछले 10 वर्षों से किसी बदहवास बेताल की कुछ यादें सेम का पीछा कर रही थीं। सेम जिस कॉन्फ्रेंस में जा रहा था, वह उसकी ज़िन्दगी की सबसे बड़ी घटना होने वाली थी। उस में एक ऐसा निर्णायक पल आयेगा, जिसकी कोख में क़िस्मत बदलने वाली सम्भावना 'किक' मार रही थी। सेम, वहाँ कुछ ऐसा पेश करने जा रहा था, जिससे सिर्फ़ उसकी ही नहीं, कई सारी ज़िन्दगियाँ, अरे ज़िन्दगी ही नहीं, कई सारी मौतें भी बदल जाने वाली थीं।

सेम ने ब्रेक लगाया, आगे ट्रैफ़िक जाम था। दूर-दूर तक गाड़ियों की कतार नज़र आ रही थी। कुछ देर तक कार आगे बढ़ने वाली नहीं थी। उतर कर सेम ने अपने डिज़ाइनर सूट को ठीक किया और पीछे गुज़रे हुए रास्ते की ओर देखा। हवा का एक झोंका उसके चेहरे और बालों पर से गुज़र गया और सेम, उस गुज़रे हुए रास्ते को देखते-देखते बीते हुए समय की रेत में धँसने लगा।

समीर प्रदीप अवस्थी उर्फ़ सेम 10 साल पहले गुजरात के बेंगलुरू से पढ़ कर अमेरिका आया था। चाचा के मोटेल में नौकरी करते हुए उसने आगे की पढ़ाई पूरी की। बचपन से ही जो ग़रीबी में पला-बढ़ा हो, उसके पाँव में एक स्प्रिंग होती है और आँखों में दूरबीन। समीर ने भी उसी दूरबीन से बड़े-बड़े सपने देखे थे। कमरतोड़ मेहनत करके, सॉफ्टवेयर इंजीनियर बन के सपने, जो उसने पूरे किये। न्यूयॉर्क के किसी पब में, किसी मैक्सिकन या चाइनीज़

लड़की के साथ कभी एकाध शाम बिताने के अलावा वह कभी प्यार-व्यार के लॉलीपॉप से ललचाया नहीं। जवानी, अकेलेपन में बर्बाद कर के वह अमेरिकन सिटीज़न बना। भविष्य गिरवी रख कर छोटा-सा घर लिया। छोटी सी गाड़ी ली। ख़ुद की एक छोटी सी सॉफ्टवेयर कम्पनी शुरू की। गैराज के अँधेरे में डॉलर के दलदल में काम करते-करते समय कैसे बीत गया, उसे पता ही नहीं चला।

लेकिन, वही सेम आज बहुत ख़ुश है।

सेम के जीवन में एक बड़ा मोड़ आया है। उसका डिज़ाइन किया हुआ एक अद्‌भुत सॉफ्टवेयर वह दुनिया के सामने रखने जा रहा है, जिसका नाम है : "सॉफ्टवेयर स्वजन।"

अब ट्रैफ़िक ज़रा सा हिला। सेम सिगरेट फेंककर गाड़ी में बैठा। इतने में फ़ोन की रिंग बजी। फ़ोन पर पेगी का चेहरा और नम्बर फ्लैश हुआ। पेगी, उसकी गर्लफ्रेंड। डार्क कॉफ़ी में थोड़ा दूध डालने से जो रंग बनता है, वैसी बादामी रंग की पेगी। सेम ने फ़ोन उठाया।

"हाय मियाँ, क्यां पहुँचे? विल यु बी ओन टाइम?" पेगी ने हिन्दी-अंग्रेज़ी–गुजराती मिश्रभाषा में पूछा, मेगी का बाप पाकिस्तानी गुजराती था और माँ बंगाली। पेगी सेम को प्यार से 'मियाँ' कहती थी और सेम उसे 'अली' कहता था।

अली अर्थात, गुजराती में 'अरी ओ' यानी की 'अरी ओ, सुनती है क्या?' का शॉर्टफॉर्म–अली!

सेम ने फ़ोन पर कहा–"अली, मैं ट्रैफ़िक में अटक गया हूँ, मगर पहुँच जाऊँगा। डोंट वरी। देखना, आज हंगामा हो जायेगा।"

"लव यू, मियाँ। कम फास्ट", कहकर पेगी ने फ़ोन रखा।

पेगी, सेम की गर्लफ्रेंड और बिज़नेस पार्टनर दोनों थी। सेम ने जब कई साल पहले गैराज जैसे ऑफ़िस से काम शुरू किया, तब पेगी उसके साथ जुड़ी। दोनों सारी-सारी रात बैठकर प्रोजेक्ट पूरा करते। सॉफ्टवेयर प्रोग्राम में डाटा एंट्री करते-करते दोनों थक जाते। सेम की आँखें कम्प्यूटर के सामने बैठकर लाल हो जातीं। पेगी, बर्फ़ का क्यूब लेकर उसकी आँखों पर मलती। एक दिन वह बर्फ़ का टुकड़ा पेगी के हाथ से फिसल गया और समीर के

टी-शर्ट में चला गया। समीर को गुदगुदी होने लगी। उसने टी-शर्ट निकाली। पेगी उस बर्फ़ को उसके बदन पर मलने लगी और समीर ने उसे पास खींच लिया। समीर को भी पेगी बहुत पसन्द थी। ख़ास करके उसके होंठ और उसकी ज़ुबान। उसने पेगी की ज़ुबान को किस किया, तब पहली बार पेगी ने कहा था, "उफ मियाँ, यू आर टू मच!"

"दिस इज टू मच"–ट्रैफ़िक देख कर आज सेम बोला, अब उसका टेंशन बढ़ते जा रहा था कि इतनी बड़ी प्रेस कॉन्फ्रेंस में उसके महत्त्वाकांक्षी प्रोजेक्ट स्वजन सॉफ्टवेयर के एलान से पहले यह क्या क़यामत आ गयी? उसने आँखें बन्द करके 'ॐ नमः शिवाय' कहा, मुसीबत आते ही इन्सान को अपने बचपन के संस्कार याद आ जाते हैं। सेम को माँ-बाप ने बचपन में उसके शहर जबलपुर के मन्दिर की परिक्रमा करते हुए यह मन्त्र सिखाया था। समीर को माँ-बाप भी याद आये और आज तो याद आनी ही थी। प्रोजेक्ट स्वजन के पीछे का मूल कारण माँ-बाप ही तो थे। कार में उनकी फ़ोटो तक रखी हुई थी। समीर ने धीरे से फ़ोटो को छू लिया। पुरानी धुँधली 3×4 इंच की फ़ोल्डिंग फ़ोटोफ्रेम में ताक़त थी हर बार उसकी आँखें नम हो जातीं।

धुँधली फ़ोटो और भी ज़्यादा धुँधली लगने लगी।

ट्रैफ़िक और कम हुआ। समीर फ़ौरन गाड़ी चलाने लगा, मगर उसे काँच में से रास्ता साफ़ नहीं दिखाई दे रहा था। उसे लगा कि गाड़ी के काँच पर भाप है। वाइपर शुरू करके कार का काँच साफ़ करने गया पर तब एहसास हुआ कि नमी तो उसकी आँखों की है। आँखें पोंछ मन ही मन कहा, "लव यू मम्मी, पापा...व्हेर एवर यु आर, ब्लेस मी।"

न्यूयॉर्क की प्रेस कॉन्फ्रेंस में सेम ने जैसे ही 'स्वजन सॉफ्टवेयर' पेश किया, रथी–महारथी चौंक उठे।

"फ्रेंड्स, आप अपने मृत माँ-बाप, प्रेमी, प्रियतमा, दोस्त, परिजन को याद करते हो, तो उनकी क्या याद आती है? उनका चेहरा? उनका बर्ताव? उनके हस्ताक्षर? उनका स्वभाव? उनका स्पर्श? उनकी आवाज़...राइट? लेकिन, वक़्त के साथ-साथ वो यादें फीकी पड़ने लगती हैं। धीरे-धीरे उनकी

आवाज़ भी हम भूलने लगते हैं। उनका चेहरा आउट ऑफ़ फोकस हो जाता है। मगर...मगर यह सॉफ्टवेयर स्वजन उसी का इलाज है। अब आप अपने मृत स्वजन को उनकी मृत्यु के बाद भी हमेशा अपने साथ रख सकते हो। वे लोग शारीरिक रूप से आपके साथ नहीं होंगे, मगर आप जब किसी महत्त्वपूर्ण पल में उन्हें याद करेंगे, वे आपसे मिलने आयेंगे। आप से बातें करेंगे, आपको सलाह-मशविरा देंगे, यहाँ तक की वे आपके साथ झगड़ा भी करेंगे, जैसे वे सचमुच आज, आप के आसपास जीवित हों। इस तरह आप हमेशा-हमेशा के लिए अपने स्वजन का साथ पा सकेंगे।

यह सुनकर प्रेस कॉन्फ्रेंस में कोई हँस पड़ा, तो किसी ने मज़ाक़ में तालियाँ बजाते हुए पूछा, "यह सॉफ्टवेयर क्या है? कोई ब्लैक मैजिक? काला जादू? तुम इंडिया से आते हो, इसलिए पुनर्जन्म की कहानी तो नहीं बना रहे? कम ऑन, बी रियल।"

सेम ने सबको इत्मिनान से सुनकर एक के बाद एक जवाब दिये। स्वजन की ख़ूबियाँ पूरी तरह समझाने के लिए उसने स्टेज से एक डेमोन्स्ट्रेशन पेश किया। पेगी एक मनु नाम के इंडियन रसोइए को स्टेज पर ले आयी। बेचारा मनु इतने लोगों को देखकर थोड़ा नर्वस हो गया। मनु 7 साल से न्यूयॉर्क में एक भारतीय रेस्तराँ में काम कर रहा था। उसके माँ-बाप एक साल पहले हरिदासपुर से द्वारिका दर्शन करने जा रहे थे और हाइवे पर एक ट्रक एक्सिडेंट में उनकी मृत्यु हो गयी थी। मगर स्वजन नाम के सॉफ्टवेयर की वजह से मनु आज भी अपने मृत माँ-बाप के 'टच' में है।

मनु की यह बात सुनकर फिर से कॉन्फ्रेंस रूम में फुसफुसाहट होने लगी। मनु ने आँसू भरी आवाज़ में कहा, "फ्रेंड्स, यह सेम भाई और पेगी बहन ने मुझे 1 साल पहले स्वजन के बारे में बताया, मैं उनके प्रयोग में शामिल होने को तैयार हुआ। उन्होंने मुझे इस प्रयोग के लिए 1000 डॉलर की फ़ीस भी दी। मैंने भी उनको बदले में समोसा चाट बनाकर खिलाया था।"

यह सुनकर सब हँस दिये, मगर अब धीरे-धीरे सबको मनु की बातों में दिलचस्पी होने लगी। मनु ने अपना तजुर्बा बताया, "सेम और पेगी ने मुझसे कहा कि हम तुम्हारे माँ-बाप का इंटरव्यू लेंगे, उनसे मिलेंगे, उनकी फ़ोटो

निकालेंगे, वीडियो बनायेंगे।" तो मैंने कहा, उसमें मुझे क्या आपत्ति हो सकती है? फिर सेम और पेगी ने 2 महीने हमारे हरिदासपुर गाँव में जाकर उनकी फ़ोटो, वीडियो और सब कुछ इकट्ठा किया, तब पता नहीं था कि मेरे माँ-बाप ऐसे एक्सिडेंट में अचानक...हाँ जी, मेरे माँ-बाप तो कब के स्वर्ग चले गये हैं, मगर फिर भी आज वे लोग यहाँ हैं, इस स्वजन सॉफ्टवेयर की वजह से। आप लोग नहीं मानते ना! चलिए, मैं आपको उनसे मिलाता हूँ।"

अब पेगी ने मनु के हाथ में एक पतली स्क्रीन वाला टैब दिया, मनु ने एक उँगली से उसके स्क्रीन को छुआ और स्टेज के बड़े पर्दे पर मनु के माँ-बाप की दो आकृतियाँ दिखाई दीं। मनु ने 'पाय लागूँ' कहा। मनु की माँ ने कहा, "मनु कैसा है? यह सब क्या शुरू किया है? सबके सामने यह क्या नाटक कर रहा है? चुपचाप होटल में नौकरी कर ना!"

मनु हँसा, फिर मनु का बाप बोला, "अरे बेटा सुन, अगले सोमवार को तेरा जन्मदिन आ रहा है ना! वहाँ फॉरेन में बलदेवजी का मन्दिर तो नहीं होगा, मगर किसी मन्दिर में जाकर केले और मिश्री का भोग लगाना, क्या समझा?"

मृत लोगों को बातें करते देख सब लोग स्तब्ध हो गये, फिर तो मनु बावर्ची ने 10 मिनट तक अपने स्वर्गीय माँ-बाप से बातें कीं।

अगले दिन पूरे विश्व के अख़बार, टीवी न्यूज़, सोशिल मीडिया पर 'स्वजन सॉफ्टवेयर' छा गया। सब के सब इस विचार से ही स्तब्ध थे कि आपको बस कम्प्यूटर के स्क्रीन को छूना है और आपके स्वजन ज़िन्दा इन्सान की तरह आपके साथ बातें करेंगे। रूठ जायेंगे। आप बीमार पड़ो, तो वे आपके लिए मन्नतें माँगेगे। आपको बर्थ–डे पर आशीर्वाद देंगे। कभी अचानक ही फ़ोन कर लेंगे। इन सबके लिए ज़िन्दा व्यक्ति का डेटा देना होगा और फिर बस, आपका स्वजन हमेशा के लिए आपके साथ! जब भी आपका दिल चाहे, उनसे सम्पर्क करो, कभी-कभी पर्व-त्योहार पर वे सामने से बातें करेंगे। पर हाँ, उन्हें शारीरिक रूप से मिल नहीं पाओगे, छू नहीं पाओगे, मगर उनका साथ तो मिलेगा ना!

उस दिन प्रेस कॉन्फ्रेंस में सेम ने अपने मृत माता-पिता स्व. प्रदीप और स्व. सुशीला को यह सॉफ्टवेयर अर्पित करते हुए आँखों में आँसुओं के साथ कहा :

"5 साल पहले मेरे पापा बीमार थे, तब मैं अपनी जॉब की वजह से इंडिया नहीं जा पाया, फिर मैं अपनी मम्मी को यहाँ यू.एस.ए बुलाना चाहता था, मगर वह आने के लिए तैयार नहीं थे और फिर पापा के जाने के बाद तीसरे ही महीने में मम्मी ने अचानक एक दिन ख़ुदकुशी कर ली। माँ-बाप को मैं आख़िरी दिनों में सँभाल नहीं पाया, मिल ना सका। इस का गिल्ट मुझे, इस पल तक किसी प्रेत की तरह पीड़ा देता है। "स्वजन; सॉफ्टवेयर केवल आविष्कार नहीं, प्रायश्चित है।"

सेम की बातें सुनकर प्रेस कॉन्फ्रेंस में ऐसी शान्ति छा गयी थी, जैसे सब लोगों ने किसी ज़िन्दा भूत को देख लिया हो।

कॉन्फ्रेंस की रात, न्यूयॉर्क की टेरेस रेस्टोरेंट में 35वीं मंज़िल पर पेगी और सेम ने पार्टी मनायी। बड़ी-बड़ी कम्पनी के सी.ई.ओ और दोस्तों ने मिलकर इंडियन फूड खाया, व्हिस्की-वोडका पी और बॉलीवुड के गानों पर जम कर डांस किया।

उस रात सेम और पेगी बेडरूम में ख़मोश से छत ताक रहे थे।

पेगी ने सेम को किस कर के कहा, "यू आर जीनियस, मियाँ।"

सेम ने उसके गाउन को हल्के से छूते हुए कहा, "नॉट विदाउट यू, अली। तुम्हारे बचपन की डायरी, ड्राइंग बुक, फ़ोटोज़, स्क्रैपबुक के चित्र देख कर ही मुझे यह आइडिया आया था।"

फिर पेगी ने अपनी ज़ुबान से सेम को बहुत प्यार किया और सेम डूबती हुई आँखों से उसे देखता रहा। नाइटलैंप ऑफ़ करने से पहले पेगी ने कहा, "चलो ना मियाँ, हम शादी कर लेते हैं। यूनो, मैं प्रेग्नेंट हूँ।"

सेम ने हँसकर कहा–"चल-चल, तेरे साथ कौन शादी करेगा? तुझे तो साफ़-साफ़ हिन्दी या गुजराती बोलना भी नहीं आता।"

"जितना आता है, उतना काफ़ी नहीं?" पेगी ने सेम को गर्दन से पकड़ा। खींचकर उसके बदन पर चढ़ बैठी और नाइटलैंप बन्द किया।

कुछ ही महीनों में 'स्वजन सॉफ्टवेर' ने मानो जैसे इन्सान और मौत के रिश्ते को ही बदल डाला। एक ओर हरदोई का कानजी उस सॉफ्टवेयर पर अपना फ़ोटो अपलोड करता है, गाने की रिकॉर्डिंग करता है, तो वहाँ कोलकाता का

सुनंद मखुमदार मोहन बाग़ान की फुटबॉल मैच की बातें, टैगोर की कविताएँ अपलोड करता है। ये सब 'स्वजन सॉफ्टवेयरट' के डेटा में इकट्ठा हो रहा है। चीन में मरने से पहले पी-फूंग नामक बूढ़ा अपने बच्चों को अजीब रेसिपी सिखाता है, उसकी भी रिकॉर्डिंग हो रही है। कई वृद्ध लोगों की या बीमार लोगों की बातें, फ़ोटोज़, इंटरव्यूज़-सब फटाफट सॉफ्टवेयर में जमा होने लगता है। अब जैसे की आधी दुनिया उस सॉफ्टवेयर को ख़रीदने लगते हैं।

सेम और पेगी करोड़ों, अरबों, खरबों की दौलत में खो गये। कई तान्त्रिक और भूत-प्रेत में मानने वाले लोग सेम के पीछे लगे कि 'मरे हुए इन्सान को यूँ छेड़ना अच्छा नहीं! उनकी आत्मा पीछा नहीं छोड़ेगी। उनकी आत्मा मरने के बाद भी अपने स्वजनों के पास रुकी रहेगी, तो दुर्गति होगी.. 'वग़ैरह वग़ैरह। मगर सेम डरा नहीं, रुका नहीं। अब सेम ने उसमें होलोग्राम की सुविधा भी जोड़ दी तो अब मृत स्वजन का आकार सामने दिखाई देने लगा। वह आकार पूरी तरह हिलता-डुलता, चलता, बैठता, बातें भी करता, कभी खाँस भी लेता, जैसे 3D पिक्चर में पात्र हिलते-डुलते हैं, वैसे ही। हाँ, अगर आप उसे छूने जायें, तो आपकी उँगली उसके आर-पार निकल जाती, फिर भी आपको अपना प्रिय पात्र अपने साथ हो, ऐसा ही लगभग महसूस होता।

स्वजन सॉफ्टवेयर के एक के बाद एक वर्ज़न आते गये, मगर सेम के लिए 'स्वजन' सिर्फ़ एक कमाऊ ब्रांड बन के रह गया था। अब उसके लिए पेगी सिर्फ़ एक पार्टनर बन के रह गयी थी। बिज़नेस में और बेडरूम में भी। सेम ने उसे कभी भी शादी के लिए हाँ भी नहीं कहा और ना भी नहीं कहा, सेम का अतीत सफल था, भविष्य भरपूर था।

अब सेम बिछड़े हुए प्रेमियों के लिए 'सॉफ्टवेयर रोमांस' बना रहा था... जिससे लोग पुराने प्रेमी-प्रेमिका को याद करके रोमांस एंजॉय कर सकें। मगर सेम की अपनी ज़िन्दगी से रोमांस ग़ायब हो रहा था। वह पेगी से धीरे-धीरे दूर होने लगा। देश-विदेश की यात्राएँ, इंटरनेशनल कॉन्फ्रेंसेज़, बिज़नेस मीटिंग्स, मर्जर्स...बढ़ने लगे। 'स्वजन सॉफ्टवेयर' स्वजन का रचयिता अपने ही स्वजन से दूर रहने लगा। कभी वह अपनी ही खोज का मज़ाक़ करते हुए कहता था, "बेवकूफ़ इमोशनल लोग, जब तक अपने अतित को याद करना नहीं छोड़ेंगे, तब तक मेरा धन्धा ज़ोरों से चलेगा।"

एक दिन पेगी ने कहा कि वह कम्पनी छोड़ रही है और जापान जाकर बौद्ध धर्म को जानना चाहती है। सेम ने हँसकर कहा, "अरे, जो आनन्द की अनुभूति हमारे बीच समन्दर हमारे यॉट में बैठकर ठण्डी वाइन पीने में है, वह तुम्हें ध्यान करने में नहीं मिलेगा। अली, लेट अस गो टु हवाई बीच एंड हैव फन। समथिंग वाईल्ड। थ्री–सम, फ़ोर सम।"

पेगी देर तक उसे देखती रही और फिर बोली, "अब कभी मैं तुम्हें 'मियाँ' नहीं कहूँगी, क्योंकि तुम मेरे मियाँ कभी नहीं बन सके। यह वो सेम नहीं जिसे मैं जानती थी कभी। एनी वे, गुड बाय, बी हैपी।"

सेम को लगा कि वह यूँ ही रूठ कर दूर हो गयी है, कुछ दिनों में लौट आयेगी। मगर पेगी कभी वापस नहीं आयी। कम्पनी से अपना करोड़ों का हिस्सा छोड़ कर चली गयी। कभी-कभी सेम नशे में पेगी को फ़ोन करता था, पर पेगी ने उठाया नहीं।

एक दिन पेगी का वह नम्बर भी बन्द हो गया।

सेम के जीवन में नये पैसे, नयी-नयी लड़कियाँ, नयी-नयी खोज, नयी कम्पनियाँ, नये घर, नयी बोट, नये हेलीकॉप्टर्स सब की बारात लगातार आती रही। हर एक के जीवन में एक दिन अचानक मौत आने ही वाली है, वैसे ही एक दिन सेम को झटका लगा। उसे अचानक पता चला कि किसी अनजानी वजह से उसकी कम्पनी का मुनाफ़ा रातों-रात कम होने लगा है। स्वजन सॉफ्टवेयर, बिक तो ख़ूब रहा है, पर इनकम के नम्बर कम होते जा रहे हैं। अचानक कम्पनी घाटे की ओर जा रही है! सारे सॉफ्टवेयर ख़रीद रहे हैं तो कमाई कहाँ जा रही है? कई सालों के रिसर्च के बाद सॉफ्टवेयर भी ऐसा बना था, कोई नक़ल भी ना कर सके। ना ही कभी पायरेसी हो पाये, तो फिर इस सब की वजह क्या है?

सेम ने चाइनीज़ मार्केट में पूछताछ की पर पता चला कि यह काम चाइनीज़ लोगों का नहीं था, बल्कि कोई अनजाना ग्रुप ही कम्पनी को हाईजैक कर रहा था। सेम ने दुनिया के श्रेष्ठ सॉफ्टवेयर इंजीनियरों को बुलाकर इस प्रॉब्लम का रिसर्च करवाया, पर कोई कुछ बता नहीं पाया। हद तो तब हो गयी, जब उन एक्सपर्ट्स में से कुछ लोग ग़ायब होने लगे, कुछ लोग अचानक प्रोजेक्ट छोड़ कर चले गये। किसी ने वजह भी नहीं बतायी कि वे कहाँ जा रहे

हैं। 36 लोगों की टीम से 20 लोग ग़ायब हो गये और अच्छे भले कामयाब 4–5 लोगों ने अचानक आत्महत्या कर ली।

सेम, बावला-सा हो गया, सेम को समझ में नहीं आ रहा था कि वह कौन है, जो उसकी कम्पनी को हाईजैक कर रहा है। अपने हाथ से निकलते हुए सॉफ्टवेयर को बचाने की जी-तोड़ कोशिश कर रहा था, लेकिन जैसे सैंड क्लॉक से रेत फिसलती रहती है, वैसे ही उसके अकाउंट से पैसे फिसल रहे थे। उस पर दिन-ब-दिन कर्ज़ का फंदा कसता जा रहा था। यह सब होने की वजह और उसके उपाय सोच-सोचकर सेम की आँखें लाल हो जाती थीं, मगर आज उन लाल आँखों पर बर्फ़ लगाने वाली पेगी भी उसके पास न थी।

"यस पेगी...यह पेगी की ही करतूत होगी।" सेम ने सोचा।

पेगी को ही सॉफ्टवेयर के बारे में ये सब पता था। प्रोग्राम के सब पासवर्ड, उसके डीटेल्स सब के बारे में उसके पास पूरी जानकारी थी। सेम ने सोचा, "मगर पेगी ऐसा करेगी क्या?" बहुत सोचने के बाद और एक के बाद एक कड़ी जोड़ने के बाद सेम को भरोसा होने लगा कि पेगी ने ही उससे अलग होकर विश्वासघात किया है।

फिर तो पागलों की तरह सेम ने पेगी की तलाश शुरू की। पेगी न्यूयॉर्क से ग़ायब थी। सेम ने अमेरिका से लन्दन, लन्दन से पेरिस, पेरिस से पाकिस्तान, पाकिस्तान से जापान सब जगह ख़ुद जाकर तलाश किया। आख़िर में, ढाई महीने की तलाश के बाद उसे जापान के कोबे शहर में पेगी का पता मिला। सेम तुरन्त ही कोबे जाने को निकला। सोच लिया था कि अगर पेगी की शरारत है, तो वह पेगी को ख़त्म कर देगा।

मगर जब सेम एक बौद्ध मन्दिर के पते पर पहुँचा, तो उसके पाँव तले की ज़मीन खिसकने लगी, एक बौद्ध साधु ने बताया पेगी ने एक साल पहले ही आत्महत्या कर ली है। सेम को छोड़ने के 6 महीने बाद।

उस रात सेम बहुत रोया। उसे पेगी का प्यार, उसका स्पर्श, उसकी आवाज़ सब याद आ रहा था। उसका अकत्थय अपराधबोध। जैसे कोई उसे कोड़े मार रहा था। हज़ारों बिच्छू के दंश की तरह कष्ट देता रहा कि वह पेगी को सँभाल नहीं पाया। ऊपर से उसने ख़ुद पेगी पर शक किया? जबकि ख़ुद के ही बनाये हुए 'स्वजन सॉफ्टवेयर' में उसने पेगी का चेहरा, बातें, मिजाज़ कुछ भी रिकॉर्ड नहीं किया था!

सेम को कहाँ पता था कि पेगी ऐसे ही अचानक...

अगले दिन सेम बौद्ध मन्दिर में पेगी का सामान लेने गया। तब एक चमत्कार हुआ। वहाँ एक भिक्षुक बच्चा मिला, उस बच्चे ने सेम के नाम लिखा हुआ पेगी का ख़त दिया। सेम ने काँपते हाथ से ख़त पढाँ, "मियाँ, मिस यू... जब तुम्हारे हाथ ये पत्र लगेगा, बहुत देर हो गयी होगी, फिर भी...हमारे स्वजन सॉफ्टवेयर का नया पासवर्ड है 'सेम-पेगी-लवस्टोरी' और इसका प्रोग्राम भी इस ख़त के साथ चिप में है। इट्स अ सरप्राइज़ फ़ॉर यू! अलविदा मियाँ।"

सेम को जैसे चक्कर आने लगे। उसे कुछ भी समझ में नहीं आया कि ये सब क्या है? तुरन्त उसने होटल रूम में अपना लैपटॉप ऑन किया, डर और चिन्ता से काँप रहा था। मन में 'ॐ नमः शिवाय' कहा, फिर लैपटॉप पर 'स्वजन सॉफ्टवेयर' फिर से अपलोड कर के नया पासवर्ड डाला।

4–5 सेकंड लैपटॉप स्क्रीन सब रुक गया, फिर अचानक एक चीज़ फ्लैश हुई।

स्क्रीन पर अचानक पेगी का चेहरा दिखाई दिया। पेगी एकटक, शून्य नज़र से सेम को देख रही थी। पेगी का चेहरा धीरे-धीरे छोटा होकर स्टैंप साइज़ का हो गया। फिर स्क्रीन पर पेगी के चेहरे के पास सेम के माँ-बाप के चेहरे दिखाई दिये। वे लोग भी सेम को सिर्फ़ देखते रहे और फिर कम्प्यूटर स्क्रीन पर बावर्ची मनु के माँ-बाप और कई अनजान मृतात्माओं के भावहीन चेहरे उभरने लगे।

उन सबकी आँखों में भाव शून्यता थी।

सेम समझ गया। यह सब मरे हुए चेहरे हैं, सब के सब प्रेत हैं। 'स्वजन सॉफ्टवेयर' में रखे हुए सारे मृत चेहरे उसे ताक रहे थे। पेगी ने और असंख्य भूतों ने सेम की कम्पनी पर अब काबू पा लिया है। 'स्वजन सॉफ्टवेयर' और सेम की कम्पनी को असंख्य अनजानी आत्माओं ने हाईजैक कर लिया है।

सेम क्षुब्ध हो कर देख रहा था कि उनमें से कोई तो कुछ बोले, लेकिन वह परम शान्ति का सामना कर रहा था। कई प्रेतात्माओं के भावहीन चेहरे, थके हुए और अपने ही आविष्कार के सामने पराजित सेम को चुपचाप देख रहा था।

रातभर।

कुछ दिनों बाद सेम के ग़ुम होने की ख़बर फैल गयी।

एक लड़की जँची है...

एक ज़माने में कॉलेज की लड़कियों को युवा कवि शुभम और उसकी कविताएँ बहुत अच्छी लगती थीं, लेकिन वे लड़कियाँ कवि या कविता से ज़्यादा पैसों को चाहती थीं, इसलिए उन सभी ने कवि को छोड़ कर अमीर पुरुषों से शादी कर ली।

...और आज, 35 साल की उम्र में भी कुँवारा शुभम कभी-कभार विज्ञापनों में लिखकर या मुशायरों में पैसे कमाकर मुश्किल से गुज़ारा कर पाता था। प्यारे कवि की भावनाएँ बार-बार भड़क उठती थीं, लेकिन उसकी जेब हमेशा तंग रहती थी। एक बार वह तीन केले ले कर घर आ रहा था, तो बिल्डिंग के एक शरारती लड़के ने उसे पूछा, 'क्या बात है कवि, आज तीन-तीन केले ख़रीदे? घर पर कोई पार्टी है या क्या?'

जवाब में शुभम ने धमकी दी, 'एक कविता फेंक के मारूँ क्या?'

और लड़का तुरन्त भाग गया।

अन्तत: ग़रीबी से परेशान कवि ने आत्महत्या करने का निर्णय लिया। घर में कोई ऊँची मेज़ या कुर्सी नहीं थी, इसलिए वह अपनी लिखी सभी नयी-पुरानी कविताओं, अपने 9–10 कविता संग्रहों और अन्य साहित्यिक पुस्तकों का एक बड़ा ढेर बनाकर उस पर चढ़कर पंखे से लटक कर मरने जा रहा था, तभी उसका फ़ोन बजा। शुभम ने सोचा, अगर मुशायरे के लिए फ़ोन होगा तो?

आत्महत्या तो कभी भी हो सकती है, मुशायरा थोड़े ना छोड़ सकते हैं?

...लेकिन फ़ोन पर कॉलेज के समय की गर्लफ्रेंड अमी की मधुर आवाज़ सुनाई दी। अमी बहुत अमीर लड़की थी और 'अमीर लड़कियाँ हमेशा ही सुन्दर होती हैं या फिर अमीर लड़कियाँ धीरे-धीरे सुन्दर दिखने लगती हैं!' ये

बात शुभम तब भी यही मानता था और आज भी। अमीर अमी ने भी अपने से अमीर आदमी से शादी कर ली थी। उसका कन्नड़ पति, नारायण हेगड़े एक सामाजिक कार्यकर्ता-कम-बिज़नेसमेन था, यानी एक पक्का राजनेता, इसलिए स्वाभाविक रूप से उसके पास जैसे प्रजा के लिए कम समय होता था, वैसे ही अपनी पत्नी के लिए बहुत कम समय था। यहाँ तक कि नारायण अमी के साथ हनीमून पर यूरोप गया था, तब भी स्विस बैंक जा कर देशसेवा कर रहा था! पर शादी के बाद जब भी अमी अपनी लवली लाइफ़ से बोर हो जाती, तो शुभम को बुलाकर, रोमांटिक कविताएँ सुनती रहती। बदले में वह शुभम को मोबाइल फ़ोन, ब्रांडेड चश्मा या पैसे तोहफ़े में दे देती। शुभम को लगता कि बड़े-बड़े विद्वान विवेचक भी उसकी कविताओं को पहचान नहीं पाये, लेकिन सिर्फ़ अमी ही सही क़द्रदान है!

आज अमी ने शुभम को एक फ़ाइव स्टार होटल के गार्डन कैफे में बुलाया था। कवि, जो कुछ क्षण पहले 'ग़म' में मरना चाहता था, अब विदेशी 'रम' पी रहा था। अमी ने आँख मारते हुए कहा, 'मुझे तुम से एक ख़ास गिफ्ट चाहिए!'

'हुक्म मेमसाब!'

'तुम्हें तो पता है कि मेरा कोई बच्चा नहीं है, इसलिए अगर तुम मुझे...'

'नहीं...नहीं। यह ख़तरा मैं नहीं मोल सकता! अगर मैं पकड़ा गया, तो तुम्हारा पॉलिटिशियन पति मुझे दूर तन्दूर में भून कर मार डालेगा!'

'ओह, वैसे नहीं है, बाबा.. देखो, मुझे कोई बच्चा तो है नहीं, तो मरने के बाद मुझे याद रखने वाला कोई नहीं होगा। तो मैं अपने बारे में कविताएँ लिखवाकर ख़ुद को अमर बनाना चाहती हूँ।'

'ऐसे बोलो ना, अमर होना है! इसमें कौन-सी बड़ी बात है? हिन्दी साहित्य में कई अमर मरे पड़े हैं! बाक़ी सच कहूँ, तेरे दबंग पति के डर से सारी रम उतर गयी। महीनों के बाद, मुझे महँगी शराब मिली है!'

अमी ने शुभम को ऑफ़र दिया : 'कवि तुम मुझ पर कविताओं का एक संग्रह लिखो, बदले में मैं तुम्हें 3 लाख रुपये दूँगी।' शुभम को लगा कि वह आत्महत्या से तो बच गया, लेकिन सुखद सदमे से कहीं जान ना चली जाये! अमी का '3 लाख' वाला विचार बदल जाये, उस से पहले शुभम ने कहा, 'पगली, तुम पर कविता लिखने के लिए 3 लाख?'

'5 लाख दूँ?'

शुभम को लगा कि अब वह ख़ुशी से पागल हो जायेगा। अमी ने शुभम के गाल पर किस किया और कविता लिखने का कॉन्ट्रैक्ट बन गया। लेकिन, अब जब भी शुभम अमी के बारे में कोई कविता लिखने बैठता, तो उसे लकवा मार जाता। अमी से ज़्यादा उसे 5 लाख पर कविता सूझती थी। एक रात उसने दारू के नशे में भी लिखने की कोशिश की पर सुबह अपने ही अक्षरों को पढ़ नहीं पाया! शुभम ने मेडिकल स्टोर पर केमिस्ट को कविता दिखायी। केमिस्ट ने कविता के काग़ज़ को चारों ओर से पढ़ने की बहुत कोशिश की और अन्ततः एक जुलाब की गोली पकड़ा दी।

आख़िरकार थक कर शुभम ने अमी को बुला कर कह दिया, 'सॉरी अमी, मुझे कोई कविता सूझती नहीं है।'

'डोंट वरी...होता है। आजकल मेरा पति भी मुझ से प्यार में ज़्यादा टिक नहीं पाता!' और फिर अमी ने शुभम को पास लिया, सिर पर हाथ रख कर, चेहरा अपने पास लिया और उसके होठों पर एक लम्बा किस दिया।

अगले दिन जब शुभम ने 5 स्टार होटल के कमरे के बिस्तर में आँखें खोलीं, तो देखा कि अमी बग़ल में लेटी थी। अमी, चादर ओढ़े प्यार से उसे देख रही थी। कई वर्षों के बाद शुभम ने किसी सुन्दर स्त्री के शरीर को इतने क़रीब से देखा कि बस...उसके भीतर तुरन्त कविता जाग उठी :

एक लड़की जँची है,
जिस पर नज़र थमी है,
नाम उसका 'अमी' है!
पल में बाज़ी हार गया,
ये प्यार है या 'रमी' है?
मंगलसूत्र भले वो पहने,
जानता हूँ, वो 'डमी' है!

कवि ने कविता के नीचे सुन्दर गुलाब का डिज़ाइन बनाया और उस के अन्दर छिपा के ओटोग्राफ़ भी दिया। अमी ने यह देख फ़ौरन 1 लाख रुपये शुभम को देकर उसकी उँगली चूमते हुए कहा, 'जब दोबारा तुम्हें कविता समझ में न आये, तो मेरे पास आ जाना। आज की तरह ही तुझ में कविता जगा दूँगी!'

कवि ने एक हाथ से पैसे को चूमा और दूसरे हाथ से अमी को।

अगले दिन अमी ख़ुश थी, लेकिन उसके पति नारायण को ख़बर मिली : 'दिल्ली से आदेश जारी हुआ है कि आयकर और ईडी उसके घर पर छापा मारेंगे!' नारायण ने जल्दी से अलमारियों से पैसों की गड्डियाँ निकालीं, उन्हें बैगों में छिपाकर फ़ार्म हाउस पर भेजना शुरू किया। उतने में अमी ने शुभम की कविता जो अलमारी में छिपा रखी थी, वह नारायण के हाथ में आ गयी। वह कन्नड़ नेता हिन्दी नहीं जानता था, लेकिन सुन्दर लिखी कविता और गुलाब के चित्र से वह समझ गया कि किसी ने उसकी पत्नी को रोमांटिक पत्र लिखा है!

इस बीच, अमी के पति नारायण को फ़ोन आया कि उसकी पार्टी रातों-रात टूटकर दिल्ली की सत्ताधारी पार्टी में शामिल हो गयी है, इसलिए अब कोई छापेमारी नहीं होगी! नारायण को हल्की हँसी आयी, लेकिन इन सब में एक ही सवाल उसके मन में बार-बार घूम रहा था : किसने लिखा होगा अमी को प्रेमपत्र?

नारायण ने किसी पढ़े लिखे नेता को फ़ोन लगाया, 'भाई, आप किसी कवि को जानते हैं?'

'क्या अन्ना, इधर अपनी पार्टी टूट रही है और तेरे को कवि की पड़ी है? सदमे में सटक गयी क्या? पोएट छोड़ो और पुलिस कमिश्नर को पूछो कि 16 एम.एल.ए. किधर हैं?' लेकिन नारायण को उस चर्चा में कोई रुचि नहीं थी, उसे तो किसी भी हालत में कवि का कॉन्टैक्ट चाहिए था।

और नारायण ने 'बाबुल' नाम के एक तथाकथित हिन्दी क्रान्तिकारी कवि को 10 अंगरक्षकों के साथ किसी छोटे से कमरे में घेर लिया और उसे वह कविता दिखाई। बाबुल ने कविता पढ़ी, उस के नीचे जो गुलाब का चित्र था, उसमें छिपा हुआ 'शुभम' नाम पकड लिया, लेकिन वह 10 मिनट तक चुप रहा, क्योंकि वह अपने दोस्त को बचाना चाहता था।

तभी नारायण ने बाबुल पर बन्दूक़ तान दी।

अब बाबुल ऐसे थर-थर काँपने लगा कि अगर उसके हाथ में दही होता, तो गिलास हिल-हिल कर लस्सी बन जाती! अन्ततः क्रान्तिकारी कवि बाबुल, नारायण हेगडे के पैरों में गिर पड़ा और शुभम के बारे में सारी जानकारी उगल दी।

'क्या लिखा? कि...मुझे एक लड़की पसन्द आयेली है, उसका नाम उसका अमी है! ऊपर से लिखता है-मंगलसूत्र पहना है लेकिन यह 'डमी' है।' साले कु मालूम नहीं है कि अपने पास सामान 'डमी 'नहीं है, क्या ?', बड़बड़ाते हुए नारायण ने असली रिवॉल्वर निकाली!

कविमित्र बाबुल ने तुरन्त ही शुभम को फ़ोन किया–'वो नेता नारायण हेगड़े तुम्हें ढूँढ रहा है, बेवकूफ़! और कविताएँ लिख रंडुवे, शादीशुदा औरतों पर! अब चल जल्दी से भाग और कहीं छिप जा।' शुभम पहने हुए कपड़े में काला चश्मा पहनकर घर से भागा। गेट पर 4-4 कारों के काफ़िले को मकान की ओर आते देख कर शुभम घबरा गया। शुभम ने उसके मकान के परिसर में एक चाचा को देखा और तुरन्त नमस्ते कहकर चाचा की छड़ी खींच ली और छड़ी के सहारे एक अन्धे की तरह चलने लगा। सामने से दौड़कर आते हुए नारायण हेगड़े ने शुभम को ही पकड़ के रोका और पूछा, 'एय, शुभम नाम के चिरकुट कवि को जानता है क्या?'

'मैं तो अन्धा हूँ! कविता कैसे पढ़ सकता हूँ? लेकिन सुना है कि वह बहुत जेन्टलमेन है।'

'किधर का जेन्टलमेन? 24 कैरेट मंगलसूत्र को डमी बोलताय, साला!' इतना बोलते हुए धक्का मार कर नारायण आगे बढ़ गया।

अन्धे की भूमिका तुरन्त छोड़, शुभम गेट से बाहर भाग गया और पास की झुग्गी-झोपड़ियों में छिप गया। अगले दिन अमी का फ़ोन आया, 'डरो मत, डिअर। मैंने नारायण को पट्टी पढ़ा दी है कि कॉलेज के दिनों में यह कविता किसी ने लिखी थी! ऊपर से उसके 16 विधायक भाग गये हैं तो वह पार्टी बचाने में व्यस्त है। नाव लिसन...कुछ दिन मुझे फ़ोन मत करना और अपना नम्बर और पता बदल देना।'

शुभम छिपने के लिए गाँव जाने निकला पर पता नहीं उसे क्या खुराफ़ात सुझी कि उसने वी.टी. स्टेशन के सार्वजनिक फ़ोन से नारायण हेगडे को धमकाया, 'अबे तेरे और भी 10 विधायक पार्टी को छोड़ने वाले हैं। उस पर ध्यान दे निकम्मे नेता, मेरी कविता पर नहीं!' इससे पहले कि नारायण हेगड़े कुछ समझ पाता, शुभम ने फ़ोन काट दिया।

2 साल बीत चुके थे। फिर अचानक एक सामाजिक संस्था ने शुभम को 50,000 रुपये देकर सम्मानित करने का निर्णय लिया, इसलिए शुभम दाढ़ी बढ़ाये हुए अज्ञातवास से बाहर आया। समारोह के मंच पर जैसे ही शुभम बैठा कि तभी घोषणा हुई : 'मुख्यमन्त्री की व्यस्ता की वजह से उन के बदले आज राज्य गृह मन्त्री नारायण हेगड़ेजी पधारेंगे।' यह सुनते ही शुभम ने सोच के वह तुरन्त वहाँ से भाग जाये, लेकिन 50,000 का मोह उससे छूट नहीं रहा था।

कवि के सामने केवल दो विकल्प थे : मृत्यु या माल!

शुभम ने संचालक के कान में कहा, 'जल्दी करो, मेरे पेट में दर्द है। वैसे भी नेता लोग टाइम पे कहाँ आते हैं? वोट माँगने के लिए ही प्रकट होते हैं, और चुने जाने के बाद गायब!' पर उतने में नारायण हेगड़े वहाँ पहुँच गया! अब शुभम मंच से नहीं भाग सकता था। उसने अपना चेहरा रुमाल से छिपाया और धीरे से मोबाइल पर किसी को मैसेज भेजा। कुछ देर के बाद पुरस्कार की घोषणा हुई। 'शुभम' नाम सुनकर नारायण हेगड़े चौंक गया। शुभम ने सोचा कि नारायण शॉल का फंदा बनाकर खुलेआम फ़ाँसी पर लटका देगा, लेकिन नारायण ने मुस्कुराते हुए उसे शॉल ओढ़ाया और एक नारियल के साथ 50,000 का चेक दिया। शुभम ने सिर झुकाकर नारायण को प्रणाम करते हुए धक्का मारकर मंच से भागने लगा, नारायण भी उसके पीछे-पीछे भागा, लेकिन कार्यक्रम के संचालक ने नारायण को आदरपूर्वक रोक कर, उस को भाषण के लिए माइक के पास बुलाया। एक ओर नारायण, कवि को ज़िन्दा छोड़ना नहीं चाहता था और दूसरी ओर, वह नेता था तो माइक को भी कैसे छोड़ पाता?

इधर, नारायण ने भाषण शुरू किया और उधर शुभम ग़ायब! सड़क पर चिलचिलाती धूप में शॉल ओढ़े शुभम बुलेट ट्रेन को भी शर्मसार कर देने वाली रफ़्तार से 4-5 गली-गलियारों से होते हुए हाई–वे पर पहुँचा। वहाँ उसके पास आकर एक कार रुकी। शुभम तुरन्त उसमें बैठ गया। कार में अमी थी, क्योंकि कुछ मिनट पहले ही नारायण को देख कर शुभम ने मंच पर से अमी को मैसेज किया था।

अमी ने शहर से दूर, हाई–वे के पास किसी सुनसान जगह पर कार रोकी, कवि के पसीने से तर चेहरे को रुमाल से पोंछा, प्यार से उसके सिर

पर हाथ फेरा, हमेशा की तरह उसे एक लम्बा किस दिया और 50,000 रुपये भी थमाये!

'जान बचाने के लिए थैंक्स! पर ये पैसे? किस लिए' शुभम ने पूछा।

अमी बोली,'रिलेक्स! डरो मत। गहरी साँस लो...मैं नारायण को तो बेडरूम में यूँ मना लूँगी। प्रॉमिस, अब वो तुम्हें कुछ नहीं करेगा। तुम डर गये हो, लेकिन मेरे लिए यह कोई नयी बात नहीं है, समझे?'

कवि अवाक रह गया।

अमी ने आँख मारते हुए कहा, 'बात ऐसी है कि एक कविता...'

'नहीं...नहीं! अब तुम मुझे 50 लाख दोगी, तो भी मैं तुम्हारे पर तो क्या, किसी भी शादीशुदा स्त्री, पुरुष, पशु या पक्षी के बारे में कभी कोई कविता नहीं लिखूँगा!', शुभम ने हाथ जोड़कर कहा।

'चिल यार, कविता नहीं लिखनी है।'

'तो?'

'अरे किसी ने कन्नड़ भाषा में नारायण पर एक कविता लिखी है! पहले इसका अर्थ समझाओ और फिर शेफाली नाम की किसी कवियत्री का पता ढूँढकर मुझे दो! वर्ना...'

शुभम 'हाँ' या 'ना' कहे उस के पहले अमी अपने पर्स में रखी रिवॉल्वर को सहलाते हुए मुस्कुराने लगी।

जाल

मैंने "गणेश पी.पंचाल" नाम की फ़ाइल बन्द करके ऑफ़िस के ड्रॉवर में रख दी, क्योंकि वह 'मेरी फ़ाइल' थी। मेरे घर पर भी 'मेरा नाम' लिखा हुआ है। ऑफ़िस के बायें कोने पर दाहिने हाथ से दूसरा टेबल मेरा यानी कि सिर्फ़ 'गणेश पी.पंचाल 'का ही है।

मेरी फ़ाइलें, मेरा पेन, मेरे काग़ज़, चाय के कप से बना हुआ डिज़ाइन सब कुछ मेरा है। केवल मेरा। गणेश पी.पंचाल का। यहाँ तक की शर्ट की कॉलर के पीछे मैंने एक रुमाल रखा है, ताकि शर्ट गन्दा ना हो और मैं अगल दो दिन पहन सकूँ, उस रुमाल पर भी गणेश पी.पंचाल–नाम की एन्ब्रोडरी करवाई है!

यहीं मैं हमेशा आता हूँ, बैठता हूँ, काम करता हूँ और यहीं से ही मैं हमेशा निकल जाता हूँ। यहीं बैठकर मैं अंग्रेज़ी अख़बार में अपना भविष्य पढ़ता हूँ। यहीं बैठ-बैठे, चौपाटी पर बिताए हुए अपने कॉलेज के मस्ती वाले दिनों की मानो जुगाली करता हूँ। यहीं बड़ी कुर्सी पर पाँव फैलाकर जम्हाई लेता हूँ। इसी जगह मेरी माँ की मृत्यु का समाचार मुझे मिला था। यहीं बैठे-बैठे मैं अपने हाथ को एक समान गति से एक ही दिशा में हिलाता-डुलाता रहता हूँ और यहीं पर मेरे ही हाथ से 'मेरे ही नाम' का चेक महीने की आख़िरी तारीख़ को मुझे मिलता है!

और यह टेबल ही है, मेरे पसीने का साम्राज्य।

गणेश पी.पंचाल का साम्राज्य।

फ़िलहाल, मैं दोनों हाथ जोड़े बैठा हूँ, इसका मतलब यह नहीं कि मुझे कुछ काम नहीं है। पर मैं तो अभी राह देख रहा हूँ कि कब कोई केबिन में

हाथ बढ़ा कर बेल बजाये और मुझे बुलाये। मैं राह देख रहा हूँ कि उनसे मेरी बात कब होगी। कब मैं उनसे प्रार्थना कर पाऊँगा। क्या बात करनी है, कैसे बात करनी है, इसकी पूरी तैयारी मैंने मन में कर रखी है। अब सिर्फ़ विनती करनी है, एक अर्ज़ी दे कर।

सामने दीवार पर लटकती घड़ी भी ऑफ़िस की ही गति से धीरे-धीरे आगे बढ़ रही है। मैं लकड़ी के टेबल की आधी उखड़ी हुई सतह को तबले की तरह बजा रहा हूँ। मेरी उँगली पर पहनी हुई अंग्रेज़ी अक्षर "जी–वाली धातु की अँगूठी टेबल पर बजती है, तो अच्छी झँकार निकलती है। पर फिर भी मेरी बेचैनी समय बीतने पर बढ़ती जाती है।

और फिर अचानक बेल बजती है और मुझे केबिन में से बुलावा आता है। अब मुझे मेरी प्यार से अर्ज़ी देनी है, बस। वैसे तो आज तक मैंने अनेक अर्ज़ियाँ दी हैं, अपनी ज़िन्दगी में। मगर हर बार अलग ही कम्पन महसूस होता है मेरे तन में। मेरे पिता के सामने, ट्यूशन टीचर के सामने, कॉलेज के प्रिंसिपल के सामने, कई अधिकारियों के सामने मैं जब-जब खड़ा रहा हूँ और तो मुझे लगता था कि मैं शब्दों की कच्ची सड़क हूँ और कोई भी उसके ऊपर से गुज़र जाता है और फिर हवा में एक ग़ुबार-सा फैल जाता है। हर बार सामने वाले इन्सान को देखकर मैं बेबस-सा हो कर रह जाता हूँ। अपनी हथेलियों को ज़ोरों से मसलता हूँ और थक-हार कर उन्हें भिगो देता हूँ।

कभी पसीने से, तो कभी...

इस बार मैंने केबिन के अपने आप खुलने और बन्द होने वाले स्प्रिंग लगे दरवाज़े को ऐसे धक्का दिया मानो उसकी भी इज़ाज़त लेना ज़रूरी ना हो! साहब ने अनजान बनकर काग़ज़ पर कुछ लिखना शुरू किया। मैं जानता हूँ या फिर यूँ कहिए कि मेरा अनुभव है कि सामने वाले इन्सान को बेचैन कर देने का यह एक आक्रमक लेकिन अहिंसक तरीक़ा है। मैंने सामने, मतलब कि साहब के सिर के ऊपर दीवार के केन्द्र में रखी हुई किसी सन्त की तस्वीर देखी। सन्त के सिर के उन के बाल, गुरुत्वाकर्षण के विपरीत जाकर ऊपर की ओर फैल गये थे। सन्त की आँखों में हैंग–ओवर जैसा भाव दिखाई दे रहा था। उस तस्वीर के नीचे लिखी पंक्ति मैंने दो बार पढ़ ली : "सबका मालिक एक"।

साहब चश्मा ठीक करते हुए धीरे से हँसे। उनके दाँतों में एक दाँत सोने का है। जिसे मैंने कई बार देखा है। साहब टकटकी लगाकर देर तक मुझे देखते रहे। फिर धीरे से पूछा, "बोलो पंचाल?"

मैं कहता हूँ : "साहब, वो अर्ज़ी भेजी थी।"

साहब कहते हैं :–"उसका क्या?"

मैं बड़बड़ाता हूँ : "आपने उसके बारे में कुछ सोचा?"

साहब कहते हैं : "वक़्त ही कहाँ मिलता है?"

और वक़्त शब्द सुन कर मुझे उस रुके हुए शिथिल पल में याद आता है कि कई साल पहले मुझे एक प्रोफ़ेसर ने उनकी केबिन में इसी तरह, ऐसी ही आवाज़ में कहा था, "भाई, वक़्त का तक़ाज़ा है।"

मैंने अर्ज़ी की दूसरी कॉपी सामने रख दी, साहब मुझे ताक़ते रहते हैं और मैं साहब को। मानो क्षणों को तराजू में तोला जा रहा है। मैंने अपने और उनके बीच ऊँचाई की एक ढलान महसूस की। ऊँचाई की ढलान से नज़र सरकाते हुए मैंने होंठ हिलाये और हिम्मत जुटाते कहा, "एकाध बार ज़रा नज़र डल देते, तो अच्छा होता।"

साहब मुँह में पान मसाला चबाते हुए कहते हैं, "देखो पंचाल, तुम्हें अपने वक़्त पर अपना काम करवाना है, तो वो तो नहीं हो पायेगा। यू हैव टु वेट। मुझे हज़ार बार सोचना पड़ता है। ऐसे ही मैं किसी काम के लिए 'हाँ' नहीं कह सकता। मेरी भी ज़िम्मेदारियाँ हैं, पद की मर्यादा है!"

मैंने मुँह हिलाने की कोशिश इस बार भी की। पर बोल नहीं पाया। मेरे और साहब के बीच एयरकंडिशन की हवा में कई परतें बन जा रही थीं। साँसों में ख़ुशबूदार स्प्रे की लहरें आ रही है और सीने पर बोझ महसूस हो रहा है। साहब कुर्सी में बैठकर गोल-गोल घूम रहे हैं। ऐसा लगा कि मैं ढलान पर मानो किसी बिना पाँव के घोड़े की तरह लुढ़क रहा हूँ। मेरी निग़ाहों में अब सिर्फ़ सामने चमकती हुए चश्मे की फ़्रेम है और उस फ़्रेम के दो टुकड़ों में साहब की दो ढली हुई पलकें कुछ सोच रही हैं।

झुकी हुई आँखों का भी एक ख़ौफ़ होता है, मेरे बाप की आँखों की तरह।

जब मैं सिनेमा देखने के लिए पैसे माँगता, तब उनका आँखों का जो

प्रतिभाव होता, वैसा कुछ। मैं थोड़ा काँपते हुए उन के जवाब का इन्तज़ार करता हूँ और वो मेरे जाने का।

एक आदमी बैठा है और एक आदमी खड़ा है।

दोनों के आस-पास मानो जैसे कोई मकड़ी का जाल बन गया है। मैं उस जाल में बोस की हल्की बढ़ी हुई दाढ़ी में फँस जाता हूँ। भीतर कँपकँपी के रेले बहने लगते हैं। चमड़ी की सातवीं परत के भीतर करुण शहनाई की तरह शिराएँ धड़कने लगती हैं और पेट में खालीपन के झाँझर बजने लगते हैं, मेरा गला सूख रहा है, ज़ुबान सूखने लगती है। फिर भी मैं साहब के जवाब की प्रतीक्षा में हूँ। मेरी पीठ पर आहिस्ता-आहिस्ता पसीना बह रहा है, लेकिन होठों पर अब भी एक हल्की मुस्कुराहट है।

मैं जानता हूँ कि साहब मेरी अर्ज़ी के बारे में जब तक कुछ नहीं बोलते हैं, मुझे बाहर नहीं जाना और साहब भी जानते हैं कि मैं ऐसे ही जाने वाला नहीं हूँ। फिर भी वो टेबल पर पेपरवेट घुमा रहे हैं। मैं खड़ा-खड़ा कैलेंडर में से मुझे देख रही सुन्दरी को निहारता रहता हूँ।

जाल के ताने-बाने मज़बूत होते जाते हैं। धीरे-धीरे मैं, बॉस, उनकी रिवॉल्विंग चेयर, इंटरकॉम, काग़ज़, पूरा का पूरा केबिन–सब कुछ उस जाल में उलझ जाता है।

मैं उस जाल में झूलते हुए, स्थितप्रज्ञ की तरह, एक इन्सान को दूसरे इन्सान पर हावी होते हुए देख रहा हूँ। जैसे कि मैं कन्धे पर सलीब उठाकर रेत के ढेर पर मुश्किल से चढ़ रहा हूँ और दूर सूरज चमक रहा है-5 बजे के गजर का।

आख़िरकार, साहब कहते हैं, "ठीक है पंचाल, कल आओ। सोचता हूँ। यू कैन गो नाउ।"

मैं अन्धेरी गुफा से निकले हुए क़ैदी की तरह ब्रीफकेस लेकर 5:58 की फास्ट लोकल ट्रेन में खिड़की के पास जगह पाने के लिए छलाँग लगाता हूँ। बहुत देर बाद मुझे ख़याल आता है कि मैं ग़लती से भजन मण्डली वाले डिब्बे में आ गया हूँ। कोई मंजीरा, तो कोई खंजरी लेकर ज़ोर-शोर से भजन गा रहा है। हमेशा इसी डिब्बे में इसी समय पर यात्रा करने वाले यात्रियों का फेवरिट टाइम पास है ये भजन। ऐक्सिडेंट में हाथ कट जाने के बाद एकाध

नस पर लटकते बाजू की तरह इन थके हुए लोगों के स्वर और श्रद्धा अब भी टिके हुए हैं। उन में से एक यात्री ऊँचे, फटे स्वर में गाने लगता है। मैं ध्यान देकर सुनता हूँ। खिड़की के बाहर बदबू वाली खाड़ी पर चमक रही सूरज की किरणों की ओर हाथ फैलाकर और एक कान पर दूसरा हाथ रखकर वह यात्री ईश्वर को पुकार रहा है।

अब मैं ट्रेन से उतरकर तेज़ी से घर आता हूँ। शाम को नल में पानी आना बन्द हो जाये, इससे पहले घर पहुँचकर नहा लेने की फिराक़ में पसीने से लथपथ हो जाता हूँ। घर पहुँचकर सोफ़े के सिले हुए छोर पर बैठता हूँ। मेरी नज़र मेरी वाइफ वैशाखी के पुराने गाउन पर पड़ती है। मुझे याद आता है कि मुझे वैशाखी के लिए नया गाउन भी तो ख़रीदना है। तभी वैशाखी चाय का आधा गिलास देकर हिचकिचाते हुए कहती है, "अभि, बेचारा कब से तुम्हारा इन्तज़ार कर रहा है।"

मैं मेरे बेटे अभि को सामने देखता हूँ, उसने किसी क़ैदी की तरह पुरानी–सी टी-शर्ट पहनी है। उस के घुटनों के फफोले पर लाल रंग की दवाई के दाग़ हैं। एक कोने में पैर सिकोड़कर बैठा अभि हाथ से बॉल उछालकर खेल रहा है।

"पापा...वो...मुझे...' अभि ज़्यादा बोल नहीं पाता, नज़रें झुका लेता है।

अभि की ओर से वैशाखी जैसे पैरवी करती हो वैसे हिचकिचाते हुए कहती है, "अभि कब से कह रहा है कि स्कूल से सब चार दिन के लिए ट्रेकिंग पर जा रहे हैं, तो उसे भी जाना है, तो..."

मैं उदासी से अभि को देखता हूँ। वह एक टूटे हुए दाँत के साथ याचना से भरी आँखों से मुझे देखकर मुस्कुराता है।

मैं कोई जवाब नहीं देता, बात टालने के लिए मैं फिर से वैशाखी के पुराने गाउन की ओर देखता हूँ, मगर मेरे विचारों की शृंखला टूटती नहीं है।

अभि उर्फ़ अभिजीत खड़ा होकर मेरे पास आता है। मुझे लगता है, वह कुछ कहेगा, लेकिन वह खिड़की के बाहर देखने लगता है। मेरे और उसके बीच फिर से आँखों का सेतु बनता है। वह सिर झुका लेता है और मेरी एक 'हाँ' का इन्तज़ार करने लगता है। मैं उसकी नज़र पर नज़र डालकर नज़र फेर लेता हूँ और खिड़की के बाहर के एक मकान को ताकने लगता हूँ, बेवजह।

अभि साँस थाम कर मेरे जवाब के लिए मुझे ताक रहा है। मैं चुप हूँ।

यहाँ फिर से मौन का जाल बन जाता है और मैं उलझ जाता हूँ। मैं, अभि, मेरी पत्नी, घर का सारा सामान, फ़र्नीचर, सब कुछ उस जाल में उलझ जाता है।

बिल्कुल उसी तरह जैसे कुछ समय पहले अभि की जगह मैं अपने बॉस के सामने ख़ामोश खड़ा था।

उस निःशब्द जाल में। मुझे उस जाल से निकलना है, अभि को भी निकालना है।

कुछ पल बाद मैं अभि के सामने देखे बिना 'हाँ' कह देता हूँ। वह मुस्कुराकर वैशाखी के गाउन से हाथ पोंछकर भाग जाता है। वैशाखी के अकाल मुरझाये हुए चेहरे पर महीन सन्तोष की रेखाएँ उभर आती हैं।

जाल अब भी यथावत है, मौन का।

उतने में पड़ोसी के घर से म्यूज़िक की ड्रम बीट्स, मेरे घर के अधखुले दरवाज़े से मेरी नेम प्लेट को भेद

कर अन्दर चली आती है और घर में फैले हुए जाल को तोड़ देती है और मैं अनुत्तर होकर, बाहर खेलते बच्चों का खेल खिड़की से देखने लगता हूँ। सवाल और जवाब के मकड़ी के जाल से उस पार।

तिरपद

मेरा नाम *त्रिपद मेहता* उर्फ़ *तिरपद* उर्फ़ *साला निकम्मा* है। मेरे बाल ज़्यादातर तेल से लथपथ होते हैं और मेरे सीने की पसलियाँ गिनी जा सकती हैं। मेरा मकान जहाँ है, वह एरिया अच्छा नहीं है, क्योंकि मेरा नाम तिरपद है। मैं जब भी कुछ करने जाता हूँ या कहीं से गुज़रता हूँ, तो लोग कहते हैं, 'लो, आ गया, साला तिरपद।'

मैं पी.टी.सी. तक पढ़ा हूँ। मामूली शिक्षक हूँ। पाँचवीं से आठवीं कक्षा के प्रॉक्सी पीरियड लेता हूँ। मैं जो कुछ भी हूँ, यही हूँ। मगर अच्छी बात यह है कि मैं तिरपद हूँ।

मेरे चेहरे को देख कर लोग हँसते हैं। मेरे पीछे लोग मेरी नक़ल उतारते हैं और मेरे मकान के सामने जो पानवाला है, वह मेरे पान में कत्था तक कम लगाता है। न जाने क्यों हमेशा मेरे पजामे का नाड़ा अन्दर की ओर घुस जाता है और इसीलिए मैं हमेशा स्कूल में देरी से पहुँचता हूँ और फिर स्कूल का चपरासी भी मेरे बालों की चोटी पकड़ कर खींचता है।

हाँ, तो मैं तिरपद। हमेशा अपना तीसरा पैर ढूँढता हूँ, ताकि ख़ुद को सँभाल पाऊँ। गिर ना जाऊँ। सच। और एक सच कहूँ तो मेरे घर में अख़बार भी नहीं आता और पड़ोसियों के पास से अख़बार माँगना मैंने छोड़ दिया है, क्योंकि वे लोग मुझे हमेशा पुराना अख़बार पढ़ने के लिए देते हैं और फिर पूरा अख़बार पढ़ने के बाद ही मुझे उस बात का पता चलता है कि वह पुराना है!

इन सब बातों की वजह आप जानते हैं? बहुत सीधी–सी वजह है।

मैं तिरपद हूँ ना, इसलिए।

मैं जैसे ही गली में प्रवेश करता हूँ, गटर की दीवार पर बैठे ऊँचे, गोरे, कॉलेज के छात्र जैसे दिखने वाले चार-पाँच लड़के कहते हैं, 'देखो, आ गया तिरपद साला।'

और मैं घबरा कर शरमा जाता हूँ।

मेरी आमदनी बहुत कम है। यहाँ मेरे सगे-सम्बन्धी, दोस्त, दिलरुबा, जानू-ऐसा कोई भी नहीं। मुझे पाँचवीं या छठवीं कक्षा में प्रॉक्सी के कुछ पीरियड्स लेने होते हैं और पाठशाला की छोटी-मोटी प्रवृत्तियों को सँभालना होता है। हालाँकि, साहब लोगों को ख़ुश रखना मुझे आता है। यह नौकरी है, इसलिए आनन्द है, आराम है। बाक़ी, दुनिया भले ही कहती रहे कि तिरपद का तो ऐसा है और तिरपद का तो वैसा है।...

मगर सच बात बता दूँ? बात ऐसी है कि मुझे अब यह 'तिरपदपन' अन्दर ही अन्दर खाये जा रहा है। स्टाफ में भी मेरा दिया हुआ काम कोई करता नहीं। मैं जब क्लास में होता हूँ, तो बच्चे मुझसे पूछे बिना ही पेशाब करने चले जाते हैं। पड़ोसी का दूधवाला भी सुबह-सुबह छह बजे बिना वजह घर के दरवाज़े पर दस्तक देकर भाग जाता है।

मेरी यह अवहेलना, मज़ाक़, उपहास-यह सब मेरे साथ ही क्यों? मुझे ही ऐसा एहसास क्यों होता है? मैं समझ नहीं पाता हूँ।

मगर ये सब बातें, जो मैं आप लोगों को बता रहा हूँ, वही बातें चिल्लाकर मैं, मुझ पर थूकने वालों से नहीं कह सकता। मेरे गले की नसें फूल नहीं पातीं। मेरी आँखें ग़ुस्से से लाल नहीं हो पातीं, क्योंकि मैं तिरपद हूँ ना...

मैंने मेरे व्यक्तित्व में, मेरी बातों में रंगीनियत लाने की बहुत कोशिश की। तरह-तरह के स्टाइलिश कपड़े भी पहनकर देखे। बाल भी बढ़ाकर देखे। मुँह खोल कर 'हाय-बाय-शाय' स्टाइल से लड़कियों के सामने कहकर भी देख लिया। फिर भी कुछ नहीं हुआ। लोगों के लिए मैं और भी हास्यास्पद होता गया। सब मज़ाक़ के सुर में, नये-नये ढंग से कहते रहे, "देखो, देखो, वह तिरपद जा रहा है।"

मुझे अब समझ जाना चाहिए था।

यह छोटे से वेतन वाली नौकरी मैं छोड़ना चाहता था। मुझे स्वाभिमान से अपनी ज़िन्दगी जीनी थी। मुझे यह पाँच फीट 3 इंच के शरीर को स्मार्ट और

रौबदार बनाना था। मुझे दो कौड़ी का 'मास्टर, टीचर' या 'तिरपद साला' नहीं रहना था, बल्कि पान के गल्ले पर खड़े होकर ज़िन्दगी को धुएँ में उड़ाने वाला इज़्ज़तदार आदमी बनना था।

पिछले चार-पाँच दिन से ऐसे ही सब ख़याल मेरे दिमाग़ में घूमते रहते थे। कल मैं मोहल्ले के गेट के पास से आ रहा था। उस गेट के पास में वॉचमैन के रहने के लिए एक छोटा कमरा है। वॉचमैन वहाँ अख़बार पढ़ रहा था। उसकी पत्नी आटा गूँद रही थी।

मेरे मन में एक ही विचार घूम रहा था कि—मुझे बस तिरपद नहीं रहना था।

उस तरफ़ वॉचमेन की पत्नी आटे को सख़्त बनाने के लिए ज़्यादा गूँद रही थी। मुझे दरवाज़े के पास आते देख वॉचमैन अपना कान साफ़ करने लगा। मैं सोच में डूबा चल रहा था कि तभी मुझे ठोकर लग गयी, थोड़ा शरमा कर मैं उस औरत को देख के मुस्कुराया।

तब वॉचमैन बोला, "देखा, आ गया साला चू...का ढक्कन, तिरपद।"

फिर मैं एक साँस में अपने कमरे की ओर भागा। घर जाकर अच्छी तरह से स्नान किया। कपड़े बदलकर पजामा पहना! खुले बदन बन्द पंखे के नीचे खड़ा होकर बहुत सोचा और नौकरी छोड़ने का निर्णय ले लिया। अब बाहर की दुनिया में जाकर, घुमक्कड़ बनकर तिरपदपन छोड़ देने की तीव्र इच्छा होने लगी। ज़ालिम खुजली जैसी इच्छा। मैं दूसरे दिन का इन्तज़ार करने लगा। अब अपने तिरपदपन की यह आख़िरी रात मैं सोना चाहता था।

सुबह मैं स्कूल गया। प्रिंसिपल दोपहर के बाद आने वाला था और मुझे जन्माष्टमी के कार्यक्रम की तैयारियाँ करवाने का आदेश देकर गया था। नौकरी तो छोड़नी थी, मगर साहब कहकर गये थे इसलिए...क्या करूँ, तिरपदपन आसानी से छूट नहीं रहा था।

मैंने कार्यक्रम के लिए बच्चों के नाम लिखने शुरू किये। दो सौ पेज की फटी-पुरानी नोटबुक से दो-तीन श्लोक, भजन, छोटे नाटक सब पसन्द किये। कंस वध के प्रसंग के लिए कुछ तगड़े बच्चे पसन्द किये। भगवान की बाललीला और रासलीला और ऐसे हर साल पेश होने वाले दृश्यों को क्रमानुसार पेश करने जैसी रूटीन तैयारियाँ कीं। यह मेरा अन्तिम कार्य था।

रासलीला के लिए लड़कियों की भीड़ लग गयी। मैंने उनकी भी लिस्ट बना दी। अब मैं तुरन्त प्रिंसिपल साहब के ऑफ़िस जाने के लिए सोच ही रहा था, तब एक प्यारी-सी टीनएज लड़की मुझे मिलने आयी और उसने कहा, "सर, मुझे रासलीला में राधा बनना है।"

"ठीक है", मैंने कहा।

"मगर साथ में कन्हैया कौन बनेगा?" उसने पूछा।

"अं वैसे..हर साल किसी साँवली लड़की को बनाते हैं। इस साल भी किसी लड़की को ढूँढ लेंगे।" मैंने उसे समझाते हुए कहा।

"नहीं सर, उस में क्या मज़ा आयेगा?"

मतलब?

मैं एक बात कहूँ? अगर आप को एतराज़ न हो तो

हाँ कहो

"वो बात यूँ है ना कि इस साल हमारी कक्षा में एक नया लड़का आया है–किरात शाह। बहुत हेंडसम है, और अच्छा डांस करता है। अगर आप कहें, तो उसे कन्हैया बना दें और मैं राधा?"

वह लड़की उस लड़के को दिखा कर शर्मा रही थी...मैं उसे देखता रह गया, कितनी बेबाक़ी से उसने अपने दिल की बात कह दी थी! उस लड़की के अन्दर जाग रहे आवेगों को देख मुझ में मानो ज़िन्दगी की एक लहर दौड़ गयी, फिर से मुझे बच्चों के बीच चहकता महकता जीवन अच्छा लगने लगा। वे सारे बच्चे एक कोने में शोर कर रहे थे। वह लड़की बेंच पर खड़ी थी।

मैं प्रिंसिपल साहब के पास जाने के लिए निकलना चाहता था। उसके लिए अपनी कुर्सी से खड़ा होना चाहता था, मगर उस मासूम बच्ची को देखता ही रह गया। मैंने उठने की बहुत कोशिश की। खड़े होने के लिए मैंने दोनों हाथों से टेबल पकड़ लिया। दाहिना पाँव पीछे खींच लिया, बायाँ पाँव वहीं रखा था और मैं तीसरा पाँव ढूँढने लगा। कहाँ है तीसरा पाँव?

मेरा तीसरा पैर? त्रिपद? तिरपद...

मैं धड़ाम से कुर्सी पर बैठ गया, अब मैं फिर से बदली टीचर...

उर्फ़ दो कौड़ी का मास्टर।

उर्फ़ चू...का ढक्कन।
उर्फ़ साला।
उर्फ़ त्रिपद मेहता।
उर्फ़ तिरपद।
उर्फ़ तिरपद।

घी का डिब्बा

कहा जाता है कि फ़िल्म लाइन दुनिया का एकमात्र ऐसा पेशा है, जहाँ अगर आपको रिटायर्ड किया गया हो, तो सब को पता चला जाता है, सिर्फ़ आप के सिवा! जब भी किसी बूढ़े एक्टर ने फ़िल्म के सेट पर अपने चेहरे पर आख़िरी मेकअप लगाया होगा, उसे शायद अन्दाज़ा भी नहीं होगा कि यह उसकी फ़िल्मी करियर का आख़िरी दिन है। आज के बाद उन्हें कभी किसी सेट पर बुलाया नहीं जायेगा। वह बेचारा तो अपनी आगामी फ़िल्म के मुहूर्त या शूटिंग के लिए इन्तज़ार में बैठा रहता है या फिर यू–ट्यूब पर अपनी ही पुरानी फ़िल्मों के गाने देखकर हर शाम दो-चार पैग पीकर सो जाता है। उन शामों की सुबह कभी नहीं आती। कम्बख़्त शामें भी बड़ी ख़तरनाक होती हैं। जीवन की हों या करियर कीं।

ये शामें ना तो झट से ख़त्म होती हैं और ना ही फ़ौरन रात आ जाती है!

एक दौर था कि ऐसे कई पुराने ज़माने के अदाकार, गर्दिश के उस दौर में मेरे ऑफ़िस में आ-आ कर अक्सर काम माँगते रहते थे, पर सच कहूँ, तो मेरे पास ही उन दिनों कोई ख़ास काम नहीं था। मैं, अनिकेत चावला यानी मैं बॉलीवुड लेखक-निर्देशक, 7–8 कामयाब फ़िल्में बनाकर, थोड़ा-बहुत नाम कमाने के बाद भी अब पिछली 2 ही फ्लॉप फ़िल्मों की वजह से, दोबारा उभरने के लिए हाथ-पैर मार रहा था या फ़िल्मी अन्दाज़ में कहूँ, तो तक़दीर की दीवार पर सिर पटक रहा था। मेरा संघर्ष केवल दाल-रोटी का नहीं था, बल्कि अपने 'नाम' को मरने से बचाये रखने का था। बस एक और बड़ी फ़िल्म, एक 'बॉक्स ऑफ़िस की कामयाबी' के लिए मैं दिन-रात स्टार्स और प्रोड्यूसरों के वहाँ खोखले आत्मविश्वास को ख़ुद पर लाद के चक्कर काटता

रहता था। सब की हाँ–ना सुन-सुनकर दिन ढल जाता था। और वह शाम... शाम तो आख़िर शाम होती है, नीगौड़ी बार-बार लौट कर आती है।...और वह भी मेरी उँगली थामे मेरी तन्हाई में चली आती है।

...उस दौर में मैं अपने पुराने चमकीलें दिनों को याद करता रहता था या फिर कभी कोई दोस्त आ गया तो बीते ग्लैमर की बची-खुची खुरचन बाँटता रहता था, धीरे-धीरे दोस्त भी आने कम हो गये।

तब चपरासी गगन के अलावा मेरे ऑफ़िस में मेरे आस-पास कोई और नहीं होता था। गगन, मेरी जानलेवा ग़मगीन शामों में मेरा एकमात्र साथी था। वह मुझे खाना खिलाता, मेरा पैग बनाता और कभी-कभी अपने गाँव का कोई लोकगीत भी मीठी आवाज़ में सुनाता। हालाँकि, उसकी आवाज़ साधारण थी, मगर उसमें एक अजीब-सा दर्द था। गगन में एक मासूमियत थी। शुरू-शुरू में वह मेरे ऑफ़िस में ही रहता था, बाहरवाले कमरे में रात को सोफे पर सो जाता था। गगन, हमेशा मुस्कुराता रहता और बिना वजह ख़ुश रहता था। जिस पर मुझे बहुत ताज्जुब होता था कि उसकी बेरंग दुनिया में आख़िरकार है क्या मुस्कुराने जैसा? ख़ैर, कोई किसी को रोने से रोक सकता है, पर बेवजह ख़ुश होने से कोई नहीं रोक सकता। मुझ जैसे अर्ध–नास्तिक के ऑफ़िस में वह 3-4 देवी-देवताओं की तस्वीरें उठा लाया था और दीपक जलाता था :

हर शाम। शाम, जो दीये बुझने के साथ ही अक्सर अँधेरे में तब्दील हो जाती थी।

मासूम गगन, मुझे अक्सर किसी फ़िल्मी कहानी का प्लॉट सुनाता था, जो हमेशा ही घिसा-पिटा होता था, लेकिन मैं हँसते-हँसते चुपचाप सुन लेता था, क्योंकि गगन ही तो मेरी तन्हा बाँझ-साँझ का एकमात्र साथी था। यहाँ तक कि जब मैं किसी बड़ी होटल से खाना ऑर्डर करने लगता तो मुझे रोक कर, ख़ास भोजन बना देता, अपने गाँव का कोई ख़ास व्यंजन जिस में गाँव की मिट्टी की ख़ुशबू होती थी। शुरू-शुरू में वह खाना पसन्द नहीं आया पर धीरे-धीरे मुझे अच्छा लगाने लगा था।

गगन, बहुत भोला और शरीफ़ था। बॉलीवुड में एकदम मिसफिट। दरअसल, ग्लैमर की दुनिया के कई उतार-चढ़ाव देखने के बाद मुझे गगन पर तरस आता था कि इस मुम्बई शहर में उसका क्या होगा? उसका ख़ुद का

घर कब बनेगा? उसकी शादी कब कैसे होगी? उसका परिवार कब बनेगा? अब मैं अक्सर अपने दुखों के बजाये गगन के बारे में ही सोचता रहता था।

एक दिन खाना खाते समय मैंने देखा कि गगन किचन कैबिनेट से चोरी-चोरी काँच की एक बरनी निकाल रहा है। उसने चुपचाप उस बरनी से एक चम्मच घी निकाला और अपनी थाली में डाल दिया। मुझे यह देखते हुए देखकर वह एकदम से सकपाका-सा गया, जैसे कि उसकी चोरी न पकड़ी गयी हो, फिर उसने एक अपराधी की तरह क़बूल किया, 'साब, क्या है कि... मेरी माँ ने गाँव से आते समय साथ में गाय के 'घी का डिब्बा' भेजा है। बम्बई शहर मैं सेहत बनाने के लिए...आप कहो, तो मैं आपको भी दूँ?' और फिर उसने गाँव, गाँव के खेत, गाँव के पुजारी, गाँव के पनवाड़ी के बारे में बहुत सारी बातें कीं। सच कहूँ, तो मैंने अपने पूरे जीवन में गाँव तो केवल फ़िल्मों में ही देखा है, लेकिन गगन की जज़्बाती बातों को सुनकर पता नहीं क्यों, पर मेरा दिल भर आया और मैं गगन के भविष्य के बारे में फिर से सोचने लगा।

तब तो मैंने उससे कुछ नहीं कहा और कहता भी तो क्या? मैं उसके जज़्बात और सपनों के रेत महल तोड़ना नहीं चाहता था। मुझे उस पर दया आने लगी कि गगन कितना मासूम है। भला कौन-सी दुनिया से आया है और कौन-सी दुनिया में जी रहा है? उसकी माँ ने किस प्रेम-भाव से उसके साथ शुद्ध गाय का घी भेजा होगा? उसे कितनी आशाओं के साथ गाँव से बिदा किया होगा...उफ्फ...क्या होगा बेचारे गगन का इस भयावह शहर में? जब वह 'घी का डिब्बा' ख़त्म हो जायेगा, तो क्या होगा?

एक बार फ़ुर्सत में उसे प्यार से समझाने की मैंने कोशिश की : 'देखो, गगन, यह शहर बहुत ज़ालिम है। अच्छे अच्छों को खा गया है...उसमें भी यह फ़िल्म लाइन तो किसी की नहीं...बेटे, गाँव वापस चला जा!' ...लेकिन फिर उस दिन के बाद मेरी बातों से डर कर या फिर न जाने क्यों, वह मुझसे दूर-दूर रहने लगा। शाम को चुपचाप मेरा व्हिस्की का एक पैग बनाता, खाना रख कर और वहाँ से खिसक लेता।

...और कमबख़्त, शाम तो हर रोज़ की तरह आ टपकती थी!

अब कुछ दिनों के बाद या फिर यूँ कहो कि कुछ महीनों के बाद, आख़िरकार मेरी एक नयी फ़िल्म शुरू हो ही गयी। एक बी-ग्रेड के हीरो ने

बड़ी मशक़्क़त के बाद मेरी फ़िल्म में काम करने के लिए हामी भर दी। दो हीरोइनों ने भी साथ दे दिया। एक बार स्टार–कलाकार मिल जाये फिर तो निर्माता मिल ही जाता है। शूटिंग के दिन भी क़रीब आने लगे। अब फिर से मेरे ऑफ़िस में लोगों की भीड़ बढ़ने लगी और वहाँ फिर से छोटे-बड़े एक्टर्स, टेक्निशियंस का जमावड़ा शुरू हो गया। लगभग गूँगा हो चुका मेरा मोबाइल और लैंडलाइन फ़ोन, फिर से धनाधन बजने लगे। मुझे व्यस्त देख गगन भी ख़ुश था, उसने मुझसे फ़िल्म में एक छोटा-सा रोल भी माँगा। मैंने भी उसे ख़ुश रखने के लिए 'हाँ' कह दिया।

फिर धीरे-धीरे मैं ऑफ़िस की भाग-दौड़, गाने की रिकॉर्डिंग, कम बजट में अच्छे लोकेशन्स को ढूँढने की माथाफोड़ी, कलाकारों के कॉस्ट्यूम सिलेक्शन आदि में दिन-ब-दिन व्यस्त होता ही गया और इन सब के बीच गगन मुझसे कोई ख़ास बात कहना चाहता था, लेकिन मेरे पास बिल्कुल वक़्त नहीं था। सहायक निर्देशकों की भीड़, सिनेमैटोग्राफ़र की टीम, संगीतकार-गीतकारों और छोटे-बड़े अभिनेताओं की अनगिनत मुलाक़ातों में मेरा दिन देखते देखते बित जाता था।

पता नहीं, मेरे तन्हा ऑफ़िस की वो बाँवरी बंजारन-सी शामें भी कहाँ खो गयीं?

गगन चुपचाप सभी को चाय-नाश्ता करवाता, बर्तन माँझता, सब को नमस्ते कहता, बीच-बीच में वह मुझे एक फ़ोटो एल्बम दिखाने की कोशिश करता, लेकिन मेरे पास समय भी नहीं था या मेरा मूड भी नहीं। मुझे लगा कि शायद गगन ने अपनी कोई ऊटपटाँग हीरोगिरी की तस्वीरें खिंचवाई होंगी और मुझसे ख़ुद के लिए रोल माँगने की बात करेगा, इसलिए मैं उसे अक्सर टालता रहता और फिर अब मेरी शामें भी थोड़ी ख़ुशनुमा, कुछ रंगीन-सी गुज़रती थीं, क्योंकि अब मेरी 5वीं फ़िल्म, शूटिंग फ्लोर पर जल्द ही आने वाली थी।

और फिर मैं गगन के भरोसे ऑफ़िस छोड़कर फ़िल्म की शूटिंग के लिए, एक महीने शिमला चला गया। एक महीने की शूटिंग किसी भी अर्द्धसफल डायरेक्टर के लिए पुनर्जन्म की तरह होती है। फ़िल्मी मार्केट में हंगामा हो जाता है। कुछ नये निर्माता, चुम्बक की तरह खिंचे चले आते हैं। ख़ैर, सारा

बाज़ार का खेला है। भारी टेंशन के बाद शूटिंग ख़त्म हुई, लेकिन जब मैं शिमला शूटिंग से वापस लौटा, तो गगन मेरे ऑफ़िस से ग़ायब था। मैंने उसे बहुत ढूँढा, लेकिन वह नहीं मिला, फिर मैंने कुछ दिन के इन्तज़ार के बाद मैंने एक नया चपरासी रख लिया। वह भी ठीकठाक लड़का था, लेकिन पता नहीं क्यों मुझे हर शाम उस गगन की याद आती रहती।

मैं, गगन के मासूम लोकगीतों और गाँव के क़िस्सों को याद करता रहता था कि कैसे एक भोलेपन से वह सब कुछ मुझे बताता था।...कैसे उस का अनजाना गाँव, उस के घर के लोग...वह सब कैसे मेरी ज़िन्दगी का, मेरे मनोजगत का हिस्सा बन गये थे। कभी-कभी उसकी मासूम निश्पाप आँखें याद आ जाती। महीने बीतें, धीरे-धीरे मैं अपने काम में उलझता गया और गगन को लगभग भूल ही गया था। पिछली फ्लॉप फ़िल्मों की निराशा और आने वाली हिट फ़िल्म की आशा के बीच, अब मेरी ज़िन्दगी मानो ट्रेड मिल पर तेज़ रफ़्तार से दौड़ रही थी।

मेरी फ़िल्म की हवा गर्म थी। नयी फ़िल्मों के ऑफर्स फिर से आ रहे थे।

अब हर शाम ख़ुशनुमा थी।

कुछ महीनों के बाद एक शाम, अचानक गगन मेरे ऑफ़िस में आ धमका। अब वह कुछ अलग-अलग सा दिख रहा था। उसके कपड़े कुछ चमकीले थे। चेहरे पर एक अजीब-सी नटखट मुस्कान थी। अब वह किसी पक्के मकान में किराये के कमरे में रहता था। मेरे लिए मिठाई का एक पैकेट लाया था और साथ में तस्वीरों का एक बड़ा रंगीन एल्बम था। मुझे घबराहट सी हुई कि मुश्किल से मिली हुई नयी फ़िल्म में वह फिर से कोई रोल वग़ैरह ना माँगे!

लेकिन नहीं, गगन ने मुझे वह बड़ा-सा रंगीन एल्बम दिखाया और एक पेन–ड्राइव भी दी, जिसमें अलग-अलग लड़कियों की कई तस्वीरें थीं, जिसे लोग सेक्सी फ़ोटो कहते हैं, वैसी! सुडौल स्तन, खुली जाँघें, बिकनी, पारदर्शी साड़ियाँ...हर तरह की माँस के लोथड़ों से लथपथ लड़कियाँ ही लड़कियाँ... तस्वीर या रील से ही कामुक इशारा कर के पास बुलाने वाले वो चमकीले चेहरे...जैसे एक के बाद एक 'सेक्स के जज़ीरे' मेरी आँखों के समन्दर में तैर रहे थे।

मैंने अचंभे और शिकायत से गगन की ओर देखा, लेकिन उसने नशीली मुस्कान देते हुए कहा, 'बोलो साब, कौन-सी वाली अच्छी लगी? और आप कब फ्री हैं? बाकी सब गगन पर छोड़ दो, किसी बात का टेंशन नहीं होगा, सब मैं सँभाल लूँगा, बस आप हमारी सेवा से ख़ुश हो जाओ...'

मैं इस बदले हुए गगन को चौंक कर देखता ही रह गया। मुम्बई शहर की भीड़ में कुछ ही महीनों पहले आया हुआ वह गगन मुझे आज एक अलग ही इन्सान दिखने लगा। मैंने ख़ुद से ही कहा : 'नहीं, नहीं.. मैं इस गगन को नहीं जानता!'

आश्चर्य के इस अटैक से बाहर आ कर मैंने उसे पास बैठाया। थोड़ी हिचकिचाहट के बाद उससे पूछने की कोशिश की : 'बेटा गगन, ये सब क्या है? कब से? तुम इन सब में?'

गगन ने एक मस्त मुस्कान फेंकी और कहा : 'साब, अब वह 'घी का डिब्बा' ख़त्म हो गया है, कब से!'

मिशन 'मैत्री'

अन्नपूर्णा बेन्किविट हॉल में आते-आते शेखर ने पार्किंग की ओर देखा और मर्सिडीज़, ऑडी जैसी गाड़ियाँ गिन लीं। भीतर मन्थनगिरी स्वामी के लिए कौन-कौन आया होगा, यह सोचकर उसने अपने फ़ोन को और ख़ुद को भी साइलेंट मोड पर रख कर अन्दर सत्संग सेंटर में उसने सँभल कर कदम रखे...

सफ़ेद संगमरमर के सभागार में चारों और जैसे पूरा समन्दर भरकर दूध बहाया हो, वैसे सफ़ेद कपड़ों में शहर के 'हु'ज़ हु' आये हुए थे। उँगली से छूने भर से मैली हो जाये वैसी गोरी चमड़ी वाली लड़कियाँ सत्संग में यूँ मग्न हो रही थीं कि सीने पर से पल्लू कब सरक गया था, उस का उनको होश भी न था और ना ही नज़र थी उन पर किसी की। सारे इंसटेंट मोक्ष के पा लेने के सत्संग में तल्लीन थे। मगर शेखर ने उन हाँफते हुए, परफ्युम से तरबतर देहों को 1 मिनट में देख लिया। स्वामी जी के चरणों में लोटते हुए मोटे, धनवान सेठों को गिन लिया। बॉडीगार्ड से घिरे हुए मिनिस्टर को अनमने ढंग स्वामी जी के आगे झुकते देख शेखर मन में मुस्काया।

श्वेत हँस जैसी बड़ी पालकी में स्वामी जी शान्त बैठे थे। उनके आस-पास म्यूज़िक बैंडवाले युवा गायक–गायिकाएँ कीर्तन रहे थे। माहौल मदहोश पैसे की महक फैली हुई थी। फ़ोटोग्राफ़र्स डरते हुए दूर तस्वीरें खींच रहे थे।

हर तरफ़ सुखी लोगों की शान्ति।

हर तरफ़ आडम्बरी सौम्यता।

यहाँ वहाँ झाँकता हुआ शेखर पाण्डेय इतना शातिर पत्रकार है कि सुबह उठते ही उसे तड़कती-भड़कती न्यूज़ की बू आ जाती है और उस बू में छिपे हुए क्राइम का पीछा करते हुए कहीं भी पहुँच जाता है। बिल्डर या बिजनेसमैन

का गफ़ला हो या हीरोइन का सेक्स स्कैंडल हो लोग उस के डर से ब्लैंक चेक सामने रख देते हैं। शेखर, लिखे बिना ही काम कर लेता है। जितने पन्ने लिखे होंगे, उससे ज़्यादा ब्लैंक चेक भर के पैसे बनाये होंगे। उसकी शहर में 4 फ्लैट्स और 2 दुकानें, 3 गाड़ियाँ ख़रीद देखकर सब उसे फोर्थ एस्टेट वाला नहीं, रियल एस्टेट वाला पत्रकार कहते थे।

वैसे कभी ग़रीबों की झोपड़ियाँ बचाकर या किसी छात्र को एडमिशन दिलाकर मीडिया में हीरो बन कर पार्ट-टाइम रॉबिनहुड भी बन जाता था। सोशल मीडिया के दौर में शेखर, ऐसा ब्रांड है कि जिसकी दोस्ती और दुश्मनी तो महँगी पड़ सकती है पर उस से बचना और भी ज़्यादा महँगा पड़ सकता है। लेकिन, आजकल शेखर नये शिकार के बिना तड़प रहा है। 6 महीने से कोई नया धमाका, स्कैम या सेक्स रैकेट हाथ नहीं लगा। टीवी–यूट्यूब जर्नलिज़्म की नयी-नयी तितलियों के सामने थकता हुआ ये बाज़ फिर से ऊँची उड़ान भरने यहाँ सत्संग में आया है।

आज शेखर का दिल कहता था कि उसे यहाँ कोई बिल्डर या मिनिस्टर का कुछ मैटर मिल ही जायेगा, लेकिन यहाँ तो सब ख़ामोश हैं। पुलिस कमिश्नर सामंत भी यहाँ ध्यान में यूँ डूबा है, जैसे कुछ महीनों बाद रिटायरमेंट नहीं, डायरेक्ट निर्वाण मिलने वाला हो। शेखर ने सोचा कि पुलिस कमिश्नर के कान में कह दे कि–सर, ट्रांसफर हो गया है : अंडमान। मगर माहौल में छाए हुए क़ातिलाना अनुशासन की वजह से वह चुपचाप कतार में आगे बढ़ रहा था।

स्वामी जी बारी-बारी सब के सिर पर प्यार से आशीर्वाद दे रहे थे। शेखर के आगे लाइन में एक हीरोइन थी। स्वामी जी के पास पहुँचते ही गले लग गयी और ज़ोरों से रोने लगी। स्वामी जी ने उसके माथे पर चूम लिया। बहुत देर तक पीठ सहलाते रहे। स्वामी जी के हाथ की गति और हीरोइन के शरीर पर घूमती हुई उनकी उँगलियाँ देखकर शेखर मज़े ले रहा था।

अब स्वामी जी के किसी भक्त ने शेखर की पत्रकार के रूप में पहचान करवायी। एक पल के लिए स्वामी जी की आँखें उसकी नज़रों से मिलीं। फिर स्वामी ने जानबूझ कर अनदेखा किया, हवा में आशीर्वाद देकर दूसरी ओर देखने लगे और किसी को इशारा किया। किसी महिला भक्त ने स्वामी

जी को चाँदी के गिलास से पानी पिलाया और होठों को तुरन्त नेपकिन उठा कर आहिस्ता से पोंछा. शेखर अभी तक आधुनिक अवतार जैसे स्वामी जी के सामने पत्थर की मूर्ति बन कर खड़ा रहा।

कतार में पीछे से आगे बढ़ने के लिए आवाज़ें उठीं। शेखर आगे बढ़ा, पर जाते-जाते स्वामी जी की आँखों में ऐसे देखा, जैसे उन के सिर्फ़ अतीत को ही नहीं, बल्कि पूर्वजन्म को भी जानता हो। देर तलक मन्थनगीरी स्वामी भी भीड़ में जाते हुए शेखर की चाल में छिपे क्रोध को देखते रहे। 'जय हो, स्वामी। जय हो स्वामी' की आवाज़ों के बीच श्वेत वस्त्रों का समन्दर फिर से लहराने लगा और शेखर उसमें से तैरते हुए निकलने लगा।

कमरे के कम उजाले में डेज़ी ने स्पोर्ट्स ब्रा के हुक बन्द किये, अपनी सुन्दरता को आईने में देखने लगी। उसने यह भी देखा कि शेखर बेड पर लेटे-लेटे सी-लिंक ब्रिज को देख रहा था। शेखर का चेहरा चाबी वाले खिलौने की तरह आधा खुला था। डेज़ी ने पास जाकर उस अधखुले होठों को होठों से चूम लिया। शेखर ने आँखें फेर कर कहा, "लीव मी अलोन।"

"क्या हुआ? मूड कहाँ है?" डेज़ी ने पूछा।

"उड़ गया। फूर्रर्रर।" शेखर ने दियासलाई की तीली जलाकर कोने में फेंक दी।

"पर क्या हुआ?" डेज़ी ने सिर पर हाथ रखकर पूछा.

"वह मन्थनगिरी स्वामी...साले ने आज सत्संग में सब को, हर एक को सिर पर हाथ रख कर आशीर्वाद दिया। पर मुझे छुआ तक नहीं। पहचाना भी नहीं और दूसरी ओर देखने लगा।"

"तू इतना जानता है स्वामी जी को?"

"नहीं, वह जानता है मुझे", शेखर चिल्लाया, "वो ढोंगी बाबा, मेरा बचपन का दोस्त है। आधी-आधी बीड़ी पी है हमने नंगी किताबें देख-देख, उसके छोटे-बड़े एक-एक कारनामे हैं मेरे पास।"

"मतलब तेरा दोस्त है वह? अरे यार, मुझे भी मिला ना, सुना है कि 54 मर्सिडीज़ कार हैं उसके पास।" डेज़ी ने शेखर के गले में बाँहें डालकर कहा।

"उसके पास 54 मर्सिडीज़ हैं, तो मेरे पास भी बहुत कुछ है। मैंने होंठ पर लॉक मारा है अभी तक, खोल दिये, प्यारे-प्यारे प्रवचन करने के लिए

कभी मुँह नहीं खोल पायेगा...और जो महान मूर्ति बनाई है ना? वो धड़ाम से धराशायी"

शेखर ने हँस कर डेज़ी को समझाया कि दरअसल स्कूल और कॉलेज के जमाने से वह और मन्थनगिरी उर्फ़ मनिया कैसे पक्के दोस्त थे। कैसे गाँव के कच्चे-पक्के रास्ते पर छोटे-बड़े कारनामे करते थे। कैसे एक ही लड़की को लाइन मारते थे और ज़बरदस्ती किस कर लेते थे। कैसे चुराई हुई साइकिल पर दारू के अड्डे पर पी कर वहाँ उधार रखते थे। एक बार तो पड़ोसन भाभी को दो रात के लिए भगा कर भी ले गये थे दोनों...

डेज़ी सस्ती पॉकेट बुक्स की तरह क़िस्सें–कहानियाँ सुनती रही पर भरोसा नहीं हो रहा था।

मगर एडिटर मिश्रा ने यह सब सच मान लिया। इवनिंग टेब्लोइड 'शहर न्यूज़' और उस की यू–ट्युब न्यूज़ चैनल में स्वामी जी के अतीत का भांडा फोड़ने का मास्टर प्लान बनने लगा। इस स्कूप का खुफ़िया नाम 'मिशन मैत्री' रखा गया। एक विशाल महाकाय प्रतिमा को नष्ट करने के लिए जैसे औजार इकट्ठे किये जाते हैं, वैसे ही पुराने फ़ोटो, शेखर और स्वामी के पत्रों की फ़ोटोकॉपी, पेनड्राइव, सेक्स सीडी, शेखर का लम्बा बयान-सब कुछ एक लावा की तरह एडिटर के ड्रॉवर में अन्दर ही अन्दर उछल रहा था।

एडिटर मिश्रा ने कहा कि शेखर की इस स्टोरी से तो स्वामी और सरकार भी हिल जायेगी, मीडिया में 'शहर न्यूज़' छा जायेगा, इंटरनेट पर धमाका होगा। इन सब तेज़ाबी तैयारियों के बीच शेखर के दिल में सिर्फ़ और सिर्फ़ प्रतिशोध का भाव था कि उस दिन साले स्वामी ने मुझे पहचाना क्यों नहीं? उस एक पल की अवमानना के लिए शेखर, मन्थनगीरी स्वामी का करोड़ों का एंपायर और लाखों भक्तों का दिल तोड़ने के लिए बेताब हो गया।

शनिवार के इन्तज़ार में शेखर ने ऑफ़िस में बीयर खोला-'फजजजज' आवाज़ के साथ! शेखर ने मिश्रा की ओर देखा। पर एडिटर मिश्रा ने उसे उस निगाह से मुस्कुरा कर देखा कि जैसे उसे शेखर पर तरस आ रहा हो।

शनिवार सुबह शेखर ने 'शहर न्यूज़' के सारे पन्ने 3–3 बार चेक किये, कहीं पर स्वामी मन्थनगिरी के बारे में एक शब्द भी नहीं छपा था। ग़ुस्से में एडिटर

मिश्रा को फ़ोन किया। मिश्रा ने सारी बात को टाल दिया, "लास्ट मोमेंट पर तीन बड़े विज्ञापन आ गये, इसलिए स्वामी जी वाली स्टोरी रोकनी पड़ी। यार...चिल..." शेखर ने आगे बहस की, तो मिश्रा ने कहा कि वह वीकएंड छुट्टी पर है और मंगलवार को मिलेगा, फ़ोन रख दिया। शेखर समझ गया कि बड़े आदमी की न्यूज़ जब दबा दी जाती है, तो ऐसे ही फुद्दू बहाने दिये जाते हैं। अब उसे समझ में नहीं आ रहा था कि वह क्या करे? अख़बार के मालिक को फ़ोन करने का मतलब नहीं था, क्योंकि वे लोग अमरीका में थे और शेखर से बात तक नहीं करेंगे. केंडल की आग पर छटपटाती तितली की तरह फड़फड़ा रहा था।...

...और आग की हर लौ में स्वामी का चेहरा दिखता था, तिलमिलाती तितली को...

फिर 2–4 सिगरेट फूँक कर शेखर ने एक कमीना प्लान बनाया, जिससे भगवान माना जा रहा स्वामी को भी भगवान याद आ जायेगा! शेखर, अपने वक़ील को फ़ोन करने जा रहा था कि तब उसे एक फ़ोन आया। स्वामी के आश्रम से किसी शिष्य ने फ़ोन करके बताया, 'जय मन्थन' शेखर भाई, आज तो ध्यान से निकलते ही पूज्य स्वामी जी आप को याद कर रहे थे! आप दर्शन लाभ लेना चाहेंगे?"

एक सेकंड भी सोचे बग़ैर शेखर बोला, "कहाँ और कितने बजे?

मुम्बई के नेशनल पार्क के जंगल में जितने ख़तरनाक जंगली प्राणी होंगे, उतनी ही संख्या में समझदार, शान्त भक्त वहाँ घूम रहे थे और स्वामी जी के ट्रस्ट से आदिवासियों को दान दे रहे थे। एक ओर वृक्षारोपण का कार्यक्रम चल रहा था। एक कैंप में मुफ्त में मेडिकल चेक-अप हो रहा था और दवाइयाँ बाँटी जा रही थीं। सरहद पार से आये हुए गायक सूफ़ी भजन सुना रहे थे। शेखर ने भी इस दिखावे के 36 कोठे पार किये और स्वामी तक पहुँचा। कुछ भक्तों ने उसकी तलाशी ली और उसका मोबाइल फ़ोन अपने पास रखकर कूपन दिया।

शेखर ने थोड़े ग़ुस्से से पूछा, "यह सब किसके लिए?"

स्वयं सेवक ने समझाया, "स्वामी जी को मोबाइल फ़ोन से साधना में व्यवधान पड़ता है, जय 'मन्थन'"

"तो मैं साइलेंट मोड पर रख लूँगा, पर मेरा फ़ोन तो साथ रहेगा।"

शान्त स्वयंसेवक की भौंहें और आवाज़ दोनों तन गयीं। "क्षमा करना, मगर स्वामी जी का आदेश है।"

"ओके। मुझे नहीं मिलना है। बता देना शेखर अन्ताणी अब नहीं मिलेगा।"

इतने में स्वामी जी की आवाज़ सुनाई दी, "उन्हें भीतर आने दे पगले। अरे, वह तो मेरा पुराना मित्र है। भाई है मेरा।"

स्वयंसेवकों ने जैसे साक्षात् परमात्मा की आकाशवाणी सुनी हो, चौंककर शेखर को 'सॉरी' कहा और हट गये। जा रहे शेखर ने मुड़कर देखा, स्वामी जी दिव्य स्मित के साथ हाथ फैलाकर पास बुला रहे थे। शेखर का दिल ये दृश्य मानने को तैयार नहीं था, तो हल्की सी चार आने की स्माइल दी।

स्वामी जी सामने शेखर की ओर आगे बढ़े और गले मिले, "अरे मेरे दोस्त...नाराज़ है मुझसे? मित्रवत् बन्धु से?"

शेखर उसे देखता रहा, स्वामी जी एकटक ऐसे निहारते रहे, जैसे नाटक कर रहे हों। स्वामी जी की आँखें नम हो गयीं। वह नमी घूर-घूरकर देखने से थी या फिर बहुत दिनों के बाद पुराने यार से मिलने की वजह से थी, यह ख़ुद शेखर तक समझ नहीं पाया।

स्वामी जी ने शेखर का हाथ पकड़कर गार्डन में चलना शुरू किया। शेखर, उलझ गया कि क्या बोले? पहले वाले स्वामी मन्थनगिरी और इस इन्सान में काफ़ी फ़र्क़ था, जैसे दो अलग ही इन्सान!

आख़िर, शेखर ने मौन तोड़ा, "कैसे हो मन्थन स्वामी?"

"मनिया कह कर नहीं बुलाओगे मुझे?" स्वामी ने हँसकर पूछा, उनकी आवाज़ में एक अलग ही उष्मा थी, शेखर भी एक पल पिघल गया।

"तुम उस दिन उस पल से नाराज़ हो ना कि मैंने तुम्हें अनदेखा क्यों किया? सच कहूँ? किसी ने तुम्हारे बारे में शिकायत की थी। तुमने किसी म्युनिसिपल कार्पोरेटर की लव स्टोरी पिछले साल ढूँढ निकाली थी ना?"

"हाँ, जुगनू भैया नाम का एक गुंडे जैसा कॉर्पोरेटर है, मगर उसका क्या है?"

"तुम्हारी रिपोर्ट के बाद जुगनू की पत्नी उसे छोड़कर चली गयी, मैंने उसे बहुत समझाया मगर...जुगनू भैया ने हाथ–पैर जोड़े कि मैं तुम्हारे अख़बार में बात करके..." स्वामी थम कर साँस ली।

"ओह, मतलब कि तुमने ही मेरे अख़बार में वो ख़बर और अपनी स्टोरी भी रुकवा दी?" शेखर की आवाज़ ऊँची हो गयी।

"नहीं, नहीं। मुझे तुम्हारे मालिक जयस्वाल जी का सामने से फ़ोन आया। मेरे बारे में तुम्हारा लेख पढ़कर। इत्तिफाक़ से मैं तब उनके ही हेलिकॉप्टर में जयपुर जा रहा था। मैंने जयस्वाल भाई से कहा कि एक बार मुझे शेखर से मिल लेने दो, फिर वह मेरे बारे में जो कुछ भी लिखना चाहता है, जरूर लिखे। मुझे सत्य की तुला में ख़ुद का तोल करवाना पसन्द है। असत्य के उजाले में अवतार बन कर जीना नहीं।" स्वामी ने एकटक शेखर की ओर देखते हुए कहा, "अगर तुम्हें यक़ीन ना हो तो, तुम्हारे अख़बार के मालिक को फ़ोन करता हूँ।"

शेखर कुछ पल ख़ामोश रहा और आस-पास देख कर बोला, "इट्स ओके। समझ गया...मगर मैंने सिर्फ़ तुम्हारे अतीत के बारे में लिखा है, जो हक़ीक़त है, जिसे मैं जानता हूँ। साधु हो या शैतान-सब के बारे में जानना पब्लिक का अधिकार है, इस देश में।" शेखर ने तर्क दिया।

"हाँ, हर साधु का अतीत होता है और हर गुनहगार का भविष्य।" स्वामी ने विख्यात कोटेशन कहा,

"कम टु द पॉइन्ट। कहना क्या चाहते हो?"

"मैं चाहता हूँ कि तू मेरे भूतकाल के बारे में जो लिखना चाहे, वह लिख। मगर अर्धसत्य मत लिखना। पूर्ण सत्य लिखना। याद है ना, वह नाथी? जिसे हम एक रात भगाकर ले गये थे?"

"हाँ, बड़ी अजीब औरत थी। वह कहाँ है आजकल?"

"है नहीं, थी। दरअसल नाथी ने मेरे पीछे ही आत्महत्या की ली। जब मैंने संन्यास लिया, उससे मिलना बन्द किया और वह पागल जैसी हो गयी। वह हर जगह मेरे पीछे-पीछे आती थी। मैं हमेशा उसे अनदेखा करता था, बस ये ही सत्य वह स्वीकार नहीं कर पायी कि अब मेरी ज़िन्दगी अलग है। और एक दिन मेरे सत्संग के कैंप के पीछे ही नदी में कूदकर..."

शेखर चौंक उठा। स्वामी ने निर्लेप नज़रों से उसे देखकर कहा, "तुम्हें फ़ोन पर यह सब रिकॉर्ड करना है, तो कर लो और हाँ, याद है वह जगदीश? शुरू से ही वह मेरा भक्त तो था ही। संन्यास लिया, उससे पहले मैं कॉलेज

के फंक्शन में छोटी-मोटी सार्वजनिक सभाओं में लेक्चर देता था, तब सब को पोस्टकार्ड भेजकर फ़ोन करके लोगों को वह बुलाता था, मेरे प्रवचन सुनने खम्भे पर चढ़कर मेरे पोस्टर्स लगाता था।

"हाँ, उसका क्या?" शेखर को डर लगा।

"अब अफ्रीका में है। 4 वर्ष पहले मेरे ही आश्रम से पैसे चुराकर ले गया। सुना है, वहाँ काले धन्धे करता रहता है। उसके पास मेरे और नाथी के कुछ फ़ोटोग्राफ़्स हैं। शायद तुम्हारे काम आयें, तुम्हारी न्यूज़ के लिए।"

शेखर को समझ में नहीं आया कि स्वामी सामने से ये सब क्यों...? शाम ढल गयी थी। केसरी उजालों में लहराते लम्बे बालों से स्वामी और भी ज़्यादा भव्य लग रहे थे।

शेखर ने कहा, 'आज यह सब मुझे क्यों बता रहा है, मनिया?" अब उस में भी थोड़ी हिम्मत आयी, क्योंकि बॉडीगार्ड थोड़ी दूरी पर थे।

शेखर ने धीरे से अपनी बैग से सब काग़ज़, कैसेट, तस्वीरें, सेक्स-सीडी जैसे 'मिशन मैत्री' के सारे सबूत बाहर निकाले और स्वामी को दिखाते हुए कहा, "देख मनिया स्वामी, मुझ पर तेरे कन्फेशन का कुछ असर नहीं होगा। बात बहुत आगे बढ़ गयी है। यह रिपोर्ट तो छपेगा, जैसे तेरी स्वप्न–सत्य मिश्रित बातों से तेरे भक्तों की आँखों के आँसू नहीं रुकते, वैसे ही मेरी पेन से बहती स्याही अब नहीं रुकेगी। चाहे तो इस जंगल में मरवा के फेंक दे, अपराध को नाम दे देना : धर्म पर बलि!" शेखर निकलने लगा।

स्वामी ने रोककर कहा, "अरे, पगले...प्रसाद तो लेकर जा।"

शेखर रुक गया। स्वामी ने दूर किसी को इशारा किया, अँधेरे से एक आकृति धीरे-धीरे शेखर की ओर आने लगी। वह डेज़ी थी। स्वामी की एक भक्त के वेश में।

स्वामी ने शेखर के सामने देख कर कहा, "तुम जानते हो मित्र, हमारी कथाओं में कई बार छोटी-छोटी उपकथाएँ आती हैं-जैसे की रामायण में केवट का प्रसंग और फिर शबरी का प्रसंग। बस इसी तरह जैसे तेरे पास मेरी पूरी कथा है, वैसे मेरे पास भी तेरी यह छोटी-सी उपकथा है। डेज़ी उर्फ़ माँ दिव्या। मैं नहीं चाहता कि मुझे यह उपकथाएँ कहनी पड़ें और तुम जैसे मित्र का घर–परिवार नष्ट हो जाये! मैं यह भी जानता हूँ कि इस स्त्री को पाने के

लिए तुमने किस तरह से उसके पति जोसेफ से उसका पीछा छुड़ाया और तुमने कौन-कौन से मिनिस्टर के पास इसे भेजकर क्या-क्या काम करवाये। किस तरह मिनिस्टरों को डराकर झूठे नामों पर सरकारी कोटा से शहर में कितने मकान प्राप्त किये। मैं नहीं चाहता ये सब बाहर आये, पर अगर तुम मुझे एक्सपोज़ करना चाहोगे तो भी सही है, तुम्हारा कर्म है। और शायद उस सनसनी से मैं 24 घण्टे सन्त बनकर जीने की वेदना से मुक्ति पाऊँगा...मगर तुम्हारा क्या होगा?"

शेखर कुछ सोचे या बोले, उस के पहले ही किसी भक्त ने उसके हाथ में प्रसाद देना चाहा। शेखर ने अनायास हाथ फैलाया। यह देख, अँधेरे में भी स्वामी के चेहरे पर अपार अनुकंपा युक्त अहंकार झलक रहा था।

6,000 लोगों के साथ तूफ़ानी समन्दर में अपोलो क्रूज, साँप की तरह लहरों पर तैर रही थी। शाम लो समन्दर में केसरी सूरज डूबकर ग़ायब हो ही रहा था। विभिन्न सम्प्रदाय के सन्त घूम रहे थे और गदगद होकर भक्त उनके साथ सेल्फी ले रहे थे।

वहाँ स्विमिंग पूल के पास स्वामी ने पीछे देखा। माँ नन्दिनी उर्फ़ ख़ुदकुशी कर चुकी नाथी, स्वामी जी के लिए फल काट रही थी। कुछ सेविकाएँ समर्पित अवस्था में स्वामी को मालिश करा रही थीं। पर सारे इन्द्र समान सुख के बावजूद बेचैन, स्वामीजी ने पूछा, "शेखर कहाँ है? अभी तक नहीं आया?"

शेखर ने स्विमिंग पूल में स्नान करते हुए स्वामी जी की ओर हाथ फैलाकर अभिवादन किया, स्वामी जी ने आँखें मूँद लीं और आधे घण्टे के लिए ध्यान शुरू किया। शेखर ने जोर से जयघोष किया, "जय मन्थन। सारे बोलो। जय मन्थन"। चारों ओर से स्वामी के जयकार का प्रचंड घोष समन्दर में छा गया। शेखर, ध्यान अवस्था में परम तत्त्व से 'पेग-मस्त' हो के पूल के पानी की सतह पर लेटा हुआ था।

कुछ देर बाद उसे लगा कि कोई उसके दोनों पैरों को पानी में अन्दर ज़ोरों से खींच रहा है। वह धीरे-धीरे अन्दर उतर रहा था और फिर कुछ देर पानी के भीतर छटपटाता रहा।

रति और रॉबिनहुड (लम्बी कहानी)

कबीर शर्मा ने खिड़की के पास शेविंग करते सोचा :

'लाइफ़ में वॉट नेक्स्ट?'

आफ्टर शेव लोशन लगा कर कबीर बोला, "घायल चेहरा और छिली हुई ख़ुशबू।" अपने क्लीन शेव्ड चेहरे पर नज़र फेंकी। उसकी आँखें नीली थीं और रंग गोरा। वह दो-तीन दिन तक एक ही टी-शर्ट और फटा हुआ जीन्स पहन कर, दाढ़ी बढ़ा कर, घर में बैठे-बैठे कुछ काग़ज़ के टुकड़े और लैपटॉप के बीच घण्टों तक लिखता रहता...जब बोर होता, तो न जाने कब तक खिड़की में खड़े रह कर बाहर की ओर कुछ न कुछ देखता रहता।

एक लेखक जिन-जिन स्टैंडर्ड अभावों से गुज़रता है, उन सभी से वह भी गुज़र रहा था। अकेलेपन का 'छोटे साइज़' का अभाव। पैसों का 'मीडियम साइज़' का अभाव और प्यार का 'एक्स्ट्रा लार्ज' अभाव। वह ग़ुस्से में दुनिया पर, लोगों पर, क़िस्मत पर-कुछ भी अपनी स्टाइल में बोल देता। जैसे, 'आँखों के नीचे कालापन सपने देखने के साइड इफेक्टस हैं।'

पर हमेशा उखड़े-उखड़े रहने वाले कबीर को आज समन्दर किनारे घूमते हुए बड़े बंगले और पॉश फ़्लैट्स देख एक डायनेमिक प्लान सूझा : 'अब एक मॉडर्न रॉबिनहुड की ज़रूरत है!' अमीरों से धन लूटकर ग़रीबों को देने वाले की तलाश है। सब रॉब करके, सिर पर हुड डालकर भाग जाये, ऐसा जवां मर्द–'रॉबिनहुड'। फिर कबीर ने सोचा कि अरे, उससे ज़्यादा ग़रीब कौन हो सकता है? और फिर सोचा कि कल से वह पूरा बदल जायेगा : बढ़िया हेयर-स्टाइल बना कर, बालों में जेल लगा कर, ब्रांडेड कपड़े पहन कर थिएटर, आर्ट गैलरी और फंक्शंस में जायेगा और अमीरों की पार्टी में

शिरकत करेगा। शुष्क और कृत्रिम भाषा में अब वह कला की, समाज की बड़ी-बड़ी बातें करेगा। कबीर को सुखों से भरी चमकीली दुनिया में घुसपैठ करने का मन हुआ।

समन्दर किनारे का नारियल का पेड़ जैसे बोधि वृक्ष हो, कबीर ने वहाँ 'पूर्ण सत्य' पाया था। वह बुद्धू से अचानक बुद्ध होने लगा था। उसकी दरिद्रकथा की विफलता का अध्याय समाप्त हो रहा था। कबीर एक बढ़िया प्लान बनाने लगा। उसकी चाल तेज़ हो गयी और एक स्वेग के साथ बोला, "यस ररररररर...रॉबिनहुड।"

मूँगफली बेचने वाले से बोला,"ए भैया, रररररर...रॉबिनहुड।"

"नहीं साहब, रामलाल।" भैयाजी ने कहा।

अब कबीर एक कार के आईने में देखकर अपने बाल सँवारने लगा। आईने के प्रतिबिम्ब में एक मेक–अपधारी औरत पास आती दिखाई दी, जिसकी नज़रों में कामुक निमन्त्रण था। उसे देख कबीर को नया आइडिया मिला, "अहं...सिर्फ़ रॉबिनहुड नहीं, ररर्र...रति और रॉबिनहुड।"

कबीर सेल फ़ोन पर सारे नम्बर खँगालने लगा। अगर ख़ुद 'रॉबिनहुड है', तो ख़ुद के लिए कोई 'रति' खोजनी होगी। एक ऐसी स्त्री, जो सुन्दर हो, कला में दिलचस्पी हो और हाँ, खास बात तो यह कि वह अमीर हो। वैसे तो कबीर को कला, साहित्य, चित्रकला, संगीत वग़ैरह की बातों और जलसों से नफ़रत थी। कबीर मानता कि "कला, साहित्य, एब्स्ट्रैक्ट आर्ट–सब बकवास है। ग़रीबों का कफ़न छीनकर बनाये हुए कैनवस जैसा या फिर कुष्ठरोग के दाग़ जैसा सफ़ेद, उदास, रुग्ण।"

कबीर, कई बार अवसाद के अटैक में चिल्लाता कि– 'यह काग़ज़, पेन या एकान्त किस काम के है?'

मगर आज कबीर की बेचैनी में से एक तन्द्रा ने जन्म लिया और उसमें से एक ख़याल पैसा हुआ। ख़यालों की नमकीन और चिकनी मिट्टी वाले रास्ते, आर्ट गैलरीज़ और साहित्य–फेस्टिवलों में घूमते हुए कबीर के पैर और उन से रौंदी हुई मिट्टी से एक आकृति ने जन्म लिया। एक आकार, एक शरीर,

जिस पर 25 सालों की परतें जम करएक भरपूर 32 नहीं तो कम से कम 28 लक्षणी औरत बन गयी हो।

सुरभि, नाम की वह ख़ूबसूरत स्त्री, जो 11, पेडर रोड, मुम्बई-26 में बैठे-बैठे सैटेलाइट मोबाइल पर किसी महान चित्रकार अवधेश मुखर्जी के नये पेंटिंग या जहाँगीर सबावाला के पुराने कैनवस की बातें कर सकती थी। सुरभि–जैसा अमीर चेहरा, ऐसी पर्सनैलिटी, जो ज़रा मुस्कुरा दे तो सुगन्ध की सुनामी आ जाये।

...और फिर, कबीर ने आर्ट-गैलरीज़ और संगीत–कन्सर्ट की भीड़ जा-जा कर, सुरभि से धीरे-धीरे दोस्ती कर ही ली। सुरभि के बारे में कुछ आर्टिकल्स पढ़ कर या यू–ट्यूब से उसकी मुलाक़ातें देख कर, कबीर ने जानबूझकर सुरभि से वही बात दोहरायी। या फिर सुरभि को जो चित्रकार अच्छा लगता था, कबीर उसकी ख़ाामियों को दिखा कर चौंका देता। जानबूझकर रिक्शा या बस से ख़ुद्दारी के साथ उतर कर सुरभि की पॉश कार के सामने चल के आता। सुरभि के कहने पर आधी सिगरेट इस तरह फेंक देता, जैसे किसी को अभयदान दे रहा हो। सुरभि के ऑफ़िस में बिना बताये पहुँच जाता और बोर्ड रूम की मीटिंग से बाहर खींचकर सूर्यास्त देखने बीच पर ले जाता। अपनी च्युइंग–गम को सुरभि के माथे पर बिन्दी की तरह चिपका देता और उसके चारों और पेन से डिज़ाइन बना देता।

तो कभी सुरभि के पर्स से लिपस्टिक चुरा कर, उसी की मर्सिडीज़ कार के काँच पर लिपस्टिक से कविता लिखकर छिप जाता। सुरभि पार्किंग लॉट में जब कविता पढ़ती, तो खिल उठती और कबीर उसे पीछे से पकड़ कर कान में वही कविता गुनगुनाता। तो यूँ हमारे रॉबिनहुड को एक रईस 'रति' मिल ही गयी।

हर शाम की तरह कबीर आज भी सुरभि से मिलने मुफलिसी अन्दाज़ में चला आया।

"आजकल क्या लिखते हो?" सुरभि ने पूछा,

कबीर ने सुरभि के मुलायम हाथ को हाथ में ले कर कहा, "रति और रॉबिनहुड।"

"मतलब? वॉट्स देट? क्या है कहानी का प्लॉट?" सुरभि ने आइस-टी में से बर्फ़ के टुकड़े को होंठों के बीच रख कर पूछा।

कबीर ने तुरन्त झुक कर बर्फ़ के टुकड़े को उसके होंठों से अपने होंठों में ले लिया और बोला, "यह है प्लॉट। पावरफुल और पैशनेट रोमांस।"

"आई वांट मोर...बोलो ना, क्या है स्टोरी?"

कबीर ने सुरभि की जुल्फों से खेलते हुए कहानी सुनानी शुरू की :

"बात बीते हुए दौर की है। पीरियड स्टोरी :

नायक, कवि है, जैसे कि राजकवि! नाम: 'नीलकान्त।' लम्बे, पतले, घुँघराले बालों वाला, रोमांटिक और डेशिंग। आजकल के इन कड़के कवियों जैसा नहीं। स्टार–कवि। कवि के नगर में रानी का शासन चलता है। रानी, रूपवान और क़द्रदान भी है। इन शॉर्ट, रानी एक रानी है।

रानी के दरबार में राजकवि कविताएँ सुनाता था। नीलकान्त केवल राजकवि न था, बल्कि 'कविराज' भी था। काव्यसभा के अन्त में किसी स्टार की तरह नीलकान्त, रचना–पाठ करता। वह कविता सभा की शान होती थी। वह जब कथन आरम्भ करता था तब किसी सोलह साल की प्रेमातुर कन्या के दिल की धड़कन भी सुनाई देने लगे। कवि की आवाज़, उसकी अदा, रसिकजनों की चाहत को चुम्बक की तरह खींच लेती और कवि के शब्द, द्विनों को गहन ज्ञानगंगा में डूबो देते। काव्य सभा के बाद राजसभा के गुणीजन जब रसास्वाद करते, तब नीलकान्त कविता का कोई नया ही अर्थ बताकर सब को मौन कर देता। राजकवि नीलकान्त को रानी की तिजोरी से सालाना भत्ता मिलता था। रानी के आवास के सामने ही उसका आवास था। जहाँ सिर्फ़ रानी के प्रिय कलाकार, कवि और मन्त्रीगण ही रहते थे।

यूँ रानी की निगाहों के सामने ही उस के प्रियपात्रों का जीवन बीतता था।

पर एक शाम, नीलकान्त ने सभा में कोई अलग ही रचना सुनायी। आज आसन से खड़े होकर नतमस्तक हुए बिना, सिर्फ़ आँखों से रानी का अभिवादन किया, रानी को देख नारी–स्तुति के एक-एक शब्द कवि के मुख से बहने लगे :

'हे सप्तश्रृंग पर विराजमान देवी, मेरे अर्घ्य का स्वीकार करें. अद्भुत और असम्भव की भेद रेखा पर बसे हुए तेरे शिखर में मुझे समा दें।

हे स्वर्ग–वासिनी, मुझे बताओ कि मैं किन स्वरों में तुम्हारी आराधना करूँ? मेरे हृदय को झँझोड़ देने वाली, मुझे अपने पास बुलाकर मेरे सर्व दुखों से, मेरी अधूरी इच्छाओं से मुझे मुक्ति दिलाओ। क्षुब्ध हुई मेरी आँखों में, निःशब्द हुई मेरी जिह्वा में और मेरे अन्यमनस्क मस्तिष्क में आकर एक ज्वलंत ज्योत जला दो।

हे देवी, कभी-कभी मुझे स्वप्न में आभास होता है कि रात्रि के अन्तिम पहर में मानो नगर से मुझे बलपूर्वक घसीटते हुए बाहर की ओर खींचा जा रहा है। मेरे हाथ-पैर सुवर्ण शृंखला से बन्धे हुए हैं। अन्धकार के प्रहरी जैसे आकार मुझे नगर से बाहर दूर-दूर किसी अनेक सीढ़ियों वाले मंच पर ले जा रहे हैं। मैं नतमस्तक हूँ। मेरी भुजाओं से, मेरे हर अंग से रक्त टपक रहा है। मेरे घुँघराले बाल खींचकर कोई मेरा सिर उठाता है। ऊपर मुझे एक मशाल जलती हुई दिखाई देती है। मशाल से मैं पल दो पल के लिए नज़रे मिलाता हूँ। वह मशाल जैसे मुझे और मेरे आँसू को ताक रही है। और मेरे सारे बन्धन टूट जाते हैं। मैं मुक्त हो जाता हूँ। मैं दौड़कर उस विराट ज्योति के चरण छूना चाहता हूँ। मगर वह ज्योति दूर-दूर होने लगती है। मैं उस ज्योति के पीछे मंच की सीढ़ियों पर दौड़ रहा हूँ। मेरे पीछे बहुत लोगों के अट्टहास की अनुगूँज सुनाई दे रही है। अनेक शस्त्रों की खनखनाहट और समुद्र की लहरें जैसे मेरा पीछा कर रही हों, वैसी भयानक आवाज़ें सुनाई देती हैं। मैं गिर के बेहोश हो जाता हूँ। दया, आशीर्वाद, वरदान, प्यार... मैं क्षमा माँगते हुए, हाँफते हुए काष्ठ के तख़्त पर मेरे मुष्टि प्रहार की आवाज़ गूँज रही हैं। मैं बेहोश होने लगता हूँ और उसी पल एक कोमल हाथ मेरे बालों को छूता है, सहलाता है और मुझे उसकी सुन्दर भुजाओं में लेकर आश्लेष में समा लेता है।

...और फिर मैं उस वैचित्र्य से भरे स्वप्न से जागकर देखता हूँ। मेरी शय्या के पास एक मन्द जलता हुआ दीपक, एक कलम और अनेक पत्र दिखाई देते हैं, और अन्ततः मैं शान्ति से सो जाता हूँ, मानो मुझे मेरा मनचाहा वरदान मिल गया हो।

हे दिव्य ज्योति, तुम्हारे इस प्रेम की छाया को हमेशा इस कलाकार का छत्र बनाये रखना।'

नीलकान्त ने पूरी की पूरी रचना रानी की आँखों में टकटकी लगा कर एक ही साँस में सुनाई। कवि के इस साहस से सभा स्तब्ध हो गयी।

रानी ने रचना ध्यान से, शब्दश: सुनी। सेवक का लाया हुआ सुरापात्र भी हाथ में न लिया, न ही किसी पुष्प की सुगन्ध ली। नीलकान्त की स्तुति जब चरमसीमा पर पहुँची, रानी ने नजरें झुकाकर अभिवादन किया। आज जैसे रानी के मानस–सरोवर में तृप्ति की लहर उठी थी।

तालियों से गूँजने लगी...मन्त्रियों की मुग्ध कन्याएँ मन्त्रमुग्ध हो गयीं। तेजोद्वेष के शिकार विद्वानों ने ना चाहते हुए भी प्रशंसा की। रानी ने ख़ुश हो कर कविराज के विशेष भत्ते में भारी बढ़ोतरी कर दी। अन्य कवियों की आँखों में ईर्ष्या के दीप जल उठे। गान्धर्व–गायन के बाद सभा समाप्त हुई। रानी ने अन्त:पुर की ओर प्रस्थान किया। प्रहरी ने रानी के सम्मान में उनकी उपाधियाँ बताना शुरू किया : 'गौब्राह्मण प्रतिपालक, रिपुसंहारक...

पर रानी ने तुरन्त प्रहरी को रोला और नीलकान्त को पास बुलाकर कहा, 'कविराज, मेरे उद्यान में आपकी प्रतीक्षा रहेगी।'

अपनी नीली आँखों से रानी को निहारते हुए कवि ने कहा, "पर मिलूंगा तो अकेला ही। एकान्त में"

'तुम अकेले नहीं मिल पाओगे।' रानी मुस्कुराई

कवि कुछ समझ नहीं आया।

"तुम्हारे साथ तुम्हारी कवितायें तो होगी ही ना?' रानी ने कहा।

कवि ने राजरानी की आँखों का राजसी रंग पढ़ लिया।"

कबीर आगे कहानी लिखता गया। घड़ी के काँटे सतयुग के दिनों से भी फास्ट चल रहे थे। कबीर ने रुककर सिगरेट जलाई। न जाने क्यों, उसे लिखने में थकावट महसूस हो रही थी। लग रहा था कि ख़ुद जैसे ख़त्म हो रहा था एक एक शब्द के साथ...कबीर ने ख़ुद को ही ढेर सारी गालियाँ दीं, क्योंकि उसे ऐसी पौराणिक या ऐतिहासिक कहानियाँ तनिक भी पसन्द नहीं थीं। जो लोग ऐसे पुराने प्लॉट ढूँढकर कहानियाँ या उपन्यास लिखते, उन्हें वह सेकंडहैंड साहित्यकार कहता था। अजीब बात यह थी कि अब वह ख़ुद ही वैसा लिखने लगा है!

इतने में सुरभि का फ़ोन आया। दोनों ने फ़ोन पर काफ़ी लम्बा गीला-गीला रोमांस किया। रात हो गयी, ज़िन्दगी हो या कहानी ख़त्म करनी ही होती है, ऐसा सोचकर कबीर ने आगे लिखना शुरू किया :

"नीलकान्त और रानी उद्यान में विहार कर रहे थे। रानी के उद्यान में कई फूल और स्तब्धता की शान्त बेलें चारों और खिली हुई थीं। रानी ने श्वेत वस्त्र परिधान किये थे और उसके कन्धे पर एक रक्तवर्ण पंछी अपने पंख फड़फड़ा रहा था। नीलकान्त बातें करते हुए चोरी-चोरी रानी के सुन्दर चेहरे को देख लेता था और पंछी की तरह फड़फड़ा जाता था। नीलकान्त जानता था कि रानी को आज उसकी कविता इतनी क्यों इतनी पसन्द आयी है। एक स्तुति किसी भी अधिष्ठात्री को पसन्द आये, ऐसी वर्णनलीला उस रचना में थी। कृति में एकाधिक अर्थ रखना उसकी विशेषता थी। और नीलकान्त जब भी कविता सुनाता, तब श्रोता की आँखों में एकटक निहार कर शब्दों की प्राण प्रतिष्ठा कर लेता था। फिर वह श्रोता, श्रोता न रहकर मुग्ध भावक बन जाता। नीलकान्त का शब्द विलास समन्दर की तरह गहरा था।

इसीलिए शायद नीलकान्त की माँ उसे बचपन में प्यार से दरिया–देव कहती थी।

उस शाम, पुष्प मण्डप तले नीलकान्त ने विभिन्न छन्दों में रानी के समीप कविताएँ सुनायी। हर बार रानी के मुँह से वाह निकलते ही वह रुक जाता. अब रानी भी नीलकान्त को सुनने के बजाये देख ज़्यादा रही थी, रानी की चमकती आँखों के सामने कवि की आवाज़ मन्द होती जा रही थी। उसे लग रहा था कि रानी का सौन्दर्य। सम्मोहन आज़मा रहा है। दूर गान्धर्व निवास से किसी स्वर–सम्राट ने संध्या का राग छेड़ा। अँधेरा उतरने लगा, दीप जलने लगे थे। उद्यान में दूर-दूर तक प्रहरी दिखता न था, ये देख कवि ने सुनाया :

'चारों और सूने रास्ते
और भुवन की एक अटारी
वहाँ अटारी के एक किनारे,
चमके एक कटारी।'

रानी ने कहा, 'आगे सुनाओ ना!'

कवि ने कहा, 'रचना अधूरी है और अर्थ भी अस्पष्ट है, इसलिए...'

रानी ने पास आकर धीरे से कहा, 'सरल ही तो है।'

कवि ने सहमकर कहा, 'तो आप ही बताइए, अर्थ मिल गया हो, तो...'

रानी ने नीलकान्त के घुँघराले बाल में अँगुली फेरते हुए कहा, 'रासेश्वर नगर के कविराज को मैं अर्थलीला समझाऊँ?'

'आप से अधिक कौन समझ सकता है मेरे शब्द?'

रानी ने नीलकान्त के स्कंध को सूँघकर पूछा, 'उत्तर के बदले में मुझे क्या मिलेगा?'

'मैं...'

रानी की भौंहें तुरन्त सिकुड़ गयीं। नीलकान्त ने तुरन्त कहा, ' अर्थात्... कि मैं...मैं साधारण कवि, आपको क्या दे सकता हूँ?'

रानी ने नीलकान्त का छाती पर चेहरा झुका कर पूछा, 'उत्तर चाहिए या अपूर्ण रचना?'

नीलकान्त ने पास की बेल से पुष्प तोड़ा और आकाश में उछाला। भीतर उठ रहे वलय को, उत्तेजना को, भय को एक उच्छ्वास के साथ विदा किया। रानी के मुख को निहारते हुए, पास जाकर स्पर्श रस का, सुगन्ध रस का पहली बार आस्वाद लिया। रानी ने जैसे उसके भीगे होंठों से कवि के होंठों पर प्रेमरस की राजमुहर लगा दी। नीलकान्त ने मन ही मन कहा : मूर्ख, अब तक ऐसे सौन्दर्य से अनभिज्ञ रहा, फिर भी स्वयं को 'रस-कवि' कहता है?

रानी के दैदीप्यमान मुखारविन्द को इतने पास से छूकर कवि, सम्मोहन के सागर में वह बह गया।

उद्यान की ख़ामोशी में कभी इतना शोर नहीं था। दो तेज़ धड़कनों का शोर

रानी ने अपना हाथ आगे बढ़ाकर नीलकान्त को और समीप लेते कहा, 'कहो ना नीलकवि, क्या दोगे?'

नीलकान्त ने अपने गले की माला में छिपी हुई छोटी-सी मंजूषा निकाली और उसमें से एक नीलवर्ण पुष्प, रानी के बन्द नयन पर रखते कहा,

'समुद्र–पुष्प...लीजिए साम्राज्ञी'

रानी की साँसों को नीलकान्त ने पहली बार इतनी निकटता से सुना और फिर युगों तक पाताल में छिपा हुआ वह समुद्रपुष्प दो चेहरे के बीच नष्ट हो गया।

कबीर थककर पलंग पर लेट गया। उसे याद आया कि कल चौपाटी पर सुरभि ने एक फ्लेवर्ड सिगरेट इंट्रोड्यूस करवाई थी। कबीर ने आँख मूँदकर सिगरेट का स्वाद एन्जॉय करते हुए धुएँ के छल्ले छत की ओर उड़ाये। उसमें कबीर को अपनी बदली हुई ज़िन्दगी घूमती नज़र आयी। मर्सिडीज़ कार में घूमना, कार टु कार्पेट की दुनिया में जीना, एयर कंडीशन्ड माहौल में परफ्यूम प्रचुर बातों को एन्जॉय करना, हर दो दिन में बिना वजह शॉपिंग करना, मुम्बई से दूर किसी अंगूर के बगीचे में वाइन टेस्ट करना और बदले में सुरभि के बिज़नेस के छोटे-मोटे ख़ुफिया निवेश में सुरभि जहाँ भी कहे वहाँ पेपर पर साइन कर देना...ये सब कबीर को 'पल्प फिक्शन' की दुनिया की तरह अब भाने लगा था।

इस कहानी में वह ख़ुद ही रॉबिनहुड और वह ख़ुद ही ग़रीब।

सुरभि के साथ बिताये सिल्की पलों से मिलने वाले सुख को वह एक हाथ से लूटकर दूसरे हाथ से अपने आपको दे देता। बस अब थोड़े दिनों में दोनों ताज होटल के बैंक्वेट हॉल में शादी करेंगे और फिर रोम, पेरिस, यूरोप घूमने निकल जायेंगे।

नॉनस्टॉप सुख, ऐश्वर्य, आनन्द...

दो टाइम के आमलेट-पाव से वह अभी देश-विदेश की कॉकटेल पार्टीज और डिनर का मज़ा उठायेगा। पेडर रोड का भव्य फ्लैट, चमकते कपड़े, सब अचानक उसके हो जायेंगे। सुरभि उसे मार्बल की विनस–मूर्ति के नाइट–लैंप के पास कानों में कहेगी, 'कबीर मुझे ख़ुश कर दे।' और कबीर उस के नाक को काटकर कहेगा, 'आज भी, कल भी...सुरभि'...और फिर एयर कंडीशन्ड की ठण्डक में दोनों की काँपती आवाज़ें डूब जायेंगी।

लेकिन, फिलहाल कबीर ने अधूरी कहानी के उड़ते हुए पन्ने देखे। अचानक उसकी ज़िन्दगी में सब कुछ उसकी मर्ज़ी के हिसाब से हो रहा था, इस बात से थोड़ा डर लगने लगा। सुरभि उसे सचमुच अच्छी लगने लगी थी। पैसा-इन्सान की जिंदगी का आठवाँ सुर...सुरभि...फिर भी...जीवन में सब कुछ अपनी मर्ज़ी से होते हुए देख अब कहानी भी अपनी मर्ज़ी से लिखने की तलब जागी।

नगर में आज उत्सव था। हर एक मार्ग, हर एक भवन को सजाया गया था। तरह-तरह के साज़ बज रहे थे। रानी के आवास की एक ऊँची अटारी पर एक ख़ास सभा बुलायी गयी थी। मन्त्री, नगर श्रेष्ठी, कला रत्न सब आ गये थे। नीचे प्रजा, रानी के दर्शन करने भीड़ लगाये बैठी थी। धीरे-धीरे मन्द गति से रानी ने क़दम रखे। हमेशा की तरह, हमेशा के शब्दों में रानी के सम्मान में उनकी उपाधियाँ बतायी गयीं। नीलकान्त को हुआ कि एक दिन वह रानी को कहकर यह पुरानी स्तुति–उपाधियाँ बदल देगा। मगर नहीं, वे शब्द नहीं बदल सकते। वे सदियों से, पीढ़ियों से ऐसे ही रहे हैं। यह परम्परा है। समय और शब्द के साम्राज्य से परे, एक राजसी परम्परा।

रानी के सिंहासन के पास ही नीलकान्त का आसन था। सारे मन्त्री–सभापति नीलकान्त की प्रगति से प्रभावित थे। अब रानी के किसी भी आयोजन में नीलकान्त होना अनिवार्य था। रानी ने सब का अभिवादन किया। गुणीजनों ने उत्सव की गरिमा का गान किया। कविवरों ने उत्सव के रंगराग सुनाये। सभा समाप्ति पर रानी की बारी आयी। सब शान्त हो गये। रानी ने प्रजा के उत्कर्ष और राज्य की प्रगति की बातें कीं। महाजनों को सम्मानित किया। विदेश की नर्तकी ने नृत्य पेश किया...पर सभा समाप्त हो उसके पहले रानी ने एक विशेष एलान किया।

'सभा श्रेष्ठियों, कलारत्नों, नगरजनों...हमारे रासेश्वर नगर के कविश्रेष्ठ नीलकान्त की प्रतिभा से आप सर्व परिचित हैं। कवि की साहित्य जगत में ख्याति हमारे साम्राज्य का गौरव है। अतः राज्य की ओर से मैं उन्हें विदेश–प्रवास के लिए आग्रह करती हूँ। आशा है कि कवि इसे स्वीकार करेंगे।'

नगरजनों ने तालियों से समर्थन किया। सेवकों ने शंखनाद किया। विद्वानों ने हमेशा की तरह आशीर्वाद दिये। नगर की युवतियाँ एक-दूसरे की ओर देखती रहीं। कविराज ने रानी के आगे झुककर आभार प्रदर्शित किया। सुन्दरियों ने पुष्पवृष्टि की। उस शाम, नीलकान्त रानी के आवास पर पहुँचा। अन्त:पुर में आज्ञा के सिवा कोई और नहीं आ सकता था। दासियाँ अल्प वस्त्रों में सज्ज रानी का प्रसाधन कर रही थीं। नीलकान्त के आगमन से रानी ने सभी को जाने के लिए इशारा किया, रानी और नीलकान्त देर तक तक अकेले बैठे। बहुत सारी बातें कीं।

रानी ने पूछा, 'नील, तुम्हें पसन्द नहीं आया विदेशगमन का प्रस्ताव? विदेश में विशेष विद्या सीखोगे...'

रानी के लहराते केश को छूकर कवि ने कहा 'अच्छा लगा...वह विद्या किस काम की, जो मुझे अपनी प्रेरणा से दूर ले जाये? मैं आपसे दूर...इतने लम्बे समय तक...'

रानी, नीलकान्त को बाँहों में लेकर मुस्कुराती रही और उसे समझाया कि प्रवास के लिए काफ़ी धनराशि राज्यकोष में से दी जायेगी। नीलकान्त ने सोचा : 'कुछ भी हो विदेश की धरती, कीर्ति, अनुभव...क्या बुरा है?'

'पर मेरी अनुपस्थिति में लंबे समय तक आप को कैसा लगेगा?'

रानी ने कहा, 'तुम्हारे हाथों से लिखी कविताओं की हस्तप्रति देकर जाना. तो शायद अच्छा लगेगा।' रानी ने उसका हाथ चूमा। फिर नीलकान्त रानी से लिपट गया। रानी को आज बहुत प्यार करना था। नीलकान्त ने पहली बार रातभर रानी को ख़ुश किया, रानी ने अपनी मदमस्त आँखों से नीलकान्त को पानी-पानी करते हुए कहा, 'लगता है कि अभी तुम्हारी नीली आँखों से पानी टपकेगा।'

अन्त:पुर में अँधेरा हो गया। सामने के भवन की अटारी में दीप प्रज्ज्वलित करते हुए अमात्य ने सिर पर हाथ रखकर कुछ सोचना शुरू किया।

तीन दिन बाद, आज सब नगरजन समुद्रतट पर आये हुए थे। बन्दरगाह पर 'जलपुत्री' नामक बड़ी–सी नौका को सजाया गया था। नौका के तूतक पर मशालें जल रही थीं। बन्दरगाह के सामने ही रानी के महल की अटारी थी। सुवर्ण अलंकारों से सुशोभित कविराज नीलकान्त की सवारी धीरे-धीरे बन्दरगाह की ओर जा रही थी। हर मार्ग पर झरोखों में खड़ी युवतियाँ पसन्दीदा पुष्प बरसा रही थीं। झांझ-पखावज से शब्द का स्वामी विभूषित हो रहा था। नौका के पास दरबारी गवैये कवि नीलकान्त के गुणों का गान कर रहे थे।

बन्दरगाह पर कुँवारी कन्याओं ने कवि की आरती उतारी। विद्वानों ने उसे आशीर्वाद दिये, कवि नौका की ओर जाने के लिए पानी की ओर सोपान उतरने लगा। रणभेरी बज उठी। नगाड़े बजने लगे। कवि को लगा कि किसी महायुद्ध के लिए जा रहा है?

अन्तत: रासेश्वर नगर के तट पर कवि के पाँव समुद्र जल से भीग गये।

नौका अब नजदीक आते ही उसका एक भाग झुका, नीलकान्त ने पहला क़दम उठाकर नगर की ओर पीछे देखा। नगरजनों का अभिवादन किया, रानी के अन्तिम सन्देश के अनुसार उसने नौका में प्रवेश किया। तूतक पर खड़े होकर दूर रानीवास के झरोखे में चमकते मुकुट की ओर हाथ उठाकर विदा ली।

नौका अभी थोड़ी दूर गयी। तट पर से लोग बिखर गये। अब रानी के आवास से नौका पर सवार कवि नीलकान्त का सिर्फ़ आकार ही दिख रहा था। नौका आहिस्ता से आगे बढ़ी। रानी ने एक पल आँखें मूँदकर तट पर खड़े खलासी को हाथ से इशारा किया। पलभर में ही खलासी के इशारे से एक खड़ग फेंका गया और नाव की तूतक पर, साँझ के आकाश में मशाल लिए खड़े हुए कवि का मस्तिष्क उछलकर समुद्र में जा गिरा।

लाल प्रवाही में तैरते हुआ मस्तिष्क, समुद्र–फूल जैसा लग रहा था। अब सारे साज़ ख़ामोश थे। रानी दुखी मन से अन्त:पुर की ओर मुड़ीं। वहाँ अमात्य बैठे थे। कलिकाल सर्वज्ञ की तरह उनकी आँखें कई रहस्य देख कर शून्य हो गयी थीं।

अमात्य ने रानी से इतना ही पूछा, 'आप तो उसे प्रेम करती थी।...फिर यह क्यों?'

'पूज्य, आपसे क्या छिपाना? बस, अधिक प्यार ना हो जाये, अधिक मोह ना हो जाये, इसलिए...मैं राज्य पर शासन करती हूँ, मगर उससे ज़्यादा कवि का शासन मुझ पर चलने लगा था। उसने मेरे मन पर क़ब्ज़ा कर लिया था। यह एक शासक के लिए ठीक न था। पर वह अच्छा कवि था। था, अब नहीं है।'

वहाँ दूर-दूर विराट जलधि के नीलवर्णी तरंगों में नौका हिल-डुल रही थी। तूतक पर जलती मशाल लेकर एक कवि का धड़ अब भी अडिग खड़ा था।

कबीर ने कहानी ख़त्म की। अन्त तक पहुँचते-पहुँचते वह बहुत थक गया। जैसे उसके शरीर में से किसी ने सारी ऊर्जा खींच ली हो। बिस्तर पर से घड़ी के सामने देखा, ठीक पाँच बजने वाले थे। फ़ोन की घण्टी बजी। सुरभि का फ़ोन था। छह बजे उसे सज-धज कर सुरभि के साथ गेट-वे ऑफ़ इंडिया के

समन्दर में एक बोट पार्टी में जाना था। सुरभि की करोड़ों की बिज़नेस डील होने वाली थी। जो कबीर की समझ के बाहर थी।

फिर से कबीर का फ़ोन बजा। 'सुरभि' का नाम स्क्रीन पर चमका। फ़ोन के स्क्रीन और कहानी के पन्नों के सामने कबीर बारी-बारी से देखने लगा। *'रति और रॉबिनहुड'* कहानी के पन्नों को देखता रहा : कहानी के पन्नों पर नीले अक्षर और नीली स्याही के समन्दर में तैरती कहानी...सुरभि को मिलने उसे बोट हाउस में जाना चाहिए या नहीं? यह सोचते हुए पन्नों को और आईने में ख़ुद को बारी-बारी देखता रहा...

❑❑